A Course in Contemporary Chinese

Teacher's Manual 教師手冊

國立臺灣師範大學國語教學中心 策劃
Mandarin Training Center National Taiwan Normal University

主編／鄧守信　編寫教師／何沐容、洪芸琳、鄧巧如

目　次
Contents

An Introduction to the Chinese Language

China is a multi-ethnic society, and when people in general study Chinese, 'Chinese' usually refers to the Beijing variety of the language as spoken by the Han people in China, also known as Mandarin Chinese or simply Mandarin. It is the official language of China, known mostly domestically as the Putonghua, the lingua franca, or Hanyu, the Han language. In Taiwan, Guoyu refers to the national/official language, and Huayu to either Mandarin Chinese as spoken by Chinese descendants residing overseas, or to Mandarin when taught to non-Chinese learners. The following pages present an outline of the features and properties of Chinese. For further details, readers are advised to consult various and rich on-line resources.

Language Kinship

Languages in the world are grouped together on the basis of language affiliation, called language-family. Chinese, or rather Hanyu, is a member of the Sino-Tibetan family, which covers most of China today, plus parts of Southeast Asia. Therefore, Tibetan, Burmese, and Thai are genetically related to Hanyu.

Hanyu is spoken in about 75% of the present Chinese territory, by about 75% of the total Chinese population, and it covers 7 major dialects, including the better known Cantonese, Hokkienese, Hakka and Shanghainese.

Historically, Chinese has interacted highly actively with neighboring but unaffiliated languages, such as Japanese, Korean and Vietnamese. The interactions took place in such areas as vocabulary items, phonological structures, a few grammatical features and most importantly the writing script.

Typological Features of Chinese

Languages in the world are also grouped together on the basis of language characteristics, called language typology. Chinese has the following typological traits, which highlight the dissimilarities between Chinese and English.

A. Chinese is a non-tense language. Tense is a grammatical device such that the verb changes according to the time of the event in relation to the time of utterance. Thus 'He talks nonsense' refers to his habit, while 'He talked nonsense' refers to a time in the past when he behaved that way, but he does not necessarily do that all the time. 'Talked' then is a verb in the past tense. Chinese does not operate with this device but marks the time of events with time expressions such as 'today' or 'tomorrow' in the sentence. The verb remains the same regardless of time of happening. This type of language is labeled as an atensal language, while English and most European languages are tensal languages. Knowing this particular trait can help European learners of Chinese avoid mistakes to do with verbs in Chinese. Thus, in responding to 'What did you do in China last year?' Chinese is 'I teach English (last year)'; and to 'What are you doing now in Japan?' Chinese is again 'I teach English (now)'.

B. Nouns in Chinese are not directly countable. Nouns in English are either countable, e.g. 2 candies, or non-countable, e.g. *2 salts, while all nouns in Chinese are non-countable. When they are to be counted, a measure, or called classifier, must be used between a noun and a number, e.g. 2-piece-candy. Thus, Chinese is a classifier language. Only non-countable nouns in English are used with measures, e.g. a drop of water.

Therefore it is imperative to learn nouns in Chinese together with their associated measures/classifiers. There are only about 30 high-frequency measures/classifiers in Chinese to be mastered at the initial stage of learning.

C. Chinese is a Topic-Prominent language. Sentences in Chinese quite often begin with somebody or something that is being talked about, rather than the subject of the verb in the sentence. This item is called a topic in linguistics. Most Asian languages employ topic, while most European languages employ subject. The following bad English sentences, sequenced below per frequency of usage, illustrate the topic structures in Chinese.

*Senator Kennedy, people in Europe also respected.

*Seafood, Taiwanese people love lobsters best.

*President Obama, he attended Harvard University.

Because of this feature, Chinese people tend to speak 'broken' English, whereas English speakers tend to sound 'complete', if bland and alien, when they talk in Chinese. Through practice and through keen observations of what motivates the use of a topic in Chinese, this feature of Chinese can be acquired eventually.

D. Chinese tends to drop things in the sentence. The 'broken' tendencies mentioned above also include not using nouns in a sentence where English counterparts are 'complete'. This tendency is called dropping, as illustrated below through bad English sentences.

Are you coming tomorrow? ----- *Come!

What did you buy? ----- *Buy some jeans.

*This bicycle, who rides? ----- *My old professor rides.

The 1st example drops everything except the verb, the 2nd drops the subject, and the 3rd drops the object. Dropping happens when what is dropped is easily recoverable or identifiable from the contexts or circumstances. Not doing this, Europeans are often commented upon that their sentences in Chinese are too often inundated with unwanted pronouns!

Phonological Characteristics of Chinese

Phonology refers to the system of sound, the pronunciation, of a language. To untrained ears, Chinese language sounds unfamiliar, sort of alien in a way. This is due to the fact that Chinese sound system contains some elements that are not part of the sound systems of European languages, though commonly found on the Asian continent. These features will be explained below.

On the whole, the Chinese sound system is not really very complicated. It has 7 vowels, 5 of which are found in English (i, e, a, o, u), plus 2 which are not (-e,); and it has 21 consonants, 15 of which are quite common, plus 6 which are less common (zh, ch, sh, r, z, c). And Chinese has a fairly simple syllable shape, i.e. consonant + vowel plus possible nasals (n or ng). What is most striking to English speakers is that every syllable in Chinese has a 'tone', as will be detailed directly below. But, a word on the sound representation, the pinyin system, first.

A. Hanyu Pinyin. Hanyu Pinyin is a variety of Romanization systems that attempt to represent the sound of Chinese through the use of Roman letters (abc...). Since the end of the 19th century, there have been about half a dozen Chinese Romanization systems, including the Wade-Giles, Guoyu Luomazi, Yale, Hanyu Pinyin, Lin Yutang, and Zhuyin Fuhao Di'ershi, not to mention the German system, the French system etc. Thanks to the consensus of media worldwide, and through the support of the UN, Hanyu Pinyin has become the standard worldwide. Taiwan is probably the only place in the world that does not support nor employ Hanyu Pinyin. Instead, it uses non-Roman symbols to represent the sound, called Zhuyin Fuhao, alias BoPoMoFo (cf. the symbols employed in this volume). Officially, that is. Hanyu Pinyin represents the Chinese sound as follows.

b, p, m, f　d, t, n, l　g, k, h　j, q, x　zh, ch, sh, r　z, c, s
a, o, -e, e　ai, ei, ao, ou　an, en, ang, eng　-r, i, u, ü

B. Chinese is a tonal language. A tone refers to the voice pitch contour. Pitch contours are used in many languages, including English, but for different functions in different languages. English uses them to indicate the speaker's viewpoints, e.g., 'well' in different contours may indicate impatience, surprise, doubt etc. Chinese, on the other hand, uses contours to refer to different meanings, words. Pitch contours with different linguistic functions are not transferable from one language to another. Therefore, it would be futile trying to learn Chinese tones by looking for or identifying their contour counterparts in English.

Mandarin Chinese has 4 distinct tones, the fewest among all Han dialects, i.e. level, rising, dipping and falling, marked ˉ ˊ ˇ ˋ, and it has only one tone-change rule, i.e. ˇ ˇ => ˊ ˇ, though the conditions for this change are fairly complicated. In addition to the four tones, Mandarin also has one neutral(ized) tone, i.e., pronounced short/unstressed, which is derived, historically if not synchronically, from the 4 tones; hence the term neutralized. Again, the conditions and environments for the neutralization are highly complex and cannot be explored in this space.

C. Syllable final –r effect (vowel retroflexivisation). The northern variety of Hanyu, esp. in Beijing, is known for its richness in the –r effect at the end of a syllable. For example, 'flower' is 'huā' in southern China but 'huār' in Beijing. Given the prominence of the city Beijing, this sound feature tends to be defined as standard nationwide; but that –r effect is rarely attempted in the south. There do not seem to be rigorous rules governing what can and what cannot take the –r effect. It is thus advised that learners of Chinese resort to rote learning in this case, as probably even native speakers of northern Chinese do.

D. Syllables in Chinese do not 'connect'. 'Connect' here refers to the merging of the tail of a syllable with the head of a subsequent syllable, e.g., English pronounces 'at'+'all' as 'at+tall', 'did'+'you' as 'did+dyou' and 'that'+'is' as 'that+th'is'. On the other hand, syllables in Chinese are isolated from each other and do not connect in this way. Fortunately, this is not a serious problem for English language learners, as the syllable structures in Chinese are rather limited, and there are not many candidates for this merging. We noted above that Chinese syllables take the form of CV plus possible 'n' and 'ng'. CV does not give rise to connecting, not even in English; so be extra cautious when a syllable ends with 'n' or 'g' and a subsequent syllable begins with a V, e.g. MǐnÀo 'Fujian Province and Macao'. Nobody would understand 'min+nao'!

E. Retroflexive consonants. 'Retroflexive' refers to consonants that are pronounced with the tip of the tongue curled up (-flexive) backwards (retro-). There are altogether 4 such consonants, i.e. zh, ch, sh, and r. The pronunciation of these consonants reveals the geographical origin of native Chinese speakers. Southerners do not have them, merging them with z, c, and s, as is commonly observed in Taiwan. Curling up of the tongue comes in various degrees. Local Beijing dialect is well known for its prominent curling. Imagine curling up the tongue at the beginning of a syllable and curling it up again for the –r effect!! Try 'zhèr-over here', 'zhuōr-table' and 'shuǐr-water'.

On Chinese Grammar

'Grammar' refers to the ways and rules of how words are organized into a string that is a sentence in a language. Given the fact that all languages have sentences, and at the same time non-sentences, all languages including Chinese have grammar. In this section, the most salient and important features and issues of Chinese grammar will be presented, but a summary of basic structures, as referenced against English, is given first.

A. Similarities in Chinese and English.

	English	Chinese
SVO	They sell coffee.	Tāmen mài kāfēi.
AuxV+Verb	You may sit down!	Nǐ kěyǐ zuòxià ō!
Adj+Noun	sour grapes	suān pútáo
Prep+its Noun	at home	zài jiā
Num+Meas+Noun	a piece of cake	yí kuài dàngāo
Demons+Noun	those students	nàxiē xuéshēng

B. Dissimilar structures.

	English	Chinese
RelClause: Noun	the book that you bought	nǐ mǎi de shū
VPhrse: PrepPhrase	to eat at home	zài jiā chī fàn
Verb: Adverbial	Eat slowly!	Mànmār chī!
Set: Subset	6th Sept, 1967	1967 nián 9 yuè 6 hào
	Taipei, Taiwan	Táiwān Táiběi
	3 of my friends...	wǒ de péngyǒu, yǒu sān ge...

C. Modifier precedes modified (MPM). This is one of the most important grammatical principles in Chinese. We see it operating actively in the charts given above, so that adjectives come before nouns they modify, relative clauses also come before the nouns they modify, possessives come before nouns (tā de diànnǎo 'his computer'), auxiliary verbs come before verbs, adverbial phrases before verbs, prepositional phrases come before verbs etc. This principle operates almost without exceptions in Chinese, while in English modifiers sometimes precede and some other times follow the modified.

D. Principle of Temporal Sequence (PTS). Components of a sentence in Chinese are lined up in accordance with the sequence of time. This principle operates especially when there is a series of verbs contained within a sentence, or when there is a sentential conjunction. First compare the sequence of 'units' of an event in English and that in its Chinese counterpart.

Event: David / went to New York / by train / from Boston / to see his sister.

English:	1	2	3	4	5
Chinese:	1	4	2	3	5

Now in real life, David got on a train, the train departed from Boston, it arrived in New York, and finally he visited his sister. This sequence of units is 'natural' time, and the Chinese sentence 'Dàwèi zuò huǒchē cóng Bōshìdùn dào Niǔyuē qù kàn tā de jiějie' follows it, but not English. In other words, Chinese complies strictly with PTS.

When sentences are conjoined, English has various possibilities in organizing the conjunction. First, the scenario. H1N1 hits China badly (event-1), and as a result, many schools were closed (event-2). Now, English has the following possible ways of conjoining to express this, e.g.,

Many schools were closed, because/since H1N1 hit China badly. (E2+E1)

H1N1 hit China badly, so many schools were closed. (E1+E2)

As H1N1 hit China badly, many schools were closed. (E1+E2)

Whereas the only way of expressing the same in Chinese is E1+E2 when both conjunctions are used (yīnwèi... suǒyǐ...), i.e.,

Zhōngguó yīnwèi H1N1 gǎnrǎn yánzhòng (E1), suǒyǐ xǔduō xuéxiào zhànshí guānbì (E2).

PTS then helps explain why 'cause' is always placed before 'consequence' in Chinese.

PTS is also seen operating in the so-called verb-complement constructions in Chinese, e.g., shā-sǐ 'kill+dead', chī-bǎo 'eat+full', dǎ-kū 'hit+cry' etc. The verb represents an action that must have happened first before its consequence.

There is an interesting group of adjectives in Chinese, namely 'zǎo-early', 'wǎn-late', 'kuài-fast', 'màn-slow', 'duō-plenty', and 'shǎo-few', which can be placed either before (as adverbials) or after (as complements) of their associated verbs, e.g.,

Nǐ míngtiān zǎo diǎr lái! (Come earlier tomorrow!)

Wǒ lái zǎo le. Jìn bú qù. (I arrived too early. I could not get in.)

When 'zǎo' is placed before the verb 'lái', the time of arrival is intended, planned, but when it is placed after, the time of arrival is not pre-planned, maybe accidental. The difference complies with PTS. The same difference holds in the case of the other adjectives in the group, e.g.

Qǐng nǐ duō mǎi liǎng ge! (Please get two extra!)

Wǒ mǎi duō le. Zāotà le! (I bought two too many. Going to be wasted!)

'Duō' in the first sentence is going to be pre-planned, a pre-event state, while in the second, it's a post-event report. Pre-event and post-event states then are naturally taken care of by PTS. Our last set in the group is more complicated. 'Kuài' and 'màn' can refer to amount of time in addition to manner of action, as illustrated below.

Nǐ kuài diǎr zǒu; yào chídào le! (Hurry up and go! You'll be late (e.g., for work)!

Qǐng nǐ zǒu kuài yìdiǎr! (Please walk faster!)

'Kuài' in the first can be glossed as 'quick, hurry up' (in as little time as possible after the utterance), while that in the second refers to manner of walking. Similarly, 'màn yìdiǎr zǒu-don't leave yet' and 'zǒu màn yìdiǎr-walk more slowly'.

We have seen in this section the very important role in Chinese grammar played by variations in word-order. European languages exhibit rich resources in changing the forms of verbs, adjectives and nouns, and Chinese, like other Asian languages, takes great advantage of word-order.

E. Where to find subjects in existential sentences. Existential sentences refer to sentences in which the verbs express appearing (e.g., coming), disappearing (e.g., going) and presence (e.g., written (on the wall)). The existential verbs are all intransitive, and thus they are all associated with a subject, without any objects naturally. This type of sentences deserves a mention in this introduction, as they exhibit a unique structure in Chinese. When their subjects are in definite reference (something that can be referred to, e.g., pronouns and nouns with definite article in English) the subject appears at the front of the sentence, i.e., before the existential verb, but when their subjects are in indefinite reference (nothing in particular), the subject appears after the verb. Compare the following pair of sentences in Chinese against their counterparts in English.

Kèrén dōu lái le. Chīfàn ba! (All the guests we invited have arrived. Let's serve the dinner.)

Duìbùqǐ! Láiwǎn le. Jiālǐ láile yí ge kèrén. (Sorry for being late! I had an (unexpected) guest.)

More examples of post-verbal subjects are given below.

Zhè cì táifēng sǐle bùshǎo rén. (Quite a few people died during the typhoon this time.)

Zuótiān wǎnshàng xiàle duō jiǔ de yǔ? (How long did it rain last night?)

Zuótiān wǎnshàng pǎole jǐge fànrén? (How many inmates got away last night?)

Chēzi lǐ zuòle duōshǎo rén a? (How many people were in the car?)

Exactly when to place the existential subject after the verb will remain a challenge for learners of Chinese for quite a significant period of time. Again, observe and deduce! Memorising sentence by sentence would not help!

The existential subjects presented above are simple enough, e.g., people, a guest, rain and inmates. But when the subject is complex, further complications emerge! A portion of the complex subject stays in front of the verb, and the remaining goes to the back of the verb, e.g.,

Míngtiān nǐmen qù jǐ ge rén? (How many of you will be going tomorrow?)

Wǒ zuìjìn diàole bùshǎo tóufǎ. (I lost=fell quite a lot of hair recently.)

Qùnián dìzhèn, tā sǐle sān ge gēge. (He lost=died 3 older brothers during the earthquake last year.)

In linguistics, we say that existential sentences in Chinese have a lot of semantic and information structures involved.

F. A tripartite system of verb classifications in Chinese. English has a clear division between verbs and adjectives, but the boundary in Chinese is quite blurred, which quite seriously misleads English-speaking learners of Chinese. The error in *Wǒ jīntiān shì máng. 'I am busy today.' is a daily observation in Chinese 101! Why is it a common mistake for beginning learners? What do our textbooks and/or teachers do about it, so that the error is discouraged, if not suppressed? Nothing, much! What has not been realized in our profession is that Chinese verb classification is more strongly semantic, rather than more strongly syntactic as in English.

Verbs in Chinese have 3 sub-classes, namely Action Verbs, State Verbs and Process Verbs. Action Verbs are time-sensitive activities (beginning and ending, frozen with a snap-shot, prolonged), are will-controlled (consent or refuse), and usually take human subjects, e.g., 'chī-eat', 'mǎi-buy' and 'xué-learn'. State Verbs are non-time-sensitive physical or mental states, inclusive of the all-famous adjectives as a further sub-class, e.g., 'ài-love', 'xīwàng-hope' and 'liàng-bright'. Process Verbs refer to instantaneous change from one state to another, 'sǐ-die', 'pò-break, burst' and 'wán-finish'.

The new system of parts of speech in Chinese as adopted in this series is built on this very foundation of this tripartite verb classification. Knowing this new system will be immensely helpful in learning quite a few syntactic structures in Chinese that are nicely related to the 3 classes of verbs, as will be illustrated with negation in Chinese in the section below.

The table below presents some of the most important properties of these 3 classes of verbs, as reflected through syntactic behaviour.

	Action Verbs	State Verbs	Process Verbs
Hěn- modification	✕	✓	✕
Le- completive	✓	✕	✓
Zài- progressive	✓	✕	✕
Reduplication	✓ (tentative)	✓ (intensification)	✕
Bù- negation	✓	✓	✕
Méi- negation	✓	✕	✓

Here are more examples of 3 classes of verbs.
Action Verbs: mǎi 'buy', zuò 'sit', xué 'learn; imitate', kàn 'look'
State Verbs: xǐhuān 'like', zhīdào 'know', néng 'can', guì 'expensive'
Process Verbs: wàngle 'forget', chén 'sink', bìyè 'graduate', xǐng 'wake up'

G. Negation. Negation in Chinese is by means of placing a negative adverb immediately in front of a verb. (Remember that adjectives in Chinese are a type of State verbs!) When an action verb is negated with 'bù', the meaning can be either 'intend not to, refuse to' or 'not in a habit of', e.g.,

Nǐ bù mǎi piào; wǒ jiù bú ràng nǐ jìnqù! (If you don't buy a ticket, I won't let you in!)

Tā zuótiān zhěng tiān bù jiē diànhuà. (He did not want to answer the phone all day yesterday.)

Dèng lǎoshī bù hē jiǔ. (Mr. Teng does not drink.)

'Bù' has the meaning above but is independent of temporal reference. The first sentence above refers to the present moment or a minute later after the utterance, and the second to the past. A habit again is panchronic. But when an action verb is negated with 'méi (yǒu)', its time reference must be in the past, meaning 'something did not come to pass', e.g.,

Tā méi lái shàngbān. (He did not come to work.)

Tā méi dài qián lái. (He did not bring any money.)

A state verb can only be negated with 'bù', referring to the non-existence of that state, whether in the past, at present, or in the future, e.g.,

Tā bù zhīdào zhè jiàn shì. (He did not/does not know this.)

Tā bù xiăng gēn nǐ qù. (He did not/did not want to go with you.)

Niŭyuē zuìjìn bú rè. (New York was/is/will not be hot.)

A process verb can only be negated with 'méi', referring to the non-happening of a change from one state to another, usually in the past, e.g.,

Yīfú méi pò; nǐ jiù rēng le? (You threw away perfectly good clothes?)

Niăo hái méi sǐ; nǐ jiù fàng le ba! (The bird is still alive. Why don't you let it free?)

Tā méi bìyè yǐqián, hái děi dǎgōng. (He has to work odd jobs before graduating.)

As can be gathered from the above, negation of verbs in Chinese follows neat patterns, but this is so only after we work with the new system of verb classifications as presented in this series. Here's one more interesting fact about negation in Chinese before closing this section. When some action verbs refer to some activities that result in something stable, e.g., when you put on clothes, you want the clothes to stay on you, the negation of those verbs can be usually translated in the present tense in English, e.g.,

Tā zěnme méi chuān yīfú? (How come he is naked?)

Wǒ jīntiān méi dài qián. (I have no money with me today.)

H. A new system of Parts of Speech in Chinese. In the system of parts of speech adopted in this series, there are at the highest level a total of 8 parts of speech, as given below. This system includes the following major properties. First and foremost, it is errors-driven and can address some of the most prevailing errors exhibited by learners of Chinese. This characteristic dictates the depth of sub-categories in a system of grammatical categories. Secondly, it employs the concept of 'default'. This property greatly simplifies the over-all framework of the new system, so that it reduces the number of categories used, simplifies the labeling of categories, and takes advantage of the learners' contribution in terms of positive transfer. And lastly, it incorporates both semantic as well as syntactic concepts, so that it bypasses the traditionally problematic category of adjectives by establishing three major semantic types of verbs, viz. action, state and process.

Adv	Adverb (dōu 'all', dàgài 'probably')
Conj	Conjunction (gēn 'and', kěshì 'but')
Det	Determiner (zhè 'this', nà 'that')
M	Measure (ge, tiáo; xià, cì)
N	Noun (wǒ 'I', yǒngqì 'courage')
Ptc	Particle (ma 'question particle', le 'completive verbal particle')

Prep	Preposition (cóng 'from', duìyú 'regarding')
V	Action Verb, transitive (mǎi 'buy', chī 'eat')
Vi	Action Verb, intransitive (kū 'cry', zuò 'sit')
Vaux	Auxiliary Verb (néng 'can', xiǎng 'would like to')
V-sep	Separable Verb (jiéhūn 'get married', shēngqì 'get angry')
Vs	State Verb, intransitive (hǎo 'good', guì 'expensive')
Vst	State Verb, transitive (xǐhuān 'like', zhīdào 'know')
Vs-attr	State Verb, attributive (zhǔyào 'primary', xiùzhēn 'mini-')
Vs-pred	State Verb, predicative (gòu 'enough', duō 'plenty')
Vp	Process Verb, intransitive (sǐ 'die', wán 'finish')
Vpt	Process Verb, transitive (pò (dòng) 'lit. break (hole)', liè (fèng) 'lit. crack (a crack)'

Notes:

Default values: When no marking appears under a category, a default reading takes place, which has been built into the system by observing the commonest patterns of the highest frequency. A default value can be loosely understood as the most likely candidate. A default system results in using fewer symbols, which makes it easy on the eyes, reducing the amount of processing. Our default readings are as follows.

Default transitivity. When a verb is not marked, i.e., V, it's an action verb. An unmarked action verb, furthermore, is transitive. A state verb is marked as Vs, but if it's not further marked, it's intransitive. The same holds for process verbs, i.e., Vp is by default intransitive.

Default position of adjectives. Typical adjectives occur as predicates, e.g., 'This is great!' Therefore, unmarked Vs are predicative, and adjectives that cannot be predicates will be marked for this feature, e.g., zhǔyào 'primary' is an adjective but it cannot be a predicate, i.e. *Zhè tiáo lù hěn zhǔyào. '*This road is very primary.' Therefore it is marked Vs-attr, meaning it can only be used attributively, i.e., zhǔyào dàolù 'primary road'. On the other hand, 'gòu' 'enough' in Chinese can only be used predicatively, not attributively, e.g., 'Shíjiān gòu' '*?Time is enough.', but not *gòu shíjiān 'enough time'. Therefore gòu is marked Vs-pred. Employing this new system of parts of speech guarantees good grammar!

Default wordhood. In English, words cannot be torn apart and be used separately, e.g., *mis-not -understand. Likewise in Chinese, e.g., *xǐbùhuān 'do not like'. However, there is a large group of words in Chinese that are exceptions to this probably universal rule and can be separated. They are called 'separable words', marked -sep in our new system of parts of speech. For example, shēngqì 'angry' is a word, but it is fine to say *sheng tā qì* 'angry at him'. Jiéhūn 'get married' is a word but it's fine to say jiéguòhūn 'been married before' or jiéguò sān cì hūn 'been married 3 times before'. There are at least a couple of hundred separable words in modern Chinese. Even native speakers have to learn that certain words can be separated. Thus, memorizing them is the only way to deal with them by learners, and our new system of parts of speech helps them along nicely. Go over the vocabulary lists in this series and look for the marking –sep.

Now, what motivates this severing of words? Ask Chinese gods, not your teachers! We only know a little about the syntactic circumstances under which they get separated. First and foremost, separable words are in most cases intransitive verbs, whether action, state or process. When these verbs are further associated with targets (nouns, conceptual objects), frequency (number of times), duration (for how long), occurrence (done, done away with) etc., separation takes pace and these associated elements are inserted in between. More examples are given below.

Wǒ jīnnián yǐjīng kǎoguò 20 cì shì le!! (I've taken 20 exams to date this year!)

Wǒ dàoguò qiàn le; tā hái shēngqì! (I apologized, but he's still mad!)

Fàng sāntiān jià; dàjiā dōu zǒu le. (There will be a break of 3 days, and everyone has left.)

Final Words

This is a very brief introduction to the modern Mandarin Chinese language, which is the standard world-wide. This introduction can only highlight the most salient properties of the language. Many other features of the language have been left out by design. For instance, nothing has been said about the patterns of word-formations in Chinese, and no presentation has been made of the unique written script of the language. Readers are advised to search on-line for resources relating to particular aspects of the language. For reading, please consult a highly readable best-seller in this regard, viz. Li, Charles and Sandra Thompson. 1982. Mandarin Chinese: a reference grammar. UC Los Angeles Press. (Authorised reprinting by Crane publishing Company, Taipei, Taiwan, still available as of October 2009).

Shou-hsin Teng, PhD
Professor of Chinese Linguistics
University of Massachusetts, Amherst, Mass, USA (retired)
National Taiwan Normal University, Taipei, Taiwan (retired)
Maa Fa Luang University, Chiang Rai, Thailand
Dept. of Chinese as a Second Language, Chungyuan Christian University, Chungli, Taiwan (current)

當代中文課程

A Course in Contemporary Chinese

編輯理念

　　《當代中文課程》是一套結合溝通式教學和任務導向學習的系列教材，共六冊，前三冊以口語訓練為主，後三冊則以書面語為主。教材內所運用的語言以當下臺灣社會所使用的標準「國語」為主，由於各地語言標準不一，身為臺灣的編輯群僅能以我們所熟悉的語言進行編寫，然而我們所使用的「臺灣的國語」與一般所謂的「臺灣國語」有所區隔，前者是標準語言，由教育部國語推行委員會（2013 年改名為終身教育司）所規範；後者多指受閩南方言影響形成的臺灣特有的語音、詞彙及語法，例如，「一臺腳踏車」、「一粒西瓜」、「他不會知道」或「他有吃飯」。在這個教材中，我們使用的規範語言有以下特徵：

1. 和普通話同樣的語音系統，除了少數一些詞的聲調不同，例如：「頭髮」的「髮」讀三聲不是四聲、「星期」的「期」讀二聲而不是一聲、「可惜」的「惜」讀二聲不是一聲等等。

2. 沒有兒化韻，例如：我們使用「哪裡、好玩、好好地」，而不使用「哪兒、好玩兒、好好兒地」。

3. 幾乎沒有輕聲詞，除了少數例外，如：謝謝、關係、東西，和親屬稱謂，如：爸爸、媽媽、姐姐等等。

4. 某些詞彙習慣加上「子」，不太使用單音節。例如：桌子、蝦子、靴子、鴨子。

5. 臺灣日常使用的詞彙，有些不同於普通話。例如：國語（普通話）、腳踏車（自行車）、計程車（出租車）、電腦（計算機）、雷射（激光）、警察（公安）、泡麵（方便麵）等等。

6. 在句法的表現上，原則上與普通話相同，差異的部分在語法用法中將特別說明，如：對於動作動詞的否定，「沒有」用得比「沒」多。下面 7-8 中也舉了幾個例子。

7. 對於雙音節狀態動詞 V-not-V 的形式，除了 AB 不 AB 外，還使用 A 不 AB，如：喜不喜歡、知不知道；表示嘗試貌的動詞形式，除了普通話的「VV 看」外。臺灣形式的「V 看看」基本不用。

8. 對於表示目的地的方式，除了「他到學校來／去」這樣的形式外，「到」也可以和「來」、「去」一樣，當動詞，後面常常不需要「來」、「去」，如：「我們晚上去 KTV 唱歌」、「我們晚上到 KTV 唱歌」。

　　這系列教材適合來臺學習中文的人士，也適用於海外高中或大學學習中文的學生。各冊教材分別包含課本、學生作業簿、教師手冊；1、2 冊則另附漢字練習本。每冊設計重點如下：

　　第 1 冊著重在實際日常生活對話；

　　第 2 冊除了對話外，開始輔以短文閱讀；

第 3 冊則從長篇對話進入書面語及篇章的訓練；

第 4 冊維持長篇對話與篇章兩種形式，擴展能談論的話題；

第 5 冊則選擇當代爭議性議題；第 6 冊則選材自真實語篇。涵蓋社會、科技、經濟、政治、文化、環境等多元主題，拓展學生對不同語體、領域的語言認知與運用。

如果以一天上課三小時、每週五天的速度，約三個月學完一冊，不間斷學完六冊約莫一年半時間。學完六冊，相當於美國中文研究所學生程度（ACTFL Superior level 或 CEFR C1）。

每一冊課本的內容除了上述的對話或閱讀篇章外，必要的成分還有詞彙、語法、課室活動和文化點等四個部分。第一冊前八課的文化點之後則分別補充了漢字的基本筆順、基本結構及部件、六書、漢字的起源、發音、漢拼及標點符號，學習者可以自行參考。

以下分別敘述課本中四個主要成分的特色以及本教材語音教學原則。

一、詞彙（Vocabulary）

在這個部分，我們區隔了詞、專有名稱（Names）和詞組（Phrases）；每個成分都給予拼音和英文解釋（只針對當課的語義）；課本中所稱的詞組，範圍較廣，除了語言學上相對於「詞」的「詞組」外，還涵蓋了教學中的固定語（idiomatic expression or chunks）、四字格和成語等概念。「詞」另外加註了詞類。詞類也是本教材的一大特色，我們採用鄧守信博士為華語教學所規劃的詞類架構，呈現出詞類與語法規則的對應，並有效防堵學習者的偏誤。我們相信學習者對詞類的認識是必需的，如果他們知道「恐怕」是副詞，那麼就不會造出「我恐怕蟑螂」這樣的句子，因為一個句子一定要有一個主要動詞，而「恐怕」不是動詞。

表1 《當代中文課程》八大詞類

八大詞類	Parts of speech	Symbols	例子
名詞	Noun	N	水、五、昨天、學校、他、幾
動詞	Verb	V	吃、告訴、容易、快樂、知道、破
副詞	Adverb	Adv	很、不、常、到處、也、就、難道
連詞	Conjunction	Conj	和、跟、而且、雖然、因為
介詞	Preposition	Prep	從、對、向、跟、在、給
量詞	Measure	M	個、張、杯、次、頓、公尺
助詞	Particle	Ptc	的、得、啊、嗎、完、掉、把、喂
限定詞	Determiner	Det	這、那、某、每、哪

本教材使用的詞類架構如表 1 所示，一般教師對八大詞類的概念不陌生，與一般傳統教材詞類概念差異較大的，是動詞部分。以下先針對七大類簡要述說，將動詞放到最後說明。

1. 名詞（noun）

為了精簡詞類，名詞類包括了一般名詞、數詞、時間詞、地方詞、代名詞。名詞可以出現在句中的主語、賓語、定語位置。時間詞較特殊，也可以出現在狀語位置，例如：他明天出國。

2. 量詞（measure or classifier）

除了修飾名詞的量詞外，如：一<u>件</u>衣服、一<u>碗</u>飯，也包括計量動作的量詞，如：來了一<u>趟</u>。量詞出現在限定詞及數詞之後。

3. 限定詞（determiner）

限定詞極為有限，如：這、那、哪、每、某。除了限定指稱的功能，如：<u>這</u>是一本書，在句法上也有獨特地位，它可以和其他成分組成名詞詞組，出現的位置如右順序「限定詞+數詞+量詞+名詞」，例如：<u>那</u>三本書是他的。

4. 介詞（preposition）

介詞主要功能是用來引介一個成分，形成介詞詞組，表達句子的時間、地方、工具、方式等語意角色，通常位於狀語位置，也就是主語和動詞之間。有些詞兼具動詞與介詞，此時只能根據它們在句中的功能分別給予詞類。例如：「他<u>在</u>家嗎？」這裡的「在」是動詞；而「他<u>在</u>家裡看電視」這裡的「在」是介詞。

5. 連詞（conjunction）

主要有兩類，一是並列連詞，連接兩個（以上）詞性相同的詞組成分，如：中國<u>跟</u>美國、美麗<u>與</u>哀愁、我<u>或</u>你；二是句連詞，把分句連成複句形式，如：雖然…，可是…。而漢語的句連詞常常成對出現，出現在前一分句的，我們稱「前句連詞」，如：「雖然」；出現在後一分句的，我們稱「後句連詞」，如：「可是」。前句連詞如「不但、因為、雖然、儘管、既然、縱使、如果」可以出現在主語前面或後面的位置；後句連詞則只能出現在主語前面，如：但是、所以、然而、不過、否則。可以參見下面兩例：

(1) 她<u>不但</u>寫字寫得漂亮，<u>而且</u>畫畫也畫得好。

(2) 我<u>因為</u>生病，<u>所以</u>沒辦法來上課。

當兩分句的主語不同時，前句連詞只能出現在主語前面，不能出現在主語後面。如下面兩例：

(3) 我們家的人都喜歡看棒球比賽，<u>不但</u>爸爸喜歡看，<u>而且</u>媽媽也喜歡看。

(4) <u>因為</u>房子倒了，<u>所以</u>他無家可歸。

6. 副詞（adverb）

副詞主要功能是修飾動詞組或句子，它的存在與否不會影響句子的合法性。大部分副詞出現在句中的位置是主語和動詞之間，表示評價的副詞以及部分表示猜測的副詞則可以出現在句首，如：「<u>畢竟</u>他不是小孩了，你不必擔心他」、「<u>也許</u>他知道小王去了哪裡」。除了大家熟悉的表示多義的高頻副詞「才、就、再、還」等等，依據語義，副詞大致可分為下面這些類別：

表示否定：不、沒、未

表示程度：很、真、非常、更、極

表示時間：常常、偶而、一向、忽然、曾經

表示地方：處處、到處、當場、隨地、一路

表示方式：互相、私下、親口、專程、草草

表示評價：居然、果然、難道、畢竟、幸虧

表示猜測：一定、絕對、也許、大概、未必

表示數量、範圍：都、也、只、全、一共

7. 助詞（particle）

助詞是封閉的一類，雖然數量不多，但因為它們在句法結構中的重要性，應該歸類為主要詞類。此外，根據它們在句法中的不同屬性，可以分為下面六小類：

感嘆助詞（Interjections）：喂、咦、哦、唉、哎

時相助詞（Phase particles）：完、好、過$_2$、下去

動助詞（Verb particles）：上、下、起、開、掉、走、住、到、出

時態助詞（Aspectual particles）：了$_1$、著、過$_1$

結構助詞（Structural particles）：的、地、得、把、將、被、遭

句尾助詞（Sentential particles）：啊、嗎、吧、呢、啦、了$_2$

在這六類中，大家比較熟悉的時態助詞出現在動詞之後，表示一個事件的內部時間結構，包含完成體的「了」、經驗體的「過」和持續體的「著」。時相助詞是傳統所謂動補結構中的補語。我們劃分出這一類，主要是這類助詞的實詞義已經消失或虛化，表示的是動作狀態的時間結構，出現在動詞之後、時態助詞之前。

動助詞也是一般所謂的補語。這類助詞的實詞義（如，趨向義）也已經虛化。不同助詞有核心的語義，例如「上、到」是接觸義（contact）；「開、掉、下、走」是分離義（separation）；「起、出」是顯現義（emergence）；「住」是靜止義（immobility）。表達的是客體（theme or patient）與源點、終點的關係（Bolinger, 1971[1]；Teng, 1977[2]）。這裡引鄧守信（2012:240）[3]的例子來說明：

(33) a 他把魚尾巴切走了。

　　 b 他把魚尾巴切掉了。

以下是動助詞「走」和「掉」的特性說明：

走：客體自源點分離且施事陪伴客體

掉：客體自源點分離並自說話者或主語場域中消失

1　Bolinger, D. (1971). *The Phrasal Verb in English.* Cambridge: Harvard University Press.

2　Teng, Shou-hsin (1977). A grammar of verb-particles in Chinese. *Journal of Chinese Linguistics,* Vol.5, 1-25.

3　鄧守信（2012），漢語語法論文集（中譯本）。北京市：北京語言大學出版社。

在這裡，教師們可以把客體理解為賓語（魚尾巴），源點則是「魚」，就可以清楚看出使用「走」和「掉」之間的差別。

教學時，區分出動助詞這一類，說明它們的特性，可以讓學生透過主要動詞與助詞的搭配，推估出句義，也可以解釋動助詞與動詞之間的選擇關係。動助詞與時態助詞共同出現時，也是位於時態助詞之前，但它們不和時相助詞一起出現。

結構助詞則是包括：定語助詞「的」、狀態助詞「地」、補語助詞「得」、處置助詞「把、將」、被動助詞「被、給、遭」等等。

8. 動詞（verb）

動詞主要的句法功能，是做為句子的主要謂詞。為了讓學習者可以透過詞類來掌握動詞的句法行為，在動詞之下，我們區分了動作動詞（Action Verb）、狀態動詞（State Verb）和變化動詞（Process Verb）這三大類，也就是動詞三分的概念（Teng, 1974）[4]。動作動詞有時間性、意志性，狀態動詞沒有時間性，沒有意志性，而變化動詞有時間性，但沒有意志性。

變化動詞對華語教師而言較陌生。變化動詞是指由一個狀態瞬間改變到另一個狀態。我們可以簡單地把動作動詞視為動態；狀態動詞視為靜態；變化動詞則是兼具動態與靜態，如動詞「死」標示了從「活」到「死」的改變。這可以解釋為什麼變化動詞可以像動作動詞一樣，和完成貌「了」一起出現；又像狀態動詞一樣，不能和進行貌「在」一起出現。關於變化動詞和句法之間的關係，可參考表2。

狀態動詞可涵蓋下面這幾個次類：
認知動詞（cognitive verbs）：知道、愛、喜歡、恨、覺得、希望
能願動詞（modal verbs）：能、會、可以、應該
意願動詞（optative verbs）：想、要、願意、打算
關係動詞（relational verbs）：是、叫、姓、有
形容詞（adjectives）：小、高、紅、漂亮、快樂

形容詞這一小類除了做為謂語外，還有一個主要功能是做修飾語。認知動詞則多是及物性的狀態動詞。表示能力或可能性的能願動詞和表示意願的意願動詞這兩小類，在句法上與其他狀態動詞不同的是，它們後面出現的是主要動詞，不是名詞詞組，也不能接時態助詞，我們將之標記為助動詞（Vaux），以突出它們在句法上的特殊性。助動詞因為在句中的位置與狀語相似，有時容易和副詞混淆，基本上助動詞可以進入「V-not-V」句型（請參見表2），具有動詞特性，與副詞截然不同。關係動詞這次類前面不能接程度副詞，也就是不能使用「很」等

4　Teng, Shou-hsin. (1974). Verb classification and its pedagogical extensions. *Journal of Chinese Language Teachers Association*, 9(2), 84-92.

修飾語，與一般狀態動詞的語法表現不一樣。

　　動作、狀態、變化這三大類動詞的差異，可以清楚地反映在句法結構上，如表2所示。舉例來說，動作動詞可以和「不、沒、了₁、在、著、把」搭配，狀態動詞則不能和「沒、了₁、在、把」搭配，而變化動詞則可以和「沒、了₁」搭配，不能和「不」搭配。這樣一來，當學習者看到「破」的詞類是Vp時，就不會說出「*花瓶不破」這樣的句子，知道「破」的否定要用「沒」。

表2　動詞三分與句法的關係

	不	沒	很	了₁	在	著	把	請（祈使）	V（一）V	V不V	ABAB	AABB
動作動詞	✓	✓	✕	✓	✓	✓	✓	✓	✓	✓	✓	✕
狀態動詞	✓	✕	✓	✕	✕	✕	✕	✕	✕	✓	✕	✓
變化動詞	✕	✓	✕	✓	✕	✕	✕	✕	✕	✕	✕	✕

〔表格內容主要彙整自 Teng（1974）與鄧守信教授課堂講義〕

　　詞類與句法的表現有時不可能百分之百符合，有規則就可能有例外，但是少數的例外不影響這個系統對學習的優勢。教師應該有這個認知。

　　除了動詞三分外，動詞是否能帶賓語，當然也是個重要的句法特徵，如果知道「見面」是個不及物動詞，自然不會說出「*我見面他」這樣的句子。因此區分及物、不及物也是這個動詞詞類系統的特色。但為了標記的經濟性，我們的詞類標記系統還有個重要概念，即，「默認值」（default value）。例如：V這個標記除了指「動詞」，還代表「動作動詞」，而且是「及物性動作動詞」。

　　簡單地說，我們以這一類中較多數的成員做為默認值。舉例來說，漢語動詞中以動作動詞居多，動作動詞中又以及物性居多，V所代表的就是及物動作動詞；狀態動詞中以不及物居多，因此Vs代表的是不及物狀態動詞；變化動詞以不及物居多，Vp代表的是不及物變化動詞。所以對於動作動詞中的不及物動詞，就另外以Vi做為標記；狀態及物動詞則以Vst代表；變化及物動詞以Vpt代表。Vaux的默認值則是狀態動詞，不及物。表3是動詞系統的詞類標記以及標記所代表的意義。

表3 動詞詞類標記代表的意義

標記	動作	狀態	變化	及物	不及物	可離性	唯定	唯謂	詞例
V	◎			◎					買、做、說
Vi	◎				◎				跑、坐、笑、睡
V-sep	◎				◎	◎			唱歌、上網、打架
Vs		◎			◎				冷、高、漂亮
Vst		◎		◎					關心、喜歡、同意
Vs-attr		◎			◎		◎		野生、公共、新興
Vs-pred		◎			◎			◎	夠、多、少
Vs-sep		◎			◎	◎			放心、幽默、生氣
Vaux		◎			◎				會、可以、應該
Vp			◎		◎				破、壞、死、感冒
Vpt			◎	◎					忘記、變成、丟
Vp-sep			◎		◎	◎			結婚、生病、畢業

從表3可以看到動詞分類中，除了區分動作、狀態、變化、及物、不及物外，還有三個表示句法特徵的標記：

(1) –attr（**唯定特徵**）

這個標記代表只能做為定語的狀態動詞。一般狀態動詞的功能是做為句中的謂語，如：那女孩很<u>美麗</u>，或是做為修飾名詞的定語，如：她是一個<u>美麗</u>的女孩。但是像「公共」、「野生」這樣的狀態動詞，只能出現在定語位置，如：「<u>公共</u>場所、<u>野生</u>品種、那是<u>野生</u>的」，不能單獨出現做為謂語，如不能說：*那種象很野生。

(2) –pred（**唯謂特徵**）

這個標記代表只能做為謂語的狀態動詞。相對於前一種類型，這類狀態動詞只具有謂語功能，而不具有定語功能。典型的例子如：「夠」，如果學生知道「夠」是 Vs-pred，就不會說出「*我有（不）夠的錢」，而要說「我的錢（不）夠」。

(3) –sep（**可離特徵**）

這個標記代表的是漢語中一類特殊的動詞，傳統稱離合詞，這類詞的內部結構為：動詞

性成分+名詞性成分，在某些情況下顯現可離性，類似動詞與賓語的句法表現。離合詞中間可插入的成分包括：時態助詞，如(1)；時段，如(2)；動作的對象，如(3)；表示數量的修飾語，如(4)。

(1) 我昨天<u>下</u>了<u>課</u>，就和朋友去看電影。
(2) 他<u>唱</u>了三小時的<u>歌</u>，很累。
(3) 我想<u>見</u>你一<u>面</u>。
(4) 這次旅行，他<u>照</u>了一百多張<u>相</u>。

離合詞的基本屬性是不及物動詞，相關的標記有動作動詞 V-sep、狀態動詞 Vs-sep 和變化動詞 Vp-sep。學生認識離合詞這個標記與特性，可以避免說出「*他唱歌三小時」這樣偏誤的句子。當然，在臺灣已經有些離合詞，如：「幫忙」，傾向於及物用法。因為仍不穩定，教材中仍以不及物表現為規範。

從上面這些說明，教師可以發現動詞有五個層次，第一層是最上層的動詞；第二層是動作、狀態、變化；第三層是及物、不及物；第四層是唯定、唯謂；第五層是離合。教師可以透過這些分類概念，建立學生句法的規則，更可以適時的進一步提醒學生這些類別細緻的句法行為。例如，在表 2 顯示狀態動詞可以和「很」共現（co-occur），但是 Vs-attr、Vs-pred 這兩類因為不是典型的狀態動詞，所以不能和「很」共現。而 Vs-sep 這類詞 VN 分離後，V 可以和「了」共現，例如：「他終於放了心」。及物、不及物的標記也可以做為動詞是否可以與「把、被」共同出現的條件。學生如果認識「上當、中毒」等是不及物離合動詞，就不會因為它們帶有不愉快的語義而說出「被上當」、「被中毒」這樣偏誤的句子了。

二、語法（Grammar）

在語法項下，分為四個部分來說明及練習：

1. 功能

語言既是交際的工具，因此描述一個語法點，首要的工作是先指出這個語言成分所扮演的功能，……功能指的是一個語法點在句法上、語義上或交際上的功能。並不是每一個語法點都可以交代這些功能，有些只有交際功能，有些只有語法功能，要視語法點的性質而定。（引自鄧守信，2009:158）[5]

這系列教材在語法點首先說明語言的功能，就是為了讓學生清楚地知道這個語言形式是做什麼用的，而非僅羅列出語言形式的表面結構，例如：得後補語在句法中扮演的是補充角色；狀語、定語扮演的是修飾功能。又如，單音節動詞重疊的結構不難，但到底重疊結構的功能為何，以下是我們對這個語法點功能的描述：

5　鄧守信（2009），對外漢語教學語法（修訂二版）。臺北市：文鶴出版社。

Softened Action V（一）V

Function: Verb reduplication suggests "reduced quantity". It also suggests that the action is easy to accomplish. When what is expressed is a request/command, verb reduplication softens the tone of the statement and the hearer finds the request/command more moderate.（Vol.1, L.6）

　　從這個表達方式，可以清楚看出語法點的標題是以功能導向為原則，點出「VV」這個重疊結構具有和緩或軟化行動的功能。在功能說明中，描述動詞重疊有「減量」的涵意，因此也有動作容易達成的涵意。當我們要請求或下指令時，動詞重疊緩和了說話者的口氣，讓聽話者覺得這個請求或命令較容易達成。在功能描述後緊接著舉 3～4 個例句，例如：「我想學中文，請你教教我」。

　　上述的功能描述即是屬於交際功能的說明，是為了讓學習者清楚地知道這個語言形式可以達到什麼目的，類似的還有「Making suggestions 吧」。至於「都 totality」、「To focus with 是…的」則是屬於語義功能，「Complement marker 得」、「Locative marker 在」也是屬於功能屬性。

　　在講課時，我們盡量不使用專門術語，例如：格（case）或領域（scope），以免增加學習者的負擔。講解是為了讓學生瞭解語法點在句子層面的交際、語義或句法功能。

2. 結構

　　在功能之後，才是結構的說明。在這個部分，先說明語法點的基本語言結構，有的時候，也列出像公式般的線性關係，如：Subject ＋ 把 ＋ Object ＋ V ＋ 了，接著分別說明這個語法點的否定形式和疑問形式，主要是為了讓學生除了知道這個語法點的固定形式外，在表達否定或疑問形式時，也能運用自如。例如，指出狀態動詞的否定使用「不」而不是「沒」；在介紹「把」字句時，說明否定詞應該出現在「把」之前而非動詞之前（「把」之後）。關於疑問形式的呈現，除了教材前幾課外，不舉「嗎」的用例，因為這是普遍可用的形式，而多舉 V-not-V、「沒有」（句尾）或「是不是」等疑問形式。

3. 用法

　　這個部分的用法不是指「語用」（pragmatics），而是指這個語法點什麼時候可以使用，什麼時候不可以使用，使用的時候要注意什麼。也就是要提醒學生使用這個語言形式要注意的地方，例如：狀態動詞重疊後，不可以和程度副詞共同出現，因此，不可以說「*很輕輕鬆鬆」；或是提醒學生完成貌的「了」是表示動作的完成，而不是指過去發生的動作；或是可能和其他結構或詞語混淆，在必要時，也要說明，例如：學生學了「一點」和「有一點」之後，為這兩者的使用差別做一比較。我們盡量在用法這個部分提供多一點的訊息，除了教師的經驗外，也應用中介語語料庫，以幫助學生更準確的使用語言。

4. 練習

　　　　這個部分是針對語法點所設計的練習，以結構為主。學生作業本中的練習則較多樣，有功能練習，也有結構練習。

三、課室活動（Classroom Activities）

　　　　這個部分也是練習的一種，不過，在課室活動的設計中，是以任務導向為原則。先讓學生知道做這個活動要達到的學習目標是什麼，然後給予任務說明，通常是設計一個情境，說明要學生完成什麼事。例如：你有一個朋友要來臺灣看你，你想帶他去陽明山，請說說你們要怎麼去。讓學生可以運用當課所教的語言形式，包括交通工具名稱、使用的交通方式和比較使用不同交通工具的結果等等，完成這個任務。

四、文化點（Bits of Chinese Culture）

　　　　文化點有大 C 和小 C 之別，在這個系列教材中，我們希望呈現的是小 C，也就是臺灣社會的生活習慣，包括語言現象，而且盡量選取特殊、有趣的，也就是如果教材中不說，學生不容易發現到的。否則講文化的書籍不少，學生要汲取華人文化的知識，不乏管道，所以關於文學、哲學、政治、歷史、傳統節慶等等不在我們的範圍內。而類似像臺灣人對「四」的禁忌或有字幕的電視節目等這樣的社會習慣，則在我們的文化點之列。每課文化點的安排不一定與當課課文主題相關，我們的用意只是讓學生在學習語言的同時，也認識這個社會。

五、語音教學原則

1. 本教材打破以往先教標音符號的教學模式，跳脫單調的基礎拼音與四聲組合的傳統發音練習，直接融合聽、說、讀、寫四種技巧，以具體、有效使用語音的方式帶領學生進行有意義的發音學習。此方式可改善過去學生依賴拼音符號念讀字句，甚至有時拼音符號寫對了，發音還是不正確的缺點。

2. 聽音和辨音的能力是學好發音的基礎。本教材的語音教學設計鼓勵初級學生一開始先運用耳朵——即聽力，模仿老師及 MP3 的發音，讓學生逐步從「聽」和「看」中，建立起文字、意義與聲音結合的概念。

3. 每課皆依據生詞以及課文於第一冊教師手冊中設計語音教學內容，發音練習必與課文連結，使學生能在有意義的情境下學習發音。當學完第一冊 15 課後，學生即能有完整的語音訓練。

　　　　例如，第一冊第一課「歡迎你來臺灣」的課文中出現了「不客氣」和「對不起」兩詞，因此我們在這一課就介紹「不」的變調。練習時所用的「不喝、不來、不喜歡、不是」等變調例，皆從課文而來，無一偏離。但若為增加練習量而加上「不漂亮、不好看、不吃、不想」這些第二、三課的詞，對這時的學生來說便是無意義的。

4. 本教材不特別設一獨立課程教授漢語拼音原則，如：聲調符號標定位置，或 liú（i+ou→iu）、sūn（u+en→un）等說明，但各種發音練習會在教師手冊、作業簿、考題中循序且有系統地帶入。

　　配合上項語音教學原則，所有練習、考題的設計皆須為「在課文中出現，已教、已學」的成分，故在未介紹完拼音符號前不出現「聽寫拼音符號」等題型，亦不要求學生「看拼音符號即念出某字音」。

　　此外，針對學生易混淆的發音，則於第一冊作業簿中安排「聽力─辨音」項目（即第二大題）進行練習。如某題題幹為「音樂」，學生會看到「音樂」的漢字，然後聽到兩個選項：「A.醫院，B.音樂」，圈選 B 才是正確答案。而為達聽辨練習效果，每一題的選項皆力求具誘答力；然考量前五課的詞彙量實難以設計出理想的辨音題目，因此前五課的作業練習不列此項。

結語

　　最後，我們要強調的是，教材不可能呈現百分之百教學的內容，只是做為教學的出發點。教師可視教學對象的不同，靈活運用教材內容。例如，如果您在高雄教授中文，可以將課文中的「臺北古亭站」置換成高雄捷運的站名，因為我們相信語言的運用必須與當地的環境相結合。所以，儘管我們的教材只能以英語做為翻譯的語言，但教師當然可以視狀況採用中文或其他語言在課室中進行詞語的解釋。我們衷心期盼這系列教材可以帶給您全新與雀躍的感受。

言論自由的界線

、**教學目標**

- 讓學生能夠為討論的議題或相關的名詞定義並加以說明。
- 讓學生能指出支持與反對言論自由的論點,並表達自己對此意見的看法。
- 讓學生能自由運用與言論自由相關的詞彙及四字格、熟語表達方式。
- 讓學生能了解段落中句子之間的關係,並進一步用一段話表達想法。

、**教學重點及步驟**

1. 建議每一課的教學流程要有固定大方向,使學生適應教學的規律性,但各課因主題不同可依特性做調整。
2. 為使教學順利進行,學生能開口交流討論,上課前請學生預習。

課前預習

1. 上網查詢「言論自由」的先備知識,查詢範圍至少能回答 4 題的暖身提問,避免學生因完全不了解議題而無法參與討論,耽誤上課時間。
2. 預習課前活動和課文一的生詞。

課前活動

1. 教師帶領學生看圖片,藉由圖片回答課本中的問題,並讓學生簡單回答個人看法。
2. 課前活動的問題主要先引出本課重點主題並引起興趣。同時熟悉之後會不斷看到、討論的詞彙。
3. 步驟:

⑴板書展示：在課堂討論時，若使用或帶出生詞時，可以手勢指一下黑板上的生詞。

> 可帶出的生詞：言論、有心、無意、威脅、無罪、反應、發表、攻擊、自殺、仇恨、霸凌、謠言、匿名、憂鬱症、傷害

⑵教師展示課本中的六張圖片，搭配問題一，讓學生做出配對。若有學生不知道，可請其他學生或由教師說明事件或舉例。

A：抗議　　　　　B：坐牢　　　　C：謠言　　D：禁書
E：恐怖攻擊　　　F：網路霸凌

⑶（針對檢查、審查）提問問題二，學生自由回答。
其他可再討論的問題有：
◇ 你發表言論以前會考慮哪些事情？
◇ 什麼情況下你會發表？什麼樣的情況下不發表？（帶出「匿名」、「發表」）

⑷（針對網路霸凌、言語霸凌）提問問題三，學生自由回答。或是由教師提供一些令人不舒服的言論，讓學生歸類：
例如：（以下蒐集自網路新聞）
◇ [外表] 英國人會用 Ginger 稱呼擁有紅髮的人；胖子都好吃懶做。
◇ [種族]⑴小時候有些媽媽會叫他們的孩子離我這一點，還會說「不要跟那種小孩玩」、「他昨天沒洗澡」之類的話，因為我是混血兒，我長得比較黑。⑵小時候跟美國小孩打球，被罵滾回中國。⑶他是黃種人，應該是家裡的幫傭。
◇ [宗教] 禁止穆斯林進來我的國家。
◇ [性別] 你是同性戀，所以我不要賣 pizza／婚紗給你。
◇ [職業] 小時候不好好讀書，長大只能當工人。

可再討論的問題有：
◇ 這些話主要是攻擊一個人的外表？種族？宗教？還是性別？
◇ 在貴國，攻擊哪一部分是最常聽到的？
◇ 你認為說出這些話的人是有心的還是無意的？
◇ 聽到這些話的人可能會覺得／怎麼做？（帶出「反應」、「自殺」、「憂鬱症」、「傷害」）

⑸（面對不同立場言論的回應）提問問題四，由學生自由回答；或是以新聞片段，請學生回答是否接受這樣激烈的回應。可播放大埔丟鞋案、查理事件新聞等新聞。其他可再提問：
◇ 這樣的行為在貴國有沒有法律問題？（帶出「無罪／有罪」）
◇ 面對這樣的仇恨性言論，你會怎麼反應？

⑹提問問題四，可自由討論、說明，或由教師提供時事新聞短片、或是課文一中「罵人價目表」、「沒放颱風假」兩則新聞（參考連結詳見本課伍、教學補充資源）。

⑺最後帶念板書上的生詞，糾正發音，作為結束，進入課文。

課文一教學步驟、補充及參考解答

步驟一：泛讀

1. 以理解主旨為主。

2. 建議進行方式為先限定時間，泛讀課文（或其中一段），找出主旨。

3. 泛讀時，提醒學生不懂的詞彙做記號即可。先往下讀，找出主旨，分段回答閱讀理解的問題。

4. 找主旨的時候，教師可協助提問：「這段最重要的要說什麼？這段中哪個句子最重要？」

5. 每部分的「找出論點」題，建議可運用到「論點呈現」單元，進而可引導學生理解段落中如何安排論點出現，以及如何支持論點。

> **課文理解參考解答：可能為複選**
>
> 1. (✔) 說明什麼是言論自由。
> 2. (✔) 言論自由保護的內容包括批評的言論。
> 3. (✔) 被洗腦。
> 4. (✔) 很多人以為是因為法律沒有禁止仇恨言論，所以才會有霸凌。
> 5. (✔) 有的人不懂得為自己的言論負責。
> 6. (✔) 透過開放的討論，真理會越來越清楚。（第四段）
>   (✔) 法律已有限制，人民應該為自己的言論負責。（第五段）
>   (✔) 言論自由讓你不必害怕表達自己的看法，是民主國家的基礎。（第二段）

步驟二：精讀

　　由教師帶領，學習詞彙、句式，精讀文章。請學生回家先預習生詞。課堂上並不一定要操練生詞表上的每個生詞。承接泛讀，由學生提出不懂意思的詞，再進行解釋。

建議教學進行方式

　　學生輪流唸課文，確定了解生詞意思。確認的方式可以由學生以中文解釋，如「無能」＝「沒有能力」。若學生無法解釋，再由教師說明。（以下僅舉例，教師可藉由學生不熟悉的詞彙再提問）

1. 第一段提問：
   ◇ 在這一段裡，「無罪、無能」的意思是？（沒有罪、沒有能力）
   ◇ 「市長遭網友罵慘」也可以說？（市長被網友罵慘）
   ◇ 這一段裡提到兩則新聞，是哪兩則？
   ◇ 你呢？聽到這樣的新聞，你的反應是什麼？
   ◇ 「無罪」是誰說的？（司法判決）你認為這樣的判決有道理嗎？
   ◇ 這一段裡，作者最想說的是哪句？（能這麼做…的時代），
   ◇ 所以前面的部分是例子還是意見？（例子）

2. 第二段提問：
   ◇ 「顧名思義」的意思是？（看到字就可以知道意思）
   ◇ 你每天會收到多少訊息？這些訊息從哪裡來？（帶出「接收」、「來源」）
   ◇ 發表什麼樣的言論會被處罰？要是你發表言論以後會被處罰，你會覺得你沒有了言論自由嗎？
   ◇ 看到跟你的想法不一樣的意見，你會包容嗎？批評你的意見呢？反對你的意見呢？（帶出「即使…也不例外」）
   ◇ 我們已經知道這一段在說明什麼是言論自由（課文理解 1），哪一個詞是用來說明？（顧名思義，是指…）
   ◇ 所以其他的部分是例子還是說明？（說明）
   ◇ 所以當你要介紹一個新的詞，首先你要先解釋意思，然後說明它的意義。這部分之後「延伸練習」單元會再練習。

3. 第三段提問：
   ◇ 「展現」的意思是？（讓大家看見）
   ◇ 什麼樣的行為可以展現言論自由？在媒體發表文章可以嗎？上街抗議可以嗎？都可以的話，我們可以說：「不論…都展現了…」。還有其他可以展現言論自由的方法嗎？
   ◇ 什麼是「胡作非為」？政府能胡作非為嗎？為甚麼他們無法胡作非為？為什麼人民能監督？
   ◇ 甚麼是「權益」？人民有什麼權益？要是你沒有權益，你會怎麼爭取權益？
   ◇ 如果人民沒有言論自由，會發生什麼事？（被洗腦、不敢說真話、沒有機會爭取自己的權益）（帶出「一旦…」）
   ◇ 這一段裡，作者最主要要說明什麼？（言論自由力量）
   ◇ 他怎麼說明？（先說有言論自由的好處，再說沒有言論自由的問題）
   ◇ 作者用哪些方式來連接他的想法？（正因為…／想想看…，一旦…／在…情況下，怎麼有…？）

4. 以下各段類似，最後統整：
   這一篇文章提到三個論點（閱讀理解第 6 題）—作者怎麼說明他的論點？他怎麼安排他的想法？把每一段中的表達方式，填入「口語表達」表格中。

語法點補充及練習解答

1. A，即使是 B 也不例外：以前學過的是「就算」、「例外」。可參考當四 L1「別說…，就算…也…」
   (1) 他總是把家打掃得乾乾淨淨，即使是<u>床底下</u>也不例外。
   (2) 法律之前，人人平等，即使是<u>總統</u>也不例外。
   (3) <u>誰都會有煩惱</u>，即使是<u>最有錢的人</u>也不例外。

2. 一旦 A，（就／才）B：可參考當四 L2「萬一」。「萬一」、「一旦」都用在引入一

個假設的新情況，但兩者稍有差異：「萬一」多用在說話者主觀不希望發生、事件發生機率較小的情況；「一旦」則強調前後兩句在時間上的緊密關係。

(1) 我們平時一定要練習逃生，這樣一旦發生災難，才<u>不會慌張，錯過逃生的機會</u>。

(2) 玩網路遊戲要有限制，因為一旦上癮，就<u>可能影響生活</u>了。

(3) 你最好別讓小張喝酒，他一旦喝了酒，就<u>會跟別人吵架</u>。

3. 為A而A：大部分用在負面情況。

(1) 考試只是要讓師生知道還有哪裡需要加強，別為考試而學習，請<u>為學習而學習</u>。

(2) 結婚是人生大事，千萬別<u>為結婚而結婚</u>，否則你一定會後悔。

(3) 他的想法很簡單，他只是透過畫畫表達自己的感覺，<u>為藝術而藝術</u>，並不想用這些來賺錢。

(4) 他<u>為寫作而寫作</u>，因此他的文章無法讓人感動。

4. 事實上：說明實際情況。多用來反駁前面說法。

(1) 有的人認為一個幸福的家庭一定要有父母和孩子。事實上，<u>感情不好卻勉強在一起並不見得幸福</u>。（單親家庭一樣幸福。）

(2) 他雖然選了熱門的會計系，但事實上，<u>他對國際關係系比較有興趣</u>。

(3) 政府提出多項措施，希望能鼓勵生育，解決少子化的問題。事實上，<u>問題在於薪水過低</u>，因此許多年輕人還是沒有生育的意願。

(4) 每當說到垃圾食物，人們就會想到速食。然而事實上，<u>也有很多素食加了化學添加物</u>。這是食物處理方法的問題，不能因此否定了這種食物的營養價值。

5. A為B負責

(1) 你不再是小孩了，你得<u>為自己說過的話、做過的事負責</u>。

(2) 這次的選舉輸了，所以政黨領導人決定下台，<u>為敗選結果負責</u>。

(3) 是他忘了關瓦斯而造成火災，他得<u>為這次的損失負責</u>。（or 房屋倒塌）

(4) 這個新措施不能有效解決失業率高的問題，因此政府得<u>為錯誤的決策負責</u>。

6. 封住…的嘴

(1) 他拿了三百萬給小陳，打算<u>封住他的嘴</u>。

(2) 你別想要<u>封住我的嘴</u>，我一定會讓大家知道這件事。

(3) 你認為政府有可能完全<u>封住人民的嘴</u>嗎？

論點呈現教學補充與練習解答

1. 請再讀一遍文章，找出作者支持言論自由不應該受限制的三個論點：

論點	一	二	三
	言論自由是人民的基本權利。人民擁有自由發言權並監督政府的決策。	真相越辯越明，透過多元言論形成社會共識。	言論自由的亂象可靠法律和教育來解決。

（＊L1～L7 的論點呈現會提供第一個論點，L8~10 不再提供論點，讓學生多練習。）

2. 作者提出的論點，你都同意嗎？請表達你的意見，並提出新論點。

課文一「不同意」及「新論點」的討論可能出現在課文二，可當作課文一過渡到課文二的暖身。

建議教學進行方式

1. 找出這一整段中，作者的論點是什麼？他怎麼讓他的論點更有力？（先提出對方論點→找出對方錯誤→提出自己看法→強調）

2. 若學生無法找出論點，教師可透過「作者在這段中支持的理由是什麼？用一句話來說」引導學生在段落中找到論點。

口語表達教學補充與練習解答

1. 根據論點找出文章中重要的表達方式。

論點	一	二	三
表達方式	‧ …，顧名思義，… ‧ 即使是…也不例外 ‧ 不論…都… ‧ 正因為…（所以）… ‧ 想想看，一旦… ‧ 在…情況下，怎麼…	‧ …越…，…越… ‧ 當你… ‧ 如果… ‧ 若是… ‧ 透過…，將會… ‧ 只有…是無法…的	‧ 然而，… ‧ 每當…，就… ‧ 事實上，… ‧ （問題）不是因為…而是因為… ‧ 這是…的問題，不該因此…

（※為了讓學生循序漸進學習，L1-3 的表達方式會全列出給學生參考，L4-7 只列出第一個，L8-10 不再列出，請學生練習找句式。）

建議教學進行方式

1. 初期若學生無法抓出句式，可由教師直接提供語言結構，或引導學生理解每段中句子間的語意邏輯連貫方式，協助學生從語意連結到形式。再進一步到利用這些表達方式作出段落。

2. 建議可也從課文理解中最後一題裡的論點切入，找出整段論述在論點、支持、小結語的安排方式，找出可當作銜接手段的表達（即填入表格內的結構）。

例如：

◇ 然而，每當有人提到媒體亂象，或是受不了網友言論攻擊而自殺，就會有人開始批評言論過於自由。→這個句子提到的看法是作者同意的嗎？（轉折，介紹反方論點），他用哪個詞來介紹→「然而」（板書）

◇ 事實上，法律早就已經禁止發表仇恨性言論及不實謠言。→作者認為真正的情形是什麼？（提出反駁）他用哪個詞來說明？→「事實上」

◇ 那些仇恨性言論、不實內容所造成的霸凌現象，不是因為言論過於自由，而是因為那些人不懂得為自己的言論負責，誤解「言論自由」的意義。→作者認為造成霸凌的原因是言論過於自由嗎？他怎麼說？→「不是…而是…」

◇ 這是教育的問題，不該因此否定了言論自由的價值，封住人民的嘴。→作者說這句話的目的是？→強調真正的原因、結論→「這是…的問題，不該因此…」。

2. 請用上面這些句式 (jùshì, sentence pattern) 談談你對「網路長城」(Wǎnglù Chángchéng, Great Firewall of China) 的看法。（至少使用 3 個）

> 參考範例：

> 　　網路長城，<u>顧名思義</u>，<u>是</u>指政府在網路上建起一座「長城」，阻止「城裡」的人與「城外」的人交流。<u>不論</u>是什麼網站，網路上的一切<u>都</u>受到政府的控制，<u>即使是</u>用來聯絡親友的通訊軟體<u>也不例外</u>。想想看，<u>一旦</u>政府透過這樣的方式控制訊息，人民<u>將</u>只會得到政府希望他們知道的事，<u>在</u>這樣<u>的情況下</u>，城裡城外的人如何交流想法？世界又<u>怎麼</u>能進步呢？
> 　　<u>然而</u>，<u>正因為</u>人們都希望能自由接收各種來源的訊息，因此面對政府的限制，許多人利用其他辦法「翻牆」出去。<u>事實上</u>，「翻牆」已經是一個大家都知道的秘密了，<u>在</u>大家都翻牆<u>的情況下</u>，網路長城<u>怎麼</u>有存在的必要呢？

建議教學進行方式

1. 由教師說明或由學生從字面意思猜測什麼是網路長城。

2. 藉由提問引導學生組織內容並利用表達方式做成段落：

◇ 什麼是網路長城？說明一下。（顧名思義／當你…／每當…就…）

◇ 網路長城限制了什麼？（不論…都…／即使是…也不例外）

◇ 為什麼會有網路長城？（正因為…，所以…）

◇ 想像一下，在有網路長城的情況下，會有哪些情形？（想想看，一旦…／在…的情況下，怎麼…／如果…／若是…）

◇ 你的看法是什麼？這是一個好的方式嗎？（只有…是無法…的／事實上／想想看／越…越…／在…情況下，怎麼…／不該因此…）

3. 除了當課的句型以外，所提供的表達方式也可加入課文中出現過的詞組或前四冊出現過的句型（例如「遭…罵慘」）。希望透過這樣的練習，讓學生每課至少學會使用六個基本句式來表達自己的看法。

4. 若想進一步利用這些句式練習成段表達，可利用與本課相關主題、或由教師提供其他主題（例如語言實踐部分）加強及鞏固學生對句式的掌握。

重點詞彙說明與練習解答

一、**詞語活用**：以分組合作、創造問題等實際使用詞彙的方式，熟悉詞彙的語義和用法。

1. 關於言論、想法或意見，你會怎麼形容（xíngróng, describe）？找一找課文、查查字典，或是跟同學討論：

將學生分組，從課文或字典中找出可搭配的詞彙，並填入下面的句子中。

> (1) 仇恨性／<u>攻擊性（的）</u>／<u>威脅性（的）</u> 言論
> (2) 有價值的／<u>浪漫的</u>／<u>大膽的</u> 想法
> (3) 反對的／<u>不同（的）</u>／<u>個人的</u> 意見
> (4) 模糊的／<u>不實（的）</u>／<u>第一手</u> 訊息

2. 除了「說」還可以用哪些動詞？請找一找課文、查查字典，或是跟同學討論：

V	N
發表／批評／否定／包容 表達／回應／傳播／接收 反對／同意／贊成	想法／言論／意見／訊息

(1) 請利用以上的動詞和名詞組合出四個詞組：

例如：發表／反對意見、否定想法、傳播訊息、批評言論、…

加長句子：

例：發表<u>反對</u>的意見

> a. 批評政府的言論
> b. 表達自己的意見
> c. 傳播不實的訊息
> d. 包容人民不同的意見

(2) 請用上面的四個詞組提出問題，並與同學討論。

可以視學生程度由老師準備，或是由學生自行創造，例如：

例：有的人不願意發表意見，你認為可能的原因是什麼？你會怎麼鼓勵他們？

> a. 要是你的父母否定你的想法，你會表達自己的意見，還是不回應？
> b. 你常透過哪些管道接收訊息？
> c. 你認為你是一個能包容各種意見的人嗎？
> d. 你知道哪些傳播訊息的方式？哪一種最能相信？

3. 兩個學生一組，進行以下的活動。

　(1) 請跟同學討論，把下面的詞填入表格中：

> 疑問、發言、焦慮、慌張、更改、徵兆、根據、敏感、在乎、
> 變換、音訊、明顯、衝動、進出、美好、自由、進度、批評

毫無＋N	隨意＋V	過於＋VS
• 徵兆	• 批評	• 自由
• 疑問	• 發言	• 焦慮
• 根據	• 更改	• 慌張
• 音訊	• 變換	• 在乎
• 進度	• 進出	• 敏感
		• 明顯
		• 衝動
		• 美好

　(2) 利用上面的詞組，完成下面的句子並回答問題：

> a. 這個話題過於<u>敏感</u>，你最好別隨意<u>發言／批評</u>。
> b. 雖然地震發生以前毫無<u>徵兆</u>，但是大家也不必過於<u>焦慮</u>，平常做好準備，一旦發生地震，就不會過於<u>慌張</u>。
> c. 敏感的話題（參考）：年齡、薪水、感情狀況。
> d. 自由回答。
> e. 自由回答。

二、四字格

　　第一次介紹四字格或熟語之前，先給學生「定語、狀語、補語、謂語、賓語、主語、插入語」的概念，提醒學生注意四字格出現的位置。（參考 p.xxv）

1. 顧名思義：提醒插入語的位置。
2. 胡作非為：用在負面的情況。
3. 越辯越明：常用來鼓勵對方討論。

課文二教學步驟、補充及參考解答

步驟一：泛讀 同上面課文一。

> **課文理解參考解答：可能為複選**
>
> 1. (✔) 匿名制度讓許多人不需要為自己的言論負責。
> 2. (✔) 網路言論為什麼一定要限制。
> 3. (✔) 用匿名的方式大膽發表意見。
> 4. (✔) 名嘴們比媒體更懂得怎麼避開言論自由的責任。
> 5. (✔) 沒有辦法讓真相越辯越明。
>   (✔) 常常造成霸凌、傷害別人。
>   (✔) 目前法律不嚴格，無法約束濫用言論自由的人。

步驟二：精讀

建議教學進行方式

1. 學生輪流唸，確定了解生詞意思。確認的方式可以由學生以中文解釋。若學生無法解釋，再由教師說明。（以下僅舉例，教師可藉由學生不熟悉的詞彙再提問）

2. 第一段提問：
   ◇ 在題目中，「濫用」的意思跟「使用」哪裡不一樣？
   ◇ 作者認為沒有限制的自由是真自由嗎？（並非）
   ◇ 作者認為現在社會中哪些人濫用自由？（名嘴、鄉民），他們怎麼濫用自由？
   ◇ 名嘴們說的內容是根據什麼來的？沒有根據也可以說？（毫無根據）
   ◇ 在網路上發言時，為什麼別人無法知道發言者的姓名？（因為匿名制度），匿名制度保護了這些鄉民，讓他們不必為自己說的話負責，我們可以說鄉民…（躲在匿名制度的保護傘下）（成了…的護身符）
   ◇ 不開心是正面還是負面的情緒？鄉民惡意批評，讓越來越多人覺得不開心，可以說…（引起更多負面情緒）
   ◇ 在這一段中，作者認為社會亂象主要是什麼原因造成的？

3. 第二段提問：
   ◇ 作者認為言論自由應該要限制，尤其是網路言論。作者怎麼說？（帶出「…尤其如此」）
   ◇ 「諷刺」的意思是什麼？課文一中提到的「罵人垃圾」是攻擊還是諷刺？「90後的你有著一顆80後的心和一張70後的臉。」你認為這句話要諷刺什麼？
   ◇ 第25行說，有人因此而得了憂鬱症。這裡的「此」是什麼意思？（攻擊、諷刺的言論）；其他人呢？他們怎麼回應？要是別人批評或諷刺你，你怎麼回應？（帶出「則」）
   ◇ 「受傷」跟「傷害」有什麼不同？鄉民認為他們有言論自由，所以想說什麼都可以，不管這些話會不會傷害別人，作者怎麼說？（帶出「以…之名」）名嘴他們

也常常以言論自由之名做什麼？（隨意批評別人）

✧ 你認為哪些事情會破壞言論自由？

✧ 這一段中，有一些是支持言論自由的，有些是認為要限制的，分別是哪些？請指出來，並看看怎麼安排？用了哪些詞來連接？

支持：「網路匿名方式…，加上…，因此…」、「言論自由是每個人的權利」

反對：「這股力量可能在…造成威脅」、「我們看到太多…嗎？」

連接：論點—支持—「然而」—反對—「的確」—支持—反對

4. 以下各段類似，最後統整：

這一篇文章提到三個論點（閱讀理解第 5 題），一作者怎麼說明他的論點？他怎麼安排他的想法？把每一段中的表達方式，填入「口語表達」表格中。

語法點補充及練習解答

填充式的練習除了將正確的選項填入外，建議亦可視學生程度讓學生挑戰用多出來的選項，結合目標句式，作出句子。

1. A 躲在 B 的保護傘下

　(1) 許多企業<u>躲在政府的保護傘下</u>，利用各種方式逃稅。

　(2) 那些色情場所<u>躲在警方的保護傘下</u>，難怪報警也沒有用。

　(3) 為什麼有的人選擇<u>躲在學校的保護傘下</u>，不想畢業？

2. 尤其如此：可參考當三 L2「尤其是」，此處為變化用法。但須注意，此處前句須為一完整句子，「尤其如此」後不能再加其他成分。

　(1) 機會是留給準備好的人，對<u>想另謀發展的人</u>來說尤其如此。

　(2) 許多人有傳宗接代的壓力，<u>對中國人</u>尤其如此。

　(3) 不管事實是什麼，總是聽不進別人的話，<u>對戀愛中的人</u>尤其如此。

3. 則：提醒後句主語的位置。（注意本課有兩個則（Adv／M））

　(1) 每當人民對政策不滿時，有些人站出來抗議，有些人<u>則上網發表意見</u>。

　(2) 被裁員的時候，有的人去充實自己，有的人則<u>積極找新工作</u>。

　(3) 每當有負面情緒的時候，男人喜歡大吃大喝，女人則<u>喜歡找朋友抱怨</u>。

4. A 以 B 之名：藉由或利用這個原因(B)來達到後面的目的。

　(1) 有一些國家以<u>國家安全</u>之名，限制移民進入。

　(2) 學校以<u>國際交流</u>之名舉辦了各種活動。

　(3) 學生常常以<u>慶祝比賽勝利</u>之名來舉辦活動。

5. B 就更不用說了：可參考當四 L5「更別說…了」，此處為變化用法。

　(1) 每當到了假日，到處都擠滿了人，<u>九份、烏來</u>這些地方就更不用說了。

　(2) 這麼難的字，很多大人都不會寫，<u>小孩</u>就更不用說了。

(3) 新聞節目裡到處都看得到許多誇張不實的廣告，<u>網路上就更不用說了</u>，因此更要
小心。

6.（在）A 的同時，也 B：當四 L3 出現詞彙「同時」，此處擴展為長句。
(1) 政府在發展經濟的同時，也要<u>保護環境</u>。
(2) 許多面試官在跟應徵者談話的同時，也<u>觀察他們的行為</u>。
(3) 媽媽選擇到農夫市集而不是超市，是因為<u>在買菜的同時，也能支持小農</u>。

論點呈現教學補充與練習解答

1. 請再讀一遍文章，找出作者支持言論自由應該有界線的三個論點：

論點	一	二	三
	以言論自由為名，惡意批評，造成社會亂象。	濫用言論自由造成霸凌。	目前法律不嚴格，無法約束濫用言論自由的人。

口語表達教學補充與練習解答

1. 根據論點找出文章中重要的表達方式。

論點	一	二	三
表達方式	• 可惜，… • 不是…就是… • A 躲在 B 的保護傘下…，或是… • 難道…嗎？ • …，就會…嗎？	• …尤其如此 • …，加上…，因此… • 然而… • 在…情況下，對…造成… • 的確，…，但是… • 看到…的例子 • 有人因此…，多數人則… • A 以 B 之名…，不正是…嗎？	• 除了…更… • 雖然…，但事實上… • A，就是為了…，B 就更不用說了…， • 就算…（也）還…

2. 請用上面這些句式談談你對「言論審查（shěnchá, censorship）」的看法。（至少使用 3 個）

參考範例：

> 的確，言論審查可以過濾仇恨性或暴力的言論，**然而**我們也**看到**更多濫用**的例子**，在一些言論不自由的社會或國家**尤其如此**。他們審查所有的內容，小自跟朋友聊天的內容，大至新聞，政治性的評論內容**就更不用說了**。而且，他們的審查標準根本毫無道理，**就算**你用秘密的方式表達**也**沒有用。只要用了有一點敏感的詞彙，**不是**查不到，**就是**被刪除，這真是不可思議！把人民的嘴巴封住，不讓人民表達意見，社會**就會**和諧**嗎**？

建議教學進行方式

1. 由教師說明或由學生從字面意思猜測什麼是言論審查。
2. 教師示範選取（至少）一個句式造句。
3. 學生分組／輪流造句。
4. 將相關的意見組合成段。

重點詞彙說明與練習解答

一、詞語活用

1. 當碰到許多生詞的時候，你可以先分類，幫助記憶（jìyì, memorize）。

制定	擅長	限制	承擔起	爭取	威脅	盡（到）	抓	支持	避開	指正
懷疑	保障	處罰	約束	逃避	傷害	保護	關	負擔起	濫用	辯護
攻擊	遵守	霸凌	諷刺	尊重	展現	享受	破壞			

(1) 表格中哪些詞彙後面可以出現「人」？請找出來：
　　威脅、抓、懷疑、處罰、傷害、關、攻擊、霸凌

(2) 還有哪些詞，他們可以怎麼跟下面的詞彙搭配？

＿＿＿法律	＿＿＿權益	＿＿＿責任	＿＿＿＿言論自由
制定、遵守 懷疑、尊重 加強、逃避	爭取、保障 保護、威脅	承擔起、負擔起、盡（到）、避開、逃避	正面的： 保護、展現、 享受、支持
			負面的： 破壞、濫用、約束、限制、傷害

(3) 請使用上面找出來的詞語完成句子：

關於言論自由

　　a. 由於政府計畫將嚴格檢查網路言論，很多人認為這麼做會<u>傷害</u>言論自由，因此許多民眾走上街頭，<u>支持／保護</u>言論自由。

b. 有些人<u>濫用</u>言論自由，以為想說什麼就可以說什麼。

關於責任、法律與權益

a. 既然你是立法人員，就不應該<u>避開</u>責任，而是應該<u>盡到</u>、承擔起責任，替人民<u>爭取</u>權益，並且制定有關的法律。

b. 為了<u>保障</u>更多本國企業的權益，政府決定<u>制定</u>新的法律約束外國企業。法律中規定，要是沒有<u>遵守</u>法律，政府將會限制他們們投資計畫。

(4) 還剩下哪些詞？請用這些詞提出問題，並與同學討論：

諷刺、辯護、擅長、指正

> a. 你看過哪部<u>諷刺</u>電影？電影內容主要想<u>諷刺</u>誰？
> b. 你認為替違法公司<u>辯護</u>是對的事嗎？
> c. 你最<u>擅長</u>的事是什麼？最不<u>擅長</u>的事是什麼？
> d. 要是看到別人做錯了（不做垃圾分類、插隊、亂丟垃圾），你會<u>指正</u>嗎？用什麼方式？哪些行為你會站出來<u>指正</u>？

二、推論（tuīlùn, inference）

部分說法並未學過，但因本課出現幾個類似用法，建議可以猜意思後，再作填充練習。

部位	說法	意思
耳	■ 關上…的耳朵	不聽
	■ 搗住（wǔzhù, cover）…的耳朵	不（讓人）聽
	■ 小孩子有耳無嘴	聽到但是別說出去
	■ 左耳進右耳出	聽過就忘了
眼	■ 矇上（méngshàng, cover, blindfold）…的眼睛	不看
	■ 遮住（zhēzhù cover, hide）…的眼睛	不（讓人）看
	■ 眼不見為淨	不看就當作這件事沒發生
嘴	■ 封住…的嘴	不讓人說
	■ 管好…的嘴	小心說話
	■ 把…掛在嘴上	常常說
	■ 嘴巴長在別人身上	自己無法控制別人想說的

請選擇上面合適的說法完成句子：

> 1. 辦公室裡的八卦聽過就算了，<u>管好自己的嘴</u>，別亂傳。
> 2. 網路上批評我的人那麼多，大部分都是沒有根據的內容，那些話，<u>左耳進右耳出</u>就好了，別把那些話放在心上，<u>嘴巴長在別人身上</u>，別人要怎麼說我們管不了。要不然就關掉網路，<u>眼不見為淨</u>。
> 3. 你以為<u>矇上自己的眼睛</u>，看不到，這件事就沒發生嗎？這根本就是鴕鳥心態（tuóniǎo xīntàit, to hide your head in the sand, to be in a state of deceiving oneself, escaping from responsibility）。
> 4. 他一天到晚把「廉能、正義」<u>掛在嘴上</u>，沒想到他也貪汙，難怪他想了許多辦法要<u>封住別人的嘴</u>，因為要是判決確定了，他的人生就完了。

延伸練習：定義（dìnyì, definition）與說明

<u>建議教學進行方式</u>

1. 教師說明並展示「定義」時常用的表達方式，並舉前一冊學習過的「啃老族」為例。其他可參考的主題有「小農」、「雲端科技」、「無殼蝸牛」等。
2. 引出本課提過的「歧視性言論」、「霸凌」等詞彙，將學生分組，討論「什麼是XX」，「哪些行為是XX？請舉例」，「XX有什麼影響或造成什麼問題？」
3. 討論後讓學生交換組別，跟其他學生分享討論結果。
4. 最後由教師點學生報告，檢視語言正確度及完整度。

語言實踐

教師可視情況擇一項活動進行：

一、問卷調查
<u>建議教學進行方式</u>

1. 承接延伸練習的定義，將話題導入「匿名／實名制」、審查制度、仇恨性言論。報告時可配合前面定義單元練習。
2. 說明任務「訪問」：「一般人怎麼看這些問題？他們的做法是什麼？」老師讓全班合作，將學生分三組，每組選擇一個主題後，分別設計不同主題的問卷。教師從旁協助引導設計問題。
3. 整理好問卷內容後，由學生找受訪者訪問。訪問對象可以讓學生選擇／限定，如只問外國人／女性／年輕人／…，分組報告時可以比較。
4. 訪問後由各組學生報告結果。

二、辯論練習：颱風天應該放假
<u>建議教學進行方式</u>

　　(1) 教師可利用新聞標題，或課文中「沒放颱風假？市長遭網友罵慘」這個新聞介紹出主題，請一兩位學生發表意見。

(2) 再將學生分成正反兩組，可使用臉書上提供的新聞圖片，引導學生討論出贊成及反對的論點，同時鼓勵學生使用「口語表達」部分的組合方式，在臉書上表達自己的看法。

(3) 兩組輪流發表完意見後，全班討論這些論點。

(4) 參考論點：

贊成方	論點 1：珍惜自己的生命。 論點 2：可以當作防災練習，加強防災意識。 論點 3：整理環境也需要時間。
反對方	論點 1：企業損失很大，影響經濟發展。 論點 2：誤放率太高。 論點 3：只是為了討好選民，並非相信專業預報。

、綜合練習解答

一、根據所聽到的內容回答問題並討論

聽力部分可當作課後練習，也可在課堂中進行。提醒學生若聽到沒學過的生詞，不要停在同一地方，先聽完全部，抓出大意即可。

建議教學進行方式

1. 介紹聽力主題。
2. 第一次先聽出立場（贊成或反對）。
3. 第二次再聽每段錄音的論點，並寫下。可視學生情況增加播放次數。
4. 聽完後對答案。若有錯誤，則再聽一次。
5. 完成後討論聽力問題。

	立場	論點
1.	匿名	方便政府能監控你而已，對減少霸凌一點幫助也沒有。
2.	匿名	霸凌發生在任何地方，網路只是工具。
3.	實名	大家都為自己的言論負責，也理性發言的時候，才可能有討論的效果。
4.	匿名	有更多討論空間。
5.	實名	言論自由不能沒有限制，每個人的權益都應該被保障。
6.	實名	可以避免謠言散播，也有助於事後追查責任。

2. 你認為哪個論點最有說服力？自由回答。

討論：自由回答。

L1	聽力文本
情境說明	網路是許多人發表意見的地方，然而許多人卻常在網路上留言攻擊、發表仇恨性言論，霸凌別人。因此開始有人思考，網路究竟是匿名好？還是實名好？ 請聽這些人的意見。他們的立場分別是支持匿名還是實名？
民眾1	現在的情況是使用者不知道對方是誰，但是一開始使用的時候還是需要留下真實資料，政府還是知道你是誰。所以你說這樣叫匿名嗎？不算有吧。以現在的技術，可以透過 IP 找到發文者，真的要查哪有查不到的？如果你在網路上說你要殺總統，你看警察會不會利用 IP 找到你。這樣一來問題就很清楚了，實名制就是方便政府能監控你而已，對減少霸凌一點幫助也沒有。
民眾2	霸凌發生在任何地方，職場、家庭、學校等等，重點是霸凌的行為，而不是網路，網路只是工具。以為實名以後社會就會和諧，這樣的想法太天真了。
民眾3	因為留言的時候別人知道我是誰，所以我留言的時候我會更小心，也會比較理性。當大家都為自己的言論負責，也理性發言的時候，這樣才值得花時間討論。
民眾4	網路上因為匿名的關係，很多人講起話來毫不保留，雖然那些批評有時候過於直接，但是更有討論的空間，畢竟有時候身邊的人不會那麼直接告訴你。
民眾5	網路上常常有人躲在匿名的保護傘下，在網路上發表犯罪言論，使得社會越來越不安全。為了大部分人的安全，即使失去一些言論自由也是可以接受的吧？難道你希望整天活在威脅中嗎？言論自由不能沒有限制，每個人的權益都應該被保障。
民眾6	有的人在網路上傳一些假消息，網路亂象已經讓人受不了了，因此實名制不失為一個好辦法，可以避免謠言散播，也有助於事後調查責任。

二、根據上下文選擇合適的詞語完成下面的文章

此部分練習可當作課後練習，也可視學生程度，進一步再討論或發表看法。

1.

| 留言 | 遭 | 發表 | 來源 | 負責 | 不實 |
| 匿名 | 回應 | 傷害 | 懷疑 | 惡意 |

不知道你有沒有這樣的習慣，在出門吃飯前先上網查一查餐廳的評價，用餐後也會在網路平台上<u>發表</u>心得。日前有一家餐廳發現，他們<u>遭</u>網友評為「黑心商店」，<u>傷害</u>餐廳的名聲。負責人說，這些<u>惡意</u>的批評中，有相當的比例都是<u>匿名</u>的，其中佔最多數的是<u>不實</u>的內容，負責人<u>懷疑</u>是離職的前員工所寫，要求警方查出<u>來源</u>。同時，負責人也怪網路平台，認為這些內容在網路上流傳，而網路平台卻沒有針對這些問題提出解決的辦法，沒有盡到監督或查證的責任，應該為餐廳的損失<u>負責</u>。網路平台則<u>回應</u>，網友的評論（pínglùn, comments）是他們的言論自由，他們只是提供讓大家<u>留言</u>的地方，言論的責任在網友身上，而非網站。

2.

| 發表 | 來源 | 處罰 | 威脅 |
| 混亂 | 抓 | 隨意 | 情緒 | 辯護 |

日前警方接到消息，一名大學生因為找不到工作，不滿政府的政策，而在網路上<u>發表</u>文章，<u>威脅</u>要炸掉捷運。這樣<u>激烈</u>的內容立刻引發大眾恐慌的<u>情緒</u>，警方也立刻要求網路警察提供 IP <u>來源</u>，將這名大學生<u>抓</u>起來。大學生在被抓之後則替自己<u>辯護</u>，表示這是開玩笑，不需要那麼認真，但警方表示，<u>隨意</u>發表這樣的攻擊內容造成<u>混亂</u>，必須接受<u>處罰</u>。

三、根據主題用所給的句式完成對話

A 和 B 正在機場等待檢查。

A：為什麼進入這個國家的時候這麼麻煩？有這麼多手續！

B：<u>自從發生了恐怖攻擊以後</u>，機場就多了一些新規定，檢查得更嚴格了。

（自從…以後）

A：海關人員會檢查哪些人、哪些東西？

B：不一定，只要他懷疑你，他就會檢查，<u>即使是本國人也不例外</u>。

（即使…也不例外）

A：聽起來很好啊，這樣一來，恐怖攻擊發生的機會就會減少了。

B：這是理想，但是事實上，還有許多問題。比方說，機場得增加安全檢查人員；<u>旅客花的時間就更不用說了</u>，旅客需提早三個小時到達機場。

（…就更不用說了）

A：大家怎麼看這項規定呢？

B：<u>這個規定走在灰色地帶，因此有的人支持，他們會配合這項規定；有的人則大聲批評或抗議。</u> 　　　（走在…地帶／有的人…有的人則…）

A：怎麼說呢？

B：贊成的人認為，<u>政府有權以安全之名要求大家這麼做，因為安全比隱私（時間）更重要。</u> 　　　　　　　　　　　　　（以…之名）

　　另一方面，反對的人則認為，<u>這項規定躲在法律的保護下，傷害他們的隱私權。</u> 　　　　　　　　　　　　　　（躲在…的保護傘下）

　　所以每當有傷害隱私（yǐnsī, privacy）的情形發生，人們就會抗議，要求政府修改這個規定。

A：我想，雖然這些檢查得花很多時間和精神，但是事實上，<u>我們能因此而得到更多保障，這是為了大家好，</u> 　　　　　　　（因此而…）

B：是啊，所以下次在機場的時候等待檢查的同時，也要了解這都是為了大家的安全。

肆、教學範本

　　以下範本所設計教學時間一課共計 16.5 小時。課堂小考、作業檢討、反饋、補充材料教學等不計在內。教師可視學期進度調整。

時間		流程	備註
0.5H	暖身	引導與討論	
0.5H	課文一閱讀＋理解	-泛讀第 1，2 段＋閱讀理解 1，2。 -泛讀第 3 段＋閱讀理解 3。 -泛讀第 4，5 段，＋閱讀理解 4，5。 -閱讀理解 6。	
3H	每段精讀 （語法點＋論點呈現）	-說明第一段裡的新詞彙、語法點。 -引導第一段語句連貫方式。 -說明第二段裡的新詞彙、語法點，以下各段同上。 -統整整篇論點呈現與安排，討論課文一。	HW： 語法點的練習
0.5H	口語表達 （句式、段落）	-說明主題與示範。 -學生分組／輪流造句。 -將相關的意見組合成段。	

2H	重點詞彙		HW： 綜合練習
6H	課文二閱讀＋理解	同上。	
	每段精讀 （語法點＋論點呈現）		
	口語表達 （句式、段落）		HW： 綜合練習
	重點詞彙		
1H	延伸練習	-說明引導 10 分鐘。 -練習討論 15 分鐘。 -練習分享及報告 20 分鐘。 -語言回饋 5 分鐘。	
1H	語言實踐 （二選一）	-說明任務。 -任務前準備。 -任務（課後）。 -報告與回饋。	
1H	綜合練習： 聽力	-介紹聽力主題。 -聽力練習。 -討論聽力話題。	
1H	考試	1.針對本課主題，限定時間成段表達。 2.詞彙及句式用法。	

伍、教學補充資源

1. 與主題相關議題參考。
2. 生詞單。

有關本冊的教學補充資源，請進入國立臺灣師範大學國語中心網站參考：

國立臺灣師範大學國語中心網址：

http://mtc.ntnu.edu.tw/chinese-resource.htm

國語中心—資源專區—當代中文課程相關資源—當代中文課程－第 5 冊補充資源

第二課
關於基改食品，我有話要說

、**教學目標**

- 讓學生能理解基因改造食品對人類生活與環境正面和負面的影響。
- 讓學生能詳細說明某地對種植基改作物的政策及基改食品標示的做法。
- 讓學生能透過調查與比較說明一般人對基改食物的接受程度與看法。
- 讓學生能引用研究報告，媒體資訊和專家說法來支持或反對自己對基改的看法。

貳、教學重點及步驟

　　建議每一課的教學流程要有固定大方向，使學生能適應教學的規律性，但各課因主題不同可依特性做調整，如 L1 言論自由以閱讀方式，本課形式為聽廣播，可以聽力方式進行，從規律教學節奏中靈活變化。

課前預習

1. 為使教學順利進行，學生能開口交流討論，上課前一天請學生上網查詢「基改」的先備知識，查詢範圍至少能回答 6 題的暖身提問，避免學生因完全不了解議題而無法參與討論，耽誤上課進度。
2. 有關基改議題，老師可參考教學補充資源（見本課伍、教學補充資源）。

課前活動

1. 教師帶教具提問引入主題，再藉由圖片討論，讓學生回答個人經驗與看法。
2. 詞語說明：
   基因改造（參考維基百科）。課文的基改說明（文一第二段）：利用科學技術，把更

新、更好的基因，加在種子裡。

有機 (2-12) 食品：是指在種植 (5-2) 及加工過程 (4-10) 中，未使用農藥 (3-6) 和化學 (4-12) 添加物 (4-12) 的食物。

3. 步驟：

(1) 準備標示和無標示「基因改造」四字的豆漿各一瓶（或圖片）。拿出瓶子問學生：這兩瓶豆漿不一樣，外觀看起來有何不同？（若學生看不出來，可提示：瓶子上寫著什麼？）待學生回答：有一個瓶子上寫著「基因改造」，再問學生：在你的國家哪些食品包裝上也有「基因改造」的標示？（在黑板上寫生詞：包裝、標示）

(2) 請學生看基改的圖：

a. 提問：圖有哪些農作物？（大豆、玉米、小麥、棉花）這些農作的可以做成什麼？做出來的這些東西你都吃過嗎？你常／喜歡吃嗎？

b. 請一位學生念課前活動第一題：什麼是基因改造？基改食品和有機食品有什麼不同？讓每位學生回答並糾正說法。

c. 請學生 2 人一組，討論課前活動 2-6 題。

課文一教學步驟、補充及參考解答

步驟一：泛讀

1. 以理解主旨為主。

2. 限定時間進行，請學生先泛讀第一段，找出主旨。

例：師問：

3. 泛讀時，提醒學生不懂的詞彙做記號即可，先往下讀，找出主旨，分段回答閱讀理解的問題。

4. 找主旨的時候，教師可協助提問：「第一段要告訴我們什麼？」（基改食品可增加食物營養價值、預防疾病。）

5. 請學生看第二、三、四段，說出主旨—如課文理解最後一題論點題。泛讀全課課文後回答課文理解 1-6 題。

課文理解參考解答：可能為複選

1. （✔）蟲子死了，人吃了也會有問題。（第一段引言）
2. （✔）吃基改食物能讓身體健康不生病。（第二段）
3. （✔）基改作物能改善環境汙染的問題。（第三段）
4. （✔）報導指出基改與傳統作物一樣安全。（第四段）
   （✔）沒有足夠證據可以證明基改作物對人體和環境有害。（第四段）
5. （✔）必須在食品包裝上標示「基因改造」。（第四段）
6. （課文一第一段為主持人引言，找出 2，3，4 段論點）
   （3）解決糧食不足問題、增加作物抵抗力、減少農藥汙染。
   （4）基改食品有害健康沒有科學根據，基改與傳統作物一樣安全。
   （2）基改食品可增加食物營養價值、預防疾病。

步驟二：精讀

由教師帶領，學習詞彙、說明練習句式，精讀文章。本課以聽力方式進行為範例：

1. 以下a、b二選一進行：
2. 再聽一次聽內容：師問生答，理解引言內容，提問：（除理解內容外，引導語意邏輯連貫方式，再藉提問來練習詞語搭配及口語書面語的轉換）。

建議教學進行方式

1. 第一段：
   ⑴ 生詞進行方式（a.b.二擇一）
      a. 兩人一組看生詞單

         老師印出生詞單（L2-1）發給學生，老師領讀，或由學生輪流唸出，注意正確發音，學生兩人一組，同學互相幫助瞭解說明生詞的意思，如生 A：聽眾的意思是聽廣播的人，生 B：廣播：我們可以從廣播聽到好聽的音樂或新聞。老師適時在旁糾錯糾音。（此方式能讓學生有互相學習的機會，使上課氣氛更為活潑融洽，學生就能勇於開口，也能幫助沒有預習或程度較差學生跟上學習進度，使學生都能有信心表達意見與想法。）

      b. 全班一起聽課文，看著生詞單聽生詞：

      > 第一段生詞：廣播　主持人　主持　聽眾　播　蟲子　隔壁　回答　死　話題　危害　贊成

      先聽第一段主持人開場白，請學生看著生詞單，注意聽錄音，告訴學生聽到生詞時須喊「停」，當學生喊停，老師馬上將錄音暫停，請學生回答聽到的生詞，但不能只說出生詞，要說出聽到的「生詞＋搭配詞」或完整的句子（如：學生聽到生詞為「聽眾」，需說出「聽眾朋友」或是「聽眾朋友大家好」但不能只說「聽眾」。

   ⑵ 聽第二次後提問：（以精聽細問方式進行，除理解內容外，藉此提問來練習詞語搭配及口語書面語的轉換）。（(4-1) 表示出現在當四 L1）。
      ◇ 說話人的職業是？（節目主持人）
      ◇ 她工作的地方叫？（廣播公司）
      ◇ 她現在正在做什麼？（主持節目）是主持電視節目嗎？（不，她正在主持廣播節目）
      ◇ 聽廣播節目的人叫？（聽眾）／看電視節目的人叫？（觀眾）
      ◇ 她主持的節目叫什麼？（健康加油站）
      ◇ 這位主持人姓什麼？（張）
      ◇ 她今天中午在一家麵店吃飯，「吃飯」我們也可以說？（用餐）
      ◇ 她在麵店用餐的時候，是怎麼知道基因改造的新聞的？（若生答：因為電視有播…）師糾正：「有」不可＋V，因為她在用餐的時候，電視正在播什麼？（電視正播著基改新聞）

◇ 麵店老闆說什麼？（基改不但可以少用農藥，還能殺死蟲子）

◇ 客人說什麼？（蟲子會死，人吃了就不會有問題嗎？）（反問句）

◇ 「人吃了就不會有問題嗎」意思是，一定有問題？可能有問題還是沒有問題？（可能有問題）

◇ 客人坐在哪裡？（主持人隔壁桌）他是客人，坐在我隔壁桌，可以怎麼說？（坐在我隔壁桌的客人）

◇ 我們正在討論基改，可以說基改是我們正在討論的什麼？（話題）

◇ 這個話題，大家都很關心，用一句話可以怎麼說？這是大家什麼…？（這是大家都關心的話題）

◇ 他說基改就像什麼一樣？※老師可將句型「就像…一樣」寫在黑板上（就像手機、核能一樣）

◇ 為什麼說基改就像手機、核能一樣？好處（2-08）是什麼？（方便）壞處是什麼？（危害健康）※板書：好處，壞處。我們用手機很方便，可以說手機什麼？（※提醒主賓對調說法）（書面用法：手機帶給我們方便）

◇ 對健康有壞處可以說危害健康，對環境有壞處，可以說什麼？（危害環境）／對國家安全有壞處，怎麼說？（危害國家安全）※板書：對…有好處，對…有壞處。

◇ 無（5-1）限制（4-1）地使用網路對兒童視力（4-3）會有壞處，可以說？（無限制地使用網路會危害兒童）

2. 第二段

(1) 練生詞（a. b 方式二擇一））

> 第二段生詞：各式各樣／種子／比如說／維他命／蔬果／抗癌／過敏／花生／科學家／豐富／享用／達到／預防／疾病／效果／好幾種
>
> **複習前冊生詞**：證實（4-6）價值（5-1）同時（4-3 Adv，本課為 N 的用法）未來（4-8）提供（4-3）

(2) 詞語說明：

a. A 早就進了我們的肚子裡了（進了＋人＋肚子裡了）＝我們早就吃／喝了 A
　師：我早就喝完了那瓶啤酒，可以怎麼說？
　生：那瓶啤酒早就進了我的肚子裡了。
　師：（＋情境）桌子上的蛋糕呢？
　生：蛋糕早就進了我的肚子裡了。

b. 比如（說）、好比（說）「比方說」「例如」的用法一樣。用幾個例子來說明前面所提到的事。加上「說」比較口語。
　師：語言中心除了語言課，還有很多文化課，比如說什麼呢？
　生：語言中心除了語言課，還有很多文化課，比如說書法課，國畫課和功夫課等…。
　師：媒體聰明得很，常在標題加上好比說什麼，模糊的方式，就是為了避開法律責任。

生：媒體聰明得很，常在標題加上好比說「？」、「懷疑」或是「可能」這種模糊的方式，就是為了避開法律責任。

師：中國人過年的時候，出門拜年一定要說哪些吉祥話？

生：中國人過年的時候，出門拜年一定要說比如「恭喜發財」、「大吉大利」等吉祥話。

師：他有哪些優點，這家公司錄取他，一定不會後悔。

生：他的優點很多，好比說工作認真、積極、熱心，這家公司錄取他，一定不會後悔。

c. 必須（3-9，Vaus）需要（1-12，Vst）—必須＋做某事，需要＋某物。不可以說—需要吃飯。

d. 「同時」（4-3，Adv）原句：雲端科技給人類帶來正面的影響，同時也帶來了負面的影響。

本課「同時」N 用法：基改食物能讓大家在享用美味的同時，也能達到預防疾病的效果。

（練習互換）：

Adv→N 雲端科技給人類帶來正面影響的同時，也帶來了負面的影響。

N→Adv 基改能讓大家享用美味的食物，同時也能達到預防疾病的效果。

(3) 練習第二段重要語法點 1：板書：既然 A 為什麼還 B 呢？

提醒學生，反問句常在辯論中使用，作為否定（5-1）對方觀點（4-11）的句式。

師：你室友已經做好了飯，卻要去餐廳吃，你認為不應該，怎麼跟室友說呢？

生：（師手指板書）你既然已經做好了飯，為什麼還要去餐廳吃呢？

師：你認為政府有很好的鼓勵生育政策，但不明白為什麼年輕夫婦不生孩子，你可以怎麼說？

生：既然政府有很好的鼓勵生育政策，為什麼年輕夫婦還是不生孩子呢？

練習：語法點 1。

(4) 提問

◇ 這位醫師說什麼食物早就進了我們的肚子裡了？（各式各樣的基改食物）

◇ 我們可以常常在哪裡看到或買到這些各式各樣的食物？（在超市，早餐店，夜市）

◇ 請再說一次，在什麼地方的什麼食物早就進了我們的肚子裡了？（在超市、早餐店、夜市，各式各樣的基改食物早就進了我們的肚子裡了。）

◇ L1 有一個生詞意思是看到字就知道什麼意思，四個字怎麼說？（顧名思義）要是有人問你，什麼是言論自由，你可以怎麼解釋（3-2）？（言論自由，顧名思義…）什麼是水球比賽，你可以怎麼解釋？（水球比賽，顧名思義就是在水裡進行的球類比賽）

◇ 要是看到很複雜、很難解釋的中文，你想說得簡單讓人容易明白，可以怎麼說？（簡單的說…）要是有人問你，什麼是基因改造，你可以怎麼解釋？（基因改造簡單的說…）

◇ 我們常用「例子」給別人介紹事物，說例子以前，可以先說…？（比方說）

◇ 這位醫師說了那些基改食物的例子？（比如說：…）師提示：蔬果加了維他命A，可以說這是什麼蔬果？（含有維他命A的蔬果）

◇ 我們常用名人或專家的看法來支持自己的想法是對的，這一段怎麼用？

◇ 醫師認為我們必須接受基改食物的原因是什麼？

◇ 這一段如何否定 (5-1) 對方觀點？

3. 第三段

(1) 生詞（a. b. 二擇一）

> 第三段生詞：警告／突破／糧食／早晚／不僅／農作物／抵抗力／蟲害／產量／飢荒／含有／大豆／玉米／密不可分／生產／缺少／依賴／進口／危機
>
> 複習前冊生詞：解決 (4-1) 全球 (4-5) 何必 (4-3) 一旦 (5-1) 將 (4-8) 造成 (4-5)

(2) 提問：

◇ 農業研究員是一個什麼樣的工作？（研究農業方面的工作）

◇ 我們也可以說他是一位農業方面的…？（專家）

◇ 農業專家們告訴我們一個很嚴重的問題要我們注意，可以說專家們什麼？（提出警告）

◇ 吃的東西不夠可以怎麼說？（糧食不足）

◇ 專家說糧食不足的問題什麼時候會發生？（早晚會發生）

◇ 全世界的人可以說？（全球人口）超過一百億（板書：>10000000000）可以怎麼說？（突破百億）「一」省略較書面語。

◇ 什麼時候全球人口會突破百億？（2050 年）將來在 2050 年可以說？（將在 2050 年）

◇ 用一句話怎麼說？（全球人口將在 2050 年突破百億。）

◇ 天氣有時太熱有時太冷，跟以前不一樣了可以怎麼說？（氣候不正常）

◇ 所以農業研究員認為有哪兩個原因讓糧食不足的問題早晚會發生？用「加上」怎麼說？（板書：原因 1 加上原因 2→全球人口將在 2050 年突破百億，加上氣候不正常，糧食不足的問題早晚會發生。）

◇ 練習語法點 2

◇ 哪些食物是基改食物？（大豆和玉米）／有可以說？（含有）哪些食品中含有基改？

◇ 我們的生活早就跟含有基改大豆、玉米的食品分不開，用「密不可分」怎麼說？（含有基改大豆、玉米的食品早就與（＝和）我們的生活密不可分。）

◇ 研究員認為基改有很多好處，我們都應該支持，（再聽一次：有那些好處？注意聽用哪些連接詞？（不僅…更重要的事…再說……而且…）

◇ 練習語法點 3

◇ 糧食不足也可以說什麼？（缺少糧食）板書「～＋不足／缺少＋～」

◇ 一但缺少糧食，必須怎麼做？（依賴進口）

◇ 一旦只依賴進口，會怎麼樣？／將會有什麼影響？

◇ 練習語法點 4

4. 第四段

(1) 生詞（a. b 方式擇一進行）

> 第四段生詞：生物科技／過去／機構／證據／證明／人體／結論／正確／生長／不當／除草劑／物質／怪物／原料／包裝／標示／一切
>
> **複習前冊生詞**：科學 (4-6) 報導 (5-1) 指出 (4-3) 大量 (4-11) 足夠 (4-8) 過程 (4-10) 本身 (4-4) 嚇 (4-1) 美好 (4-12)

(2) 提問：

◇ 這一段生物科技公司經理如何否定「基改食品有害健康」這種說法？（這種說法毫無科學根據）

◇ 練習語法點 5

◇ 用什麼方式來否定這說法？（引用報導）

◇ 這個報導是專家說法還是研究報告？（研究報告）怎麼知道是研究報告？（超過 500 個…）

◇ 政府組織也可以說？（政府機構）這些機構是什麼時候做的基改研究？（在過去 25 年來＝從 25 年前到現在）

◇ 基改作物對什麼有害？師說明：「有害＝危害＋N，對…有害，不能說 對…危害」如本段：「基改食品有害健康」、「…基改作物對人體和環境有害」。

◇ 這些機構做的研究是想找出什麼？可以證明基改作物是否有害？（要找出證據）

◇ 證據不夠可以說沒有…的證據？（沒有足夠的證據）

◇ 直到現在有沒有足夠的證據可以證明基改作物對人體和環境有害？（直到現在都沒有……）

◇ 研究的結果可以說？（結論）

◇ 這些研究機構做出什麼結論？（基改與傳統作物一樣安全）

◇ 他表示，農作物在生產的過程中使用了什麼？（農藥）

◇ 比方說什麼農藥？（比方說除草劑＝如除草劑）

◇ 除了除草劑還有其他的東西，可以說？（除草劑等物質）

◇ 自己可以說？（本身）師說明：『某物＋本身，人＋本身／本人／自己／，「物」不＋自己』。

◇ 他表示，有害的其實是什麼？而不是什麼？

◇ 練習語法點 6

◇ 奇怪可怕的東西可以說？（怪物）

◇ 生物科技公司經理說，我們不需要把基改？（當成怪物）／自己？（自己嚇自己）

◇ 而且他還說，按照我國的法律，必須怎麼做？而且，按照什麼…只要什麼…？
（而且按照我國的法律，只要食品中含有基改原料，都必須在包裝上清楚標示。）

◇ 全部，所有的，可以說？（一切）

◇ 他最後給我們的建議是什麼？（我們其實可以自由地選擇，享受科技帶來的一切美好與便利。）

語法點補充及練習解答

1. 既然 A 為什麼還 B 呢？
   (1) 基改食品既然有營養價值又能預防疾病，<u>為什麼還要反對呢</u>？
   (2) 既然有法律處罰仇恨和歧視性言論，<u>為什麼還處罰不到媒體呢</u>？
   (3) <u>既然你對這個工作沒有興趣</u>，為什還要繼續做下去呢？
   (4) <u>既然你有兩份工作</u>，為什麼還無法養家活口呢？

2. 早晚
   (1) 他不但不運動還整天吃垃圾食物，<u>早晚會生病的</u>。
   (2) 資金不足的問題<u>要想辦法解決</u>，否則公司早晚會倒閉的。
   (3) 就算你不告訴他，他<u>早晚會知道的</u>。

3. 不僅 A，更 Vs 的是 B
   (1) 讀書不僅<u>是獲得知識</u>，更重要的是<u>了解生活的意義與做人的道理</u>。
   (2) 這部電影不僅<u>劇情精彩</u>，更吸引人的是男女主角都是最紅的明星。
   (3) 去國家音樂廳這樣的場所，<u>不僅要穿得整齊，更重要的是要準時</u>。
   (4) 為了身體健康，<u>不僅要有良好的生活習慣、多運動，更重要的是要吃得營養</u>。

4. 應該…才對
   (1) 這不是他的錯，你<u>應該跟他道歉才對</u>。
   (2) 多吃維他命不但沒有好處，還會增加身體的負擔，我們<u>應該要有正確的飲食觀念才對</u>。
   (3) 一旦政府把發言權當做政治工具，民眾怎麼不會被洗腦，人民<u>應該爭取個人言論自由的權益才對</u>。

5. 毫無…可言
   (1) 這家餐廳簡直<u>毫無服務品質可言</u>，我不會再來這裡吃飯了。
   (2) 這事件因為政府怕人民抗議而封住媒體的嘴不讓媒體報導，這樣的社會<u>毫無言論自由可言</u>。
   (3) 這附近的租金太高，在這裡租店面做生意<u>毫無利潤可言</u>。

6. 其實是 A 而不是 B：可比較「並不是 A 而是 B」的用法，此用法強調不是 A 可練習將「其實是 A 而不是 B」改為「並不是 A 而是 B」練習。

⑴ 小張受到大家的喜愛，<u>其實是因為他有愛心而不是因為他有錢</u>。

⑵ 真正的言論自由，<u>其實是受到法律的限制而不是毫無限制的濫用</u>。

⑶ 我開咖啡店的目的<u>其實是為了完成夢想而不是為了賺錢</u>。

論點呈現教學補充與練習解答

1. 請再讀一遍文章，找出這三個人贊成基改食品的論點：

	醫師	研究員	經理
	一	二	三
論點	基改食物可增加營養價值。	基改食物可以解決糧食不足問題，增加作物抵抗力，減少農藥汙染。	基改食物有害健康並沒有科學根據。基改食物與傳統作物一樣安全。

2. 作者提出的論點，你都同意嗎？請表達你的意見，並提出新論點。

課文一「不同意」及「新論點」的討論可能出現在課文二，可當作課文一過渡到課文二的暖身。

建議教學進行方式

1. 找出課文一中提到哪三個論點（閱讀理解第六題），三位專家怎麼說明他的論點？如何引用，強調，反駁？

2. 若學生無法找出論點，教師可透過「作者在這段中支持的理由是什麼？用一句話來說」引導學生在段落中找到論點。

口語表達教學補充與練習解答

1. 根據論點找出文章中重要的表達方式。

	醫師	研究員	經理
論點	一	二	三
表達方式	• 簡單地說 • 只不過是…而已 • 比如說… • …證實，不但…也… • 在…同時，達到… • 為了… • 既然…為什麼…呢？	• 我認為… • …提出警告，… • 不僅…，更重要的是… • 再說… • 一旦…，必須…，將造成… • …應該…才對	• …說法…毫無…可言 • 直到現在… • 結論是… • …表示… • 並不正確 • …其實是…，而不是… • 只要…都必須… • 總而言之，…

建議教學進行方式

1. 經前述精聽步驟與提問和句型練習後，已能鞏固生詞掌握句型，接著由教師引導，每段中句子間的語意邏輯連貫方式，協助學生從語意連結到形式。

2. 找出整段論述在論點、支持、小結語的安排方式，找出可當作銜接手段的表達（即填入表格內的結構）問：文章一中提到哪三個論點（閱讀理解第 6 題），三位受訪人士怎麼說明他的論點？如何引用，強調，反駁？請學生找出連接詞，把每一段中的表達方式，填入「口語表達」表格中。

3. 初期若學生無法抓出，可由教師直接提供語言結構，幫助理解，再進一步到利用這些表達方式作出段落：

例如：

(1) 提出說明（觀點）	各式各樣基因改造的食物早就進了我們的肚子裡了…
(2) 說明舉例	基因改造，**簡單地說**，只**不過**是…**比如說**增加維他命 A 的蔬果…
(3) 引用	**科學家證實**，這些基因改造的食物不但有豐富的營養價值…
(4) 強調	為了健康，我們每天必須吃好幾種蔬菜，但是未來…
(5) 反問	**既然**越改越進步，**為什麼**還有人要反對呢？

2. 請你想像一種「超級食物」，你是這種食物的推銷員，請用上面的句式來向全班同學推銷：吃了你的超級食物能達到什麼效果、產生什麼影響。（至少使用 3 個句式）

參考範例：

> 我要介紹新品種的蘋果—「不老蘋果」。**簡單地說**，它只**不過**是利用最新科學醫療技術，把一種能讓人更年輕的基因加在蘋果裡**而已**。但科學家已經**證實**，不老蘋果**不但**有豐富營養的價值，**也**能讓大家**在**享用美味的**同時**，**達到**年輕不老的效果。為了讓自己看起來比實際年齡更年輕，許多人花大錢動手術改變自己的臉。有時不僅沒有效果，還有可能讓自己變得更老更醜。**既然**這種不老蘋果能滿足我們永遠保持年輕的夢想，又能省錢且避免手術不成功的風險，我們**為什麼**不試試**呢**？

建議教學進行方式

（下面建議可三選一）

1. 當作業練習寫作並做為第二天口頭報告。

2. 課堂活動：兩人一組討論輪流造句再組合成段。

3. 全班活動：由一人想一個食物名稱，全班每人擔任推銷員，輪流用下面句式說明其效果與影響，再由一人想另一個食物，同學輪流造句推銷，以此類推。

如：生（1）：超級臭豆腐。

生（2）：我們公司生產的超級臭豆腐利用基改技術，增加了維他命 A，有豐富的營養價值。

生（3）：有超過 500 個機構研究了我們的超級臭豆腐，研究證明，每天吃超級臭豆腐可以抗癌，能提供我們一天所需要的營養。

4. 將句子組合成段。

5. 若想進一步利用這些句式練習成段表達，可利用與本課相關主題、或由教師提供其他主題（例如語言實踐部分）進行練習。

例如：語言實踐的辯論練習—按上述 1-5 語言框架表達贊成「上課使用手機」

師問：如何提出觀點？

生：上課使用手機是既方便又快速的學習方式…

師：如何說明舉例？

生：比如說聽到不懂的生詞，可以馬上查……

師：如何引用專家說法？

生：有學者表示…／根據國外報導…／上課使用手機的實驗研究…

師：如何強調原因與結果？

生：「上課使用手機」不但…也讓大家在…的同時，達到…的效果

師：如何用反問句否定對方？

生：既然「上課使用手機」…為什麼…呢？

重點詞彙說明與練習解答

一、詞語運用

1. 練習使用下面的詞語寫短句。

(1) 享受雲端科技的便利／享受無拘無束的單身生活

(2) 危害大自然環境／危害民主的發展／危害人體健康／危害消費者權益

(3) 提供各式各樣的／提供網路吃到飽的服務

(4) 大家熱烈討論的話題／最近流行的話題／這是一個政治敏感的話題

(5) 達到預防疾病的目的／預防火災的觀念

(6) 缺乏 (4-11) 抵抗力／毫無 (4-9) 抵抗力／抵抗力降低 (4-11)

(7) 語言學習的效果／媒體廣告的效果

(8) 過度依賴農藥的使用／依賴政府的補助團體

2. 回答問題：自由發表

二、詞語搭配

1. 兩個學生一組，進行以下的活動：

(1) 可以與健康、疾病與營養等搭配的「形容詞」有哪些？寫在左欄。

Vs	N
嚴重的	疾病
豐富的	營養
足夠的	健康
常見的／特別的	癌症
特別的／足夠的	抵抗力

(2) 可以與健康、疾病與營養等搭配的「動詞」有哪些？
請找一找課文、查字典，或是跟同學討論。

V	N
增加／恢復／保持	抵抗力
增強／缺少／缺乏	營養
危害／恢復／保持	健康
預防／造成／抵抗	癌症
預防／減少／引起	疾病
解決／控制	

(3) 請利用上面的的動詞和名詞組合出四個詞組並造出問題與同學討論：

例如：你如何保持身體健康？

a. 你認為什麼樣的烹飪方式才能保持食物的營養？
b. 你知道吃什麼食物可以增強抵抗力？
c. 你覺得如何有效預防癌症？

2. 兩個學生一組，根據以下的詞彙搭配討論及完成句子：

(1) 請跟同學討論，把下面的詞填入表格中：

問題、資金、要求、目的、經驗、效果、警告、時間

達到＋N	N＋不足	提出＋N
• 目標	• 經費	• 建議
• 目的	• 經驗	• 警告
• 要求	• 時間	• 要求
• 效果	• 資金	• 問題

(2) 利用上面的詞組，完成下面的句子並回答問題：

    a. 一個吸引人的廣告能達到使顧客購買商品的<u>效果</u>。

    b. 老張因<u>經驗</u>不足，常無法達到工作<u>要求</u>，老闆已經多次提出<u>警告</u>。

    c. 這個廣告在<u>經費</u>不足的情況下，如何能達到最好的<u>效果</u>，希望大家在開會時能提出<u>建議</u>。

    d. （自由回答）

    e. <u>可能的原因是因經驗與資金不足而擔心達不到理想的目標</u>。

三、四字格

    第一次介紹四字格或熟語之前，先給學生「定語、狀語、補語、謂語、賓語、主語、插入語」的概念，提醒學生注意四字格出現的位置。（參考 p.xxv）。

1. 各式各樣：只有定語用法。

2. 密不可分：可練習下面例子做定語和謂語代換練習。

    定語用法如：A 與 B 有密不可分的關係。

    謂語用法如：A 與 B 密不可分—（1）促銷與廣告密不可分。（2）黃豆與台灣的飲食文化密不可分。（3）宗教信仰與人們的生活密不可分。（4）流行小說與電影的關係一向密不可分。（5）日常生活與科技密不可分。

四、易混淆詞語解答

1. 表達／表示

    解答：李剛不跟王玲說話並不<u>表示</u>他討厭王玲，他只是不知道如何對王玲<u>表達</u>他的感情。

2. 缺乏／缺少

    解答：此山區的糧食非常<u>缺乏</u>，泡麵竟成為當地不可<u>缺少</u>的食品。

3. 到達／達到

    解答：李剛雖然<u>到達</u>了北京，但卻沒有<u>達到</u>見王玲一面的目的。

課文二教學步驟、補充及參考解答

步驟一：泛讀（同課文一）。

課文理解參考解答：可能為複選

1. （✓）基改食物上了餐桌。
2. （✓）基改公司掌握了全世界多數的種子。
3. （✓）解決糧食不足的問題。
   （✓）基改可以減少農藥使用。
   （✓）世界各地仍然還有飢荒。
4. （✓）造成嚴重經濟損失，也正在威脅國人的健康。
5. （✓）預防疾病。
   （✓）能解決飢荒問題。
6. （3）基改公司擁有專利。解決糧食不足與減少農藥都是欺騙，真正的目的是商業利益。
   （3）不符合公平正義。
   （2）基改有害健康、影響自然環境。
   （此題只有 2，3 段論點選項，第四段為 2，3 段小結）

步驟二：精讀

生詞練習（同課文一，a.聽力 b.生詞單方式可二擇一）

建議教學進行方式

1. 第一段提問：
   ✧ 這裡另一種聲音的意思是？（反對的聲音）文一我們聽到的是？（贊成的聲音）
2. 第二段提問：
   ✧ 這位家庭主婦吃得不安心嗎？她怎麼說？（怎麼能讓人吃得安心呢？＝吃得不安心）
   ✧ 為什麼？（基改食物已不知不覺上了我們的餐桌，很難從外觀辨別）
   ✧ 她用什麼方式來支持他不贊成基改論點？（報上說…越來越多研究報導指出…）
   ✧ 基改作物如何影響大自然？
   ✧ 基改作物如何影響健康？
   ✧ 所以這一段的論點是？（看課文理解 6.）
   ✧ 練習：語法點 1
3. 第三段提問：
   本段兩個重點：
   ⑴ 說明基改對農夫的影響：
      ✧ 為什麼農民買不起基改種子？
      ✧ 所以這位編輯對這件事的看法是？（這絕對不符合公平正義）

(2) 說明為何基改是「欺騙的種子」：

	師問	生答	
指出對方論點	✧ 基改公司說基改可以解決什麼問題？（師板書1＋2）	1.可以減少除草劑使用。	2.解決糧食不足問題。
提出反駁	✧ 基改公司所說的都不是真的，可以說？ ✧ 基改公司所說的什麼都非事實？（手指板書）	基改公司說的都非事實 基改公司說的「可以減少除草劑使用」「解決糧食不足問題」都非事實。	
提出反駁	✧ 這位編輯怎麼證明基改公司所說的都非事實？	反駁1. 過去15年美國因為種植基改作物，農藥總用量增加了約1億8千3百萬公斤。	反駁2. 即便全球基改作物早已大量增加，世界各地仍有飢荒。
說明結果	✧ 事實上，種植基改作物的結果是什麼？ ✧ 所以從這兩個結果看起來，… ※板書： **因此從「結果1＋2」的事實來看…**	1.農藥使用量上升。 2.基改種子兼賣農藥（商業利益）。 因此從「農藥使用量上升」和「基改種子兼賣農藥」的事實來看，…	
提出觀點	✧ 編輯認為基改公司真正的目的是什麼？	基改公司真正的目的並不是想滿足大家對食物的需要，而是為了商業利益。	
以反問做小結	✧ 編輯認為我們不應該買這種欺騙的種子？用反問句「難道」怎麼說？	難道我們還要繼續買這種欺騙的種子嗎？	

✧ 練習：語法點2

4. 第四段提問

　　✧ 這位教授對基改作物有何看法？

　　✧ 他認為政府應該怎麼做？

　　✧ 他認為基改是什麼樣的食物？為什麼會有基改食物？

　　✧ 他如何建議民眾拒絕基改食物？

　　✧ 練習：語法點3

語法點補充及練習解答

1. 怎麼能…呢？
   ⑴ 你不好好努力工作，<u>怎麼能成功呢</u>？
   ⑵ 一旦政府把發言權當做政治工具，民眾<u>怎麼能不被洗腦呢</u>？又<u>怎麼能說真話呢</u>？
   ⑶ 這麼好的電影，我們<u>怎麼能錯過呢</u>？

2. 從…來看
   ⑴ <u>從網路霸凌的現象來看</u>，政府應該制定更嚴格的法律來約束言論自由。
   ⑵ <u>從目前這個國家的社會現象來看</u>，貧富懸殊是最大的問題。
   ⑶ <u>從環保的觀點來看</u>，鼓勵人民騎腳踏車上班是解決城市空氣汙染有效的方式之一。

3. 以…
   ⑴ 針對人口老化問題，政府已有完整的措施與政策，<u>以照顧更多老人</u>。
   ⑵ 民眾因為政府不合理的勞工政策，有人在媒體發表文章，也有人上街抗議，<u>以爭取自己的權益</u>。
   ⑶ 經理表示，我們應做好品質管理，<u>以維護公司形象</u>。

論點呈現教學補充與練習解答

1. 請再讀一遍文章，找出各段中反對基改食品的三個論點：

	一	二	三
論點	基改有害健康、影響生態環境。	基改種子價格居高不下，不符合公平正義。	基改無法解決糧食不足及減少農藥使用農藥。

建議教學進行方式

1. 找出這些人反對的原因是什麼？他們怎麼讓論點更有力？（二和三的論點在第三段，第四段是總結）
2. 若學生無法找出論點，教師可透過「受訪者在這段中支持的理由是什麼？用一句話來說」引導學生在段落中找到論點。

口語表達教學補充與練習解答

1. 根據論點找出文章中重要的表達方式。（可請學生找出第四段總結的句式）

論點	一	二	三
表達方式	• …說，… • 越來越多…指出 • 怎麼能……呢？	• 由於…因此… • 一方面 A 一方面 B • 絕對不符合…	• …所說的…都非事實 • 即便…仍… • 從…的事實來看… • …真正的目的並不是…而是… • 難道…嗎？

2. 請用上面的句式說明貴國基改食品的政策和食品標示的做法。（至少使用 3 個）。請你比較班上同學不同國家有何不同的做法。

建議學生須上網查資料，可當作業練習並做為第二天口頭報告。

參考範例：（參考答案以德國為例）

基改食品的政策	食品標示的做法
我國法律規定禁止種植基因改造作物與進口基改食品，我支持政府的基改政策，因為**越來越多研究報告指出**基改食品危害健康且影響生態環境，在沒有完全證實基改對健康無害以前，**怎麼能**種植或進口**呢**？雖然也有**相關報導指出**，基改能解決糧食不足問題，還能增加農作物的抵抗力等好處，但我**認為**政府**應該**嚴格規定基改的法律，**以**照顧農民利益維護保障食品安全和維護消費者的權益。	按照我國的法律，食品中含有 3%以上基改原料就必須在包裝上標示清楚，以維護消費者的權益。

重點詞彙說明與練習解答

一、詞語活用：同課文一方式進行，也可當作業或是課前預習。

1. 根據課文找出合適搭配並和同學討論這些詞組的意思：

V	N
增加（BCD）　　解決（D　）	A. 公平正義
影響（ABE）　　減少（BCD）	B. 基改作物
造成（D　）　　引起（D　）	C. 農藥
威脅（A　）　　維護（ABEF）	D. 問題
符合（AEF）　　種植（B　）	E. 權益
	F. 專利

2. 使用上面搭配的詞組問題以下討論：自由回答。

3. 兩個學生一組，根據以下的詞彙搭配討論及完成句子：

(1) 請跟同學討論，把下面的詞填入表格中：

避免、規定、條件、造成、真假、預防、方向、發生、需要、是非、好壞

辨別＋N	V＋災難	符合＋N
• 好壞	• 發生	• 條件
• 是非	• 預防	• 規定
• 方向	• 避免	• 需要
• 真假	• 造成	

(2) 利用上面的詞組，完成下面的句子並回答問題：

　　　a. 你知道如何辨別水果的<u>好壞</u>嗎？一位果農專家說，顏色越深就越甜，此外，越重也代表水越多，一般來說，只要符合這兩個<u>條件</u>就不至於買錯。

　　　b. <u>造成</u>災難發生的原因常常是因為缺乏監督或是不符合<u>規定</u>，政府應該加強管理才能<u>避免</u>災難一再發生。

　　　c-e自由回答

二、四字格

1. 居高不下：可以練習定語和謂語代換練習。

　　如：房價居高不下→居高不下的房價

三、易混淆詞語

1. 災害／災難

　　解答：颱風地震等天然<u>災害</u>雖然無法避免，但像火災這樣的人為<u>災難</u>絕對是我們可以預防的。

2. 明白／清楚

　　解答：我今天終於<u>明白</u>為什麼李剛到了北京卻沒見到王玲，因為李剛沒看<u>清楚</u>就坐上了高鐵，結果坐到了南京，當然找不到王玲。

3. 後果／結果／效果

　　解答：為了減重，他做了好幾次整形手術。<u>結果</u>，沒什麼<u>效果</u>，還差一點就死了真沒想到整型的<u>後果</u>如此嚴重。

延伸練習：引用

建議教學進行方式

　　請學生找出在文一與文二中「引用」的句子。

　　作業：請以引用的方式告訴大家一個與「食品安全」有關的新聞。

語言實踐

一、採訪調查：兩人一組，討論並寫出 3-5 個採訪的問題

　　問題參考答案：

(1) 你知道什麼是基因改造嗎？

(2) 你知道你平常吃的哪些食物是基改食品嗎？

(3) 你能不能接受基改鮭魚？

(4) 你相信基改食物能增加營養，抗癌，還能達到預防疾病的效果嗎？

(5) 你知道如何分辨基改與非基改食品嗎？

(6) 你了解台灣的基改政策嗎？

(7) 你了解基改食品標示有何法律規定嗎？

二、辯論練習：

(1) 我贊成「上課使用手機」：

兩個學生一組一起討論，列出贊成的 3 個論點和支持此論點的例子，並選擇其中一個論點，完成一段短文。

	上課使用手機的優點	論點一	論點二	論點三
論點		作為緊急聯絡使用。	手機可以查生詞查資料做報告。	上下課教室有特別的狀況，可拍照紀錄。

參考答案：

> 論點：上課使用手機不僅可以隨時查不懂的生詞還可以查資料做報告。上下課教室如果有特別的狀況，還可拍照紀錄。更重要的是，可以隨時方便與家人連絡。
>
> 支持的例子：比方說，安同經常忘了帶作業，老師就懷疑他根本是沒寫而不是忘了帶。安同打電話請媽媽幫忙送作業來學校，當老師要處罰他的時候，安同媽媽就把作業送來了。除此之外，我們在學校一旦發生運動傷害或有特別情況時也必須打電話通知家人。
>
> 總結：既然上課使用手機那麼方便，為什麼還有人反對呢？

(2) 我反對「上課使用手機」。

	上課使用手機的三個缺點	一	二	三
論點		上課時手機發出鈴響影響老師和同學上課。	無法專心影響課業。	手機被偷或考試作弊的工具。

(3) 全班分兩組：一組正方，一組反方，每組 4 位同學分別為「學生、父母、老師和眼科醫生」。請你站在他們的立場來表達支持或反對「上課使用手機」。

[建議教學進行方式]：兩種方式二擇一

1. 角色扮演：學生兩人一組，角色可自選，但須一正一反，如：正方父母與反方老師。
2. 全班分兩組辯論：正、反方各 3-4 人來進行論述、提問與答辯。

說明：學生各選擇扮演一個角色。請站在這個角色的立場來表達支持或反對「上課使用手機」的理由。不同角色的考量側重不同，如學生大多考量方便傳簡訊、聊天、上網、玩遊戲、有共同話題等。支持的父母考量的則是安全；反方老師則考量管理上的困擾和干擾教學；眼科醫生則須以視力健康為考量重點。如此進行論述與反駁，同學之間才不至於重複論點。

參、綜合練習答案

一、根據所聽到的內容回答問題並討論

建議教學進行方式

1. 請學生念情境說明。
2. 第一次先聽出立場（贊成或反對）。
3. 第二次聽每段錄音的論點，並寫下。可視學生情況增加播放次數。
4. 聽完後對答案。若有錯誤，再聽一次。
5. 完成後討論聽力 2 個問題。

1. 聽立場			2. 聽原因
聽眾	贊成	反對	原因
1	✔		經過證實沒有問題的食品，大家反而懷疑，這真是奇怪！（意為：可放心食用）
2	✔		基改食品是全球趨勢，能給我們帶來更健康美好的生活。
3		✔	簡直讓我無法接受。
4		✔	我們太依賴基改才是最大的危機。尊重大自然，維護小農和消費者的權益。

討論：自由回答。

L2	聽力文本
情境說明	當我們正在享受基改所帶來好處的同時，是否也正受到健康與環境的威脅？請聽這幾位聽眾關於基改的立場是贊成還是反對？
民眾 1	從外觀上看不出基改食物就代表不安全嗎？沒有經過證實安全的食品我們早就吃習慣了，但是經過證實沒有問題的食品，大家反而懷疑，這真是奇怪！
民眾 2	美國是科技進步的國家，也是基改食物最多的國家，基改食品是全球趨勢，能給我們帶來更健康美好的生活。
民眾 3	我喜歡吃魚和番茄，但是把魚的改造基因加在番茄裡。天啊！簡直讓我無法接受。
民眾 4	誰掌握了糧食來源，誰就掌握了全人類，我們太依賴基改才是最大的危機，只有尊重大自然，維護小農和消費者的權益，才是我們應該選擇的生活態度。

二、選擇合適的句式完成短文

　　說明：學生完成後，老師可請學生將此文章中出現的「3 個引用」句子找出來（黑體字部分）

　　師問：你認為吃維他命能達到預防疾病的效果嗎？你同意營養師的說法嗎？

第一段

　　台灣人從<u>過去幾十年</u>直到現在愛吃健康食品，<u>比如說</u>維他命 A、C、D、E，還有各式各樣的中藥。**最新的一項報導指出**，台灣健康食品市場，每年超過一千億元，常吃健康食品的民眾當中，每十個人就有六個人吃維他命。不過美國專家認為，多吃維他命並沒有好處，還會增加身體的負擔，健康<u>早晚</u>會出問題。<u>既然</u>民眾花了錢又沒有好處，<u>為什麼還</u>有那麼多人要吃維他命<u>呢</u>？

第二段

　　我認為最大的原因是許多人認為吃維他命<u>不但</u>可以達到預防疾病的效果，<u>還能</u>增加抵抗力，<u>有什麼</u>不好的<u>呢</u>？到底這樣的觀念正不正確（zhèngquè, accurate）？**營養師就說**，健康的飲食當然是天然蔬果而不是化學的食品，吃天然食物<u>不僅</u>簡單，<u>也能</u>省錢，<u>更重要的是</u>能真正保持身體健康，我們每個人都應該要有正確的飲食觀念才對。

三、把下面的句子組成一篇短文

　　說明：學生完成後，老師可請學生將此文章中出現的本課句式圈出來，找出本文可當作銜接手段的表達方式（畫線部分為本課句式）

　　師問：

　　　1. 這篇文章用什麼方式來看台灣人不婚、晚婚的情形？（我朋友小玲和李剛的例子）
　　　2. 小玲還不結婚的原因是？「我」的看法是？
　　　3. 李剛想結婚嗎？他怎麼說？他還不結婚的原因是？
　　　4. 請分別用一句話說明女性和男性不婚的不同原因：
　　　　（女性不結婚最大的原因是不信任婚姻，男性則擔心自己在學歷、家庭背景和經濟狀況等方面的條件不夠。）
　　　5.「我」的結論是？

第一段　王玲不婚的原因

　　現代人不婚、晚婚的情形越來越普遍，女性不結婚最大的原因是不信任婚姻，<u>好比說</u>小玲，<u>即便</u>已經有一位交往多年的男友，<u>也</u>從不考慮結婚。我真不明白，<u>既然</u>有合適的男朋友，<u>為什麼還</u>不結婚<u>呢</u>？她總是說擔心有小三，愛情不長久。<u>在我看來</u>，她和男友不但感情穩定，又愛孩子，<u>早晚</u>要結婚的，<u>有什麼好</u>擔心<u>的</u>呢？
順序：<u>BEADC</u>

第二段 李剛不婚的原因

我的好朋友李剛說：我<u>是</u>沒有條件結婚，<u>而不是</u>不想結婚，女友的父母從我的學歷、家庭背景甚至經濟情況都有要求，再說，結婚<u>不僅</u>要買車還要買房，<u>更重要的是</u>要有穩定且收入高的工作<u>以</u>符合女友父母的條件，現在的我一無所有，<u>怎麼能結婚呢</u>？我<u>應該</u>先努力工作<u>才對</u>！

<u>從</u>我朋友的例子來<u>看</u>，現在男女從<u>過去幾年直到現在</u>，晚婚和不婚的現象似乎是很難改變的！

順序：<u>HFIGJ</u>

四、選擇合適的成語完成短文

一個人是否健康，與飲食、運動、生活習慣等都有<u>密不可分</u>的關係。拿小張來說，他最近體重<u>居高不下</u>，因為他總是習慣一邊上網一邊吃著<u>各式各樣</u>且大量的垃圾食物，再加上缺少運動，<u>不知不覺</u>一個月就胖了八公斤，醫生就提出警告，這樣的生活與飲食習慣危害健康，早晚會生病的。為了自己的健康，小張決定聽醫生的建議，改變自己，從控制飲食和運動開始做起。

肆、教學流程建議

時間	流程（一課進行約 16.5 小時）		備註
1H	聽寫（10分鐘） 課前活動 引言	（範圍：引言＋課文一） 暖身與討論。 生詞＋引導提問＋閱讀理解 1。	
3H	課文一閱讀＋理解	-泛讀第 1、2、3 段。 -閱讀理解 2-5。 -閱讀理解 6。	
	每段精讀 （語法點＋論點呈現）	-說明第一段裡的新詞彙、句式。 -引導第一段語句連貫方式與段落層次。 -說明第二、三段的新詞彙，以下各段同上。 -統整整篇論點呈現與安排，討論課文一。	HW：語言實踐「上課使用手機」前日準備。隔天報告。
0.5H	口語表達 （句式、段落）	-說明主題與示範。 -學生分組／輪流造句。 -將相關的意見組合成段。	HW： 前日準備。 隔天報告。
2H	重點詞彙 四字格 易混淆語詞	上課討論或當作業練習。	HW
6H	課文二閱讀＋理解	同上。	
	每段精讀 （語法點＋論點呈現）		
	口語表達 （句式、段落）		HW：前日準備。隔天報告。
	重點詞彙		HW：綜合練習。
	四字格 易混淆語詞		

1H	延伸活動 （如何引用）	-說明引導 10 分鐘。 -練習討論 15 分鐘。 -練習分享及報告 20 分鐘。 -語言回饋 5 分鐘。	HW： 前日準備。 隔天報告。
1H	語言實踐 訪問	-說明任務。 -任務前準備。 -任務（課後）。 -報告與回饋。	HW：採訪 前日準備。 隔天報告。
1H	綜合練習： 聽力	-介紹聽力主題。 -聽力練習。 -討論聽力話題。	HW： 綜合練習 2-4
1H	考試	1.檢討前日作業。 2 筆／口試。	預習下一課。

伍、教學補充資源

1. 與主題相關議題參考。
2. 生詞單。

　有關本冊的教學補充資源，請進入國立臺灣師範大學國語中心網站參考：
國立臺灣師範大學國語中心網址：
http://mtc.ntnu.edu.tw/chinese-resource.htm
國語中心—資源專區—當代中文課程相關資源—當代中文課程－第 5 冊補充資源

整型好不好

、**教學目標**

- 讓學生能描述（miáoshù, describe）外表。
- 讓學生能討論整型的優缺點。
- 讓學生能指出正反雙方的論點。
- 讓學生能以各種不同方式（新聞報導／研究調查）支持或反駁他人論點。

貳、**教學重點及步驟**

為使教學順利進行，學生能開口交流討論，建議上課前請學生預習。

課前預習

1. 預習課前活動，準備好答案，並預習課文一的生詞。
2. 提醒學生複習當代三 L10 與整型相關的詞彙。若學生沒學過，亦可提供當代三 L10 材料讓學生暖身。

課前活動

1. 教師帶領學生看圖片，藉由圖片回答課本中的問題，並讓學生簡單回答個人看法。
2. 課前活動的問題主要先引出本課重點主題並引起興趣，同時熟悉之後會不斷看到、討論的詞彙。
3. 步驟：
   (1) 板書展示：在課堂討論時，若使用或帶出生詞時，可以手勢指一下黑板上的生詞。

> 可帶出的生詞：意外、整出、鼻子、皮膚、高挺、水汪汪、外貌、失敗、變形、後遺症

(2) 教師展示課本中的圖片，搭配問題並指定學生回答。

(3) 問題二：可引導學生描述外表差異。教師可視情況補充各種描述身體部位的詞彙。這些照片看起來有什麼不同？

(4) 問題三、四、五由學生自由回答。其他可討論的參考問題如下：

◇ 你看過或聽過關於「整型」的電影或連續劇嗎？請簡單說說內容。

◇ 在貴國，想整型的人會想整成什麼樣子？東西方想整型的部位有什麼不同？

◇ 你對自己的外表滿意嗎？

◇ 關於改變外表及給人的感覺，除了整型，還可以怎麼做？（如換髮型、染髮、化妝…）哪些是你可以接受的？哪些不行？

(5) 最後帶念板書上的生詞，糾正發音，作為結束，進入課文。

課文一教學步驟、補充及參考解答

步驟一：泛讀（參考第一、二課說明）

> ### 課文理解參考答案
>
> 1. (✔) 整型無法讓人更有自信。
> 2. (✔) 整型與自信的關係。
> 3. (✔) 職場上需要的能力。
>   (✔) 理想的對象。
> 4. (✔) 新聞報導。
> 5. (✔) 實力比外表更重要。
>   (✔) 手術多少有一點風險，可能會讓人後悔。
>   (✔) 整型無法增加自信，讓人看不到自己的優點。

步驟二：精讀

進行方式可參考第一、二課說明。以下提供參考提問：

> 建議教學進行方式

1. 第一段提問：

◇ 關於外表，作者發現什麼現象？現在的趨勢是什麼？（有…的趨勢）

◇ 贊成整型的人，他們的理由是什麼？作者同意嗎？（然而事實上）

◇ 作者的立場是贊成還是反對？他怎麼說？（目前的現象→贊成的人的意見→「然而事實上」作者的看法（反對））。

2. 第二段提問：
　◇「不盡然」的意思是？（不都是這樣），言論自由可以讓真理越辯越明嗎？用「不盡然」怎麼說？
　◇ 根據作者的說法，亞洲人喜歡什麼樣子的外表？受到什麼的影響？（媒體洗腦）
　◇ 有的人長得不差，為什麼還要整型？（帶出「在意外界的眼光」）你認為你是一個在意外界眼光的人嗎？
　◇ 你認為這些整型的人有自信嗎？整型給他們帶來自信嗎？（帶出「矛盾」）有的人認為有言論自由，所以隨意批評別人，被批評的人選擇不回應，這樣的結果是真的言論自由嗎？用矛盾可以怎麼說？（A 跟 B 相互矛盾）
　◇ 作者怎麼支持他的論點？（媒體報導），哪些是報導的內容？哪些是作者的看法？
3. 第三段提問：
　◇ 為什麼有的人要整型，他們的目的是什麼？（獲得青睞／機會）他們可能得付出什麼代價？他們在乎嗎？（不計一切）
　◇ 作者同意這樣的想法嗎？（「然而」），他用什麼來支持他的立場？（研究）
　◇ 為了有這些內在能力，所以花時間和金錢在這方面，可以怎麼說？（把…投資在…上）
　◇ 作者認為外貌跟內在哪一個重要？從哪一句可以看出來？（首句、末句）
4. 第四段提問：
　◇ 作者認為現在整型手術的技術怎麼樣？（日漸）
　◇ 整型的人可能會受到哪些痛苦？可以怎麼說？（飽受，後遺症，副作用）「有的人整型後…之苦」這部分作者說的是什麼？（整型失敗的例子）
　◇ 作者利用這些例子，想說明什麼？（風險）有什麼影響？（帶來巨大衝擊）所以作者的看法是？（不值得拿…冒險）
5. 第五段提問：
　◇ 整型本來的目的是？現在呢？（原來…如今…）
　◇ 作者認為，整型對個人、社會有影響嗎？我們應該注意什麼？
6. 最後統整：
　這一篇文章提到三個論點（閱讀理解第 6 題），—作者怎麼說明他的論點？他怎麼安排他的想法？把每一段中的表達方式，填入「口語表達」表格中。

語法點補充及練習解答

1. 有…的趨勢
　(1) 現代社會中，懷孕婦女的年齡<u>有高齡化的趨勢</u>。
　(2) 隨著對食品安全的重視，選擇有機食品的人<u>有日漸增加的趨勢</u>。
　(3) 網路霸凌事件<u>有越來越嚴重的趨勢</u>，除了靠法律約束，人們在享受言論自由的同時，也要為自己的言論負責。

2. 不計一切：此處不將「不計一切」當作四字格處理，而是視為「不計＋一切」，可再延伸的結構：「不計＋一切（代價／後果）」、「不計＋一切（代價／後果）＋V」。

　(1) 政府／總統：由於失業率不斷提高，因此我們會不計一切改善就業環境，解決失業人口日漸增加的問題。

　(2) 人民：政府不應該限制人民的言論自由，人民必須不計一切爭取言論自由。

　(3) 球隊教練：這個球員很有天分，表現也相當好，所以我們會不計一切留下他。

　(4) 科學家（參考）：為了追求美好的將來，我願意不計一切代價，就算要付出所有的財產也沒關係。

　(5) 政府、救難隊：雖然已經過了黃金 72 小時，但是救援行動人然持續進行，我們會不計一切找到所有受困民眾。

　(6) 老兵、難民：我之所以不計一切逃離家鄉，就是因為不要每天活在隨時發生戰爭的威脅中。

3. 獲得…（的）青睞：亦可用「得（不）到…的青睞」、「受到…的青睞」，差別在於「獲得」的主動性較強，而「受到」較被動。

　(1) 他總是很仔細地處理工作上的事，因此獲得老闆的青睞。

　(2) 他不計一切代價，又是送花，又是請客，就是為了要獲得系花的青睞。

　(3) 他提出「廉能、富足」的口號，希望幫助國家擺脫經濟困境，因此獲得選民的青睞。

4. 把 A 投資在 B 上

　(1) 為了讓自己在職場上更有競爭力，我把時間投資在學習最新的專業知識上。

　(2) 都是因為我沒有把時間投資在孩子身上，我們親子之間的關係才會漸漸變遠。

　(3) 生命是有限的，要把精神投資在喜歡的事物上，才不會後悔。

5. 飽受…之苦

　(1) 雖然我們現在的生活很幸福，但是再我們看不到的地方，還有很多人飽受戰爭之苦。

　(2) 他因為家庭經濟不好，在學校總是飽受歧視之苦。

　(3) 由於交通問題日漸嚴重，因此每到上下班時間，民眾總是飽受塞車之苦。

6. 原來 A，如今 B

　(1) 台灣中部原來滿山遍野到處可以看到鹿，如今卻只有在動物園才看得到。

　(2) 許多剛來的外籍配偶原來都有寂寞、焦慮的心情，但是透過志工的幫忙，這些新移民如今已經能適應當地的生活，也建立了良好的人際關係了。

　(3) 言論自由原來是為了保障人民表達意見的權利，如今卻成為攻擊別人的工具。

7. 從 A 進而 B：前後兩者需要是同一個領域／主題的內容，並且由小範圍進一步擴展到大範圍。

⑴ 他打算從經濟著手，<u>進而深入政治</u>，一步一步解決問題。

⑵ 這個活動，從一場小小的抗議，進而變成無人不知無人不小的民主運動。

⑶ 他希望這次的戶外教學，學生能從認識各種動植物，進而培養保護自然的觀念。

⑷ 在這門課中，我們希望學生能從了解當地的歷史，進而<u>了解當地與世界的關係</u>。

論點呈現教學補充與練習解答

1. 請再讀一遍文章，找出作者反對整型的三個論點：

	一	二	三
論點	只是為了符合社會對美的標準，因此看不到自己的優點。	實力比外表更重要。	手術風險高。

2. 作者提出的論點，你都同意嗎？請表達你的意見，並提出新論點。

課文一「不同意」及「新論點」的討論可能出現在課文二，可當作課文一過渡到課文二的暖身。

建議教學進行方式

1. 找出這一整段中，作者的論點是什麼？他怎麼讓他的論點更有力？

2. 若學生無法找出論點，教師可透過「作者在這段中支持的理由是什麼？用一句話來說」引導學生在段落中找到論點。

口語表達教學補充與練習解答

1. 根據論點找出文章中重要的表達方式。

論點	一	二	三
表達方式	• …真（的）能…嗎？ • 並不盡然。 • 只因為…而… • 這不是和…相互矛盾嗎？	• A 無法…，B 才能。 • 儘管…，然而… • 不計一切… • 好讓… • 根據…指出， • 同樣地， • 把…投資在…上， • …才是…	• …畢竟… • 儘管…，但是… • 有的…，甚至…，更有不少人… • 飽受…之苦 • 值得＋V • 拿…來冒險 • 無論…，…還是… • 對…帶來衝擊

建議教學進行方式

請參考一、二課的說明。

2. 請用上面的句式談談你對「刺青（ciqīng, tattoos）」的看法。（至少使用 3 個）
　除了當課的句型以外，所提供的表達方式也包括課文中出現過的詞組或前四冊出現過的句型。初期可由教師先引導學生就該主題搭配表達方式作出句子，再將有關聯的組成段落。

參考範例

> 　　對年輕一代來說，刺青已經不再是黑社會的代表，而且已經成為了一種流行了。贊成的人認為刺青是一門身體藝術，完全是與他人無關的愛好。然而事實上，刺青卻影響人與人之間的相處與對待。比方說，**有不少年輕人**為了表現自己的個性，**不計一切後果去刺青**，但是後來才發現，**無論**在求職或是生活中，他們**還是飽受歧視之苦**。**畢竟**刺青早期主要是刑罰上或是做為罪犯、幫派分子的標記，因此儘管時代不同了，但是人們對刺青的負面看法仍然存在。

重點詞彙說明與練習解答

一、詞語活用：以分組合作、創造問題等實際使用詞彙的方式，熟悉詞彙的語義和用法。

1.

高／矮、細／**粗**、 長／**短**、高挺／**扁平**、 豐滿／（扁平／乾瘦）	腰、眼、胸、皮膚、鼻子、腿、臉、眼皮、髮

(1) 請寫出／查出 左欄的相反詞。

(2) 請利用左右兩欄組合出十個詞：教師可適時補充其他相關形容身體部位的詞彙。

　　參考答案：

　　長／短髮、粗／細腿、細皮膚、粗／細腰、細長的眼、高挺的鼻子、豐滿的胸、單／雙眼皮。

(3) 自由回答。

(4) 自由回答。

(5) 自由回答。

2. 兩人一組，可看書或查字典，討論出其他可以用的詞，並填入表格中。討論以後完成下面句子：

日漸＋V／Vs	N＋不一	過＋Vs
• 增加	• 大小	• 長／短
• 減少	• 深淺	• 多／少
• **明顯**	• **長短**	• **粗／細**
• **開放**	• **粗細**	• **胖／瘦**
	• **言行**	

⑴由於現代人使用手機的時間<u>過長</u>，因此手機成癮的例子<u>日漸增加</u>。

⑵他的頭髮<u>過長</u>，顏色又<u>深淺不一</u>，無法給人精神奕奕的感覺，難怪得不到長官的青睞。

二、四字格

1. 以貌取人：具負面意義。

課文二教學步驟、補充及參考解答

步驟一：泛讀（同課文一）

課文理解參考答案：可能為複選

1. (✓) 如果整型沒有好處，不會有那麼多人不計一切代價去做。
2. (✓) 透過改變外型，提升自信，並得到更多機會。
3. (✓) 整型是造假、欺騙的行為。
   (✓) 整型手術的風險高，包括後遺症及心理影響。
   (✓) 身體是父母給我們的，不能傷害，這是傳統。
4. (✓) 手術風險已降低。
   (✓) 利用整型改善天生的缺點並沒有錯。
   (✓) 整型可以增加自信，進而帶來更多機會。
   (✓) 每個人有為自己的身體做決定的權利，不必管他人想法。

步驟二：精讀（同課文一）

建議教學進行方式

1. 第一段提問：
   ◇ 現在社會流行什麼？（吹起一股⋯風）從哪裡可以看得出來？所以可以知道？（可見）
   ◇ 「整型」這件是從以前到現在有什麼變化？（從⋯變成⋯）
   ◇ 反對整型的人為甚麼要阻止？

2. 第二段提問：
   ◇ 整型跟工作有什麼關係？（第一印象）
   ◇ 哪些職業會把外貌列入考量？你認為這些產業把外貌列入考量是不是歧視？
   ◇ 除了手術，還有哪些方法可以讓人看起來精神奕奕？

3. 第三段提問：
   ◇ 反對整型的人認為整型之後的「美」是真的美嗎？所以一說到整型，他們就會想到什麼？（貼上⋯標籤）
   ◇ 作者認為選擇整型的人跟甚麼樣的人是一樣的？
   ◇ 在這段中，作者先說「反對整型」的論點，再反駁。他怎麼反駁？

4. 第四段提問：
　　◇ 在這段中，作者要反駁哪個論點？他認為是誰造成的？（這無疑是…的結果）他的語氣是很肯定的？還是有點懷疑的？
　　◇ 作者認為跟以前比起來，現在整型手術的風險還很高嗎？（大幅降低）
　　◇ 整型手術前，醫生會把哪些事列入考量？（事先評估、患者動機、心理狀態）
5. 第五、六段提問：
　　◇ 「身體髮膚受之父母」的意思是什麼？作者同意這個說法嗎？（已經落伍了）
　　◇ 作者為什麼認為整型跟穿衣服、剪頭髮一樣？（不會對別人造成影響）

語法點補充及練習解答

　　填充式的練習除了將正確的選項填入外，建議亦可視學生程度讓學生挑戰用多出來的選項，結合目標句式，作出句子。

1. 若A，怎麼會B？：用反問方式來反駁。說話者的意思是「就是因為…，所以才…」
　　(1)「基改食品危害人體健康」→若基改食品會危害人體健康，怎麼會有那麼多人購買基改食品？／政府怎麼可能開放基改食品？
　　(2)「減稅、延長產假可以鼓勵生育」→若減稅、延長產假可以鼓勵生育，少子化的情況怎麼會日趨嚴重？／出生率怎麼還是沒有提高？
　　(3)「學歷越高，就業越容易」→若學歷越高，就業越容易，怎麼會有博士到夜市賣雞排？
　　(4)「我沒有劈腿」→若你沒有劈腿，我怎麼會接到小三的電話？

2. 把A列入B：B為一名單、清單或範圍。變化形式為「A被…列入B」。
　　(1) 做問卷調查的時候，往往會把性別、年齡列入考量。
　　(2) 這次的期末考試，會把世界史列入考試範圍。
　　(3) 討論基改食品的優缺點的時候，不能只考慮經濟價值，也應該把對健康的影響列入考量。
　　(4) 世界衛生組織把紅肉列入讓人罹患癌症的食物名單。
　　(5) 由於這個購物網站販賣仿冒品，因此被政府列入黑名單。

3. 給A貼上B的標籤：除了還可變化為被動「A被貼上B標籤」，也可補充相反的「撕下…標籤」。大部分為負面語氣。
　　(1) 因為利用科技改變了食物的基因，因此基改食物常被貼上怪物的標籤。
　　(2) 由於東西方文化的不同，因此有些相信風水的人常常被貼上迷信的標籤。
　　(3) 這所學校對學生的服裝有嚴格的規定，因此被貼上保守的標籤。
　　(4) 人們給那些不能自食其力、靠父母生活的人貼上啃老族的標籤。

4. 無疑是…：使用時語氣非常肯定。

(1)「一白遮三醜」、「超過 50 公斤就是胖」這樣的看法<u>無疑是</u>受到媒體洗腦的結果。

(2)直到現在都沒有足夠證據可以證明外星人存在，因此，一天到晚擔心外星人攻擊地球<u>無疑是自己嚇自己</u>。

(3)明知道那裡常發生天災，還要住在那裡，<u>無疑是拿自己的生命來冒險</u>。

(4)基因改造的食物不但有豐富的營養價值，也讓大家在享用美味的同時，達到預防疾病的效果，<u>無疑是神奇食物</u>。

論點呈現教學補充與練習解答

1. 請再讀一遍文章，找出作者贊成整型的三個論點：

	一	二	三
論點	整型後可以增加自信，對求職，人際關係都有幫助。	改善天生無法改變的缺點。	科技進步，風險已大幅降低。

課文二：原文最後一段也可以當作第 4 個論點：「自主權：身體是自己的，與他人無關」。

口語表達教學補充與練習解答

1. 根據論點找出文章中重要的表達方式。

論點	一	二	三
表達方式	• 到底… • …就像…一樣，是… • 對…有幫助 • 把…列入考量 • 為…帶來… • 不論…都…	• 有人認為…，就給…貼上…的標籤 • …並不…，也無法… • A 可以…，為什麼 B 就不能…？	• 對…的看法停留在…上（無疑是） • 隨著…，…已大幅…

2. 請用上面的句式談談「模特兒」這個工作。（至少使用 3 個）

　　許多人**對**模特兒的**看法停留在**工作很輕鬆、生活很好玩**上**，認為當模特兒是個很簡單的工作。若生來就有苗條的身材或美麗的外貌，從事模特兒行業，利用這些優勢**為**自己**帶來**財富，有何不可？然而模特兒產業仍有很多看不到的負面印象。比如，要是太瘦，社會就給他們**貼上**厭食症的**標籤**；太胖，社會就會批評他們沒有資格當模特兒。若我的孩子想當模特兒，我會擔心他的生理和心理會受到負面影響。但是我不會用這個理由阻止他，畢竟職涯是個人選擇，只要他事先評估時，**也把**黑暗面及風險**列入考量**就好。

重點詞彙說明與練習解答

一、詞語活用

1. 參考課文或詞典，將右欄填入左欄中：

■ 形成　…風氣
■ 列入　考量
■ 貼上　標籤
■ 縮小　差距
■ 理會　…的眼光
■ 違反　自然
■ 評估　狀態／風險
■ 執行　手術
■ 獲得　青睞
■ 在意　…眼光

A. 標籤
B. 狀態
C. …風氣
D. 手術
E. 問題
F. 自然
G. 風險
H. 差距
I. 考量
J. …眼光
K. 青睞

(1) 跟同學討論，利用左欄的詞組，寫出五個問句。

例如：形成…風氣：近幾年來，為什麼手機付款會形成一股風氣？

其他可參考的問題為：

a. 列入考量：選擇對象的時候，你主要會把哪些條件列入考量？
b. 貼上標籤：你覺得什麼樣的人會被貼上失敗的標籤？
c. 在意別人的眼光：你一點都不在意誰的眼光？
d. 縮小（A 跟 B 之間的／…方面的）差距：城市跟鄉下的發展速度不同，你認為政府可以怎麼做，來縮小城市跟鄉下之間（在教育方面）的差距？
e. 列入考量：你選擇食物的時候，會把哪些事情列入考量？
f. 違反自然：你認為發明基改食物是違反自然的作法嗎？
g. 評估風險：請你評估一下一個人到外國可能有哪些風險？
h. 評估狀態：評估一下你自己的體能狀態，你認為你能跑多遠？
i. 執行手術：你認為醫生執行手術以前，應該告訴患者哪些事？
j. 獲得青睞：你認為什麼樣的政策會獲得外國人的青睞？

(2) 跟同學一起討論上面的問題。（略）

2. 兩人一組，可看書或查詞典，討論出其他可以用的詞，並填入表格中。討論以後完成下面句子：

(1) 請將下列的詞填入表格內：

特色　反應　　成長　日夜　性別　國籍　表現　改變　價值　殺傷力　成績
老少　吸引力　潛力　提高　演技　年齡　種族　你我　長相　增加　　男女
破壞力　上升　影響力

不分＋N	N＋平平／出色	大幅＋V	極具＋N
• 男女	• 長相	• 增加／上升	• 一力：破壞力
• 老少	• 成績	• 提高	影響力
• 你我	• 表現	• 改變	吸引力
• 前後	• 反應	• 成長	• 潛力
• 日夜	• 演技		• 特色
• 性別			• 殺傷力
• 年齡			• 價值
• 國籍			
• 種族			

(2) 利用表格內的搭配，完成下面的句子：

a. 由於手機對現代人來說<u>極具影響力</u>，因此現代人使用手機的時間<u>大幅增加</u>。

b. 雖然這個計畫的對象<u>不分男女老少</u>，誰都可以參加，但是只有<u>極具潛力／特色</u>的人，才有可能得到面試的機會，<u>表現平平</u>的人，大概在一開始就被拒絕了。

c. 市場對這個商品<u>反應平平</u>，不如預期，因此公司希望請一位<u>極具影響力</u>的明星來推銷，希望它的販賣情況能<u>大幅成長</u>。

延伸練習：反駁

建議教學進行方式

1. 在本課中，延伸練習主要練習「反駁」。表格內所提供的例子為課文二第五、六段。課文二中的第三、四段為較典型的反駁，因此教師可以引導學生，將這兩段中的表達方式填入表格中。第一課課文一第五段、課文二第三段亦為反駁。

2. 引導學生利用「提出對方論點—提出自己看法—進一步說明—小結」的內容順序，靈活運用相應的語言形式，完成反駁的練習。

語言實踐

1. 本課的語言實踐為以角色扮演的方式辯論。共有兩個情況，主題均從整型延伸出，若學生人數為奇數，可以加入其他角色，如醫生（情況一）。

2. 演戲內容須以對話方式將情況演出來，包括發生什麼問題、解釋或說明各自的立場，以及最後結果。

建議教學進行方式
1. 說明主題及方式後，將全班分組。
2. 給學生 15 分鐘時間討論並練習，包括決定角色、選擇立場、理由以及最後解決辦法。理由及解決辦法可能各組不同。
3. 情況一的組別演出後，全班討論情況一中的問題。
4. 情況二同上。
5. 最後由教師給予回饋與糾正。

、綜合練習解答

一、根據所聽到的內容回答問題並討論

聽力部分可當作課後練習，也可在課堂中進行。提醒學生若聽到沒學過的生詞，不要停在同一個地方，先聽完全部，抓出大意即可。

建議教學進行方式
1. 介紹聽力主題，並討論問題1。（自由回答）
2. 第一次以配對方式，先聽出五段錄音中每個角色所面臨的問題。所面臨的問題可能會重複。

問題	說話人
A. 能力不足	1. 老師＿＿B＿＿＿＿＿＿
B. 不懂得打扮	2. 秘書＿＿A＿＿＿＿＿＿
C. 人際關係不好	3. 工程師＿＿E＿＿＿＿＿
D. 穿著太隨便	4. 經理＿＿B＿，F＿＿＿＿
E. 外表條件不夠好	5. 研究員＿＿C＿＿＿＿＿
F. 沒有自信	
G. 其他	

3. 聽第二次，找出關鍵句。可視學生情況增加播放次數。
4. 完成後討論聽力問題4。

L3	聽力文本
情境說明	很多人常常是在碰到了困難以後，才發現自己有外在、能力、個性、人際關係等方面的問題，請聽聽看這些人碰到哪些問題？並寫下他們的問題。
老師	老　師：我現在碰到的問題嘛…我剛從研究所畢業，但是每次面試都被刷下來。我的成績不錯，也有很多人幫我、說我有潛力，也願意介紹工作給我，所以我想，我的能力、人際關係應該是沒有問題的。 主持人：所以你覺得原因是？ 老　師：應該跟外表有關。每次學生看到我，就覺得我很好欺負，大概我看起來就不像老師吧，總是騎到我的頭上來。 主持人：如果打扮一下呢？ 老　師：我自己會覺得不自在啊，不自在的話就會影響我的工作表現。你的意思是要我打扮得像外國明星一樣帥，好吸引他們的目光？
秘書	秘　書：我現在在這個公司已經工作了三年了，當年面試的時候，他們說我的外型不錯，也給人很專業的感覺，做這份工作應該沒問題。我真是幸運，打扮一下就得到這份工作。可是進到這個公司以後，出了不少錯，要不是靠其他人幫忙，早就丟了這份工作。不過三年下來，同期的人都已經升上去當小主管了，可是我一直都得不到主管的青睞，薪水也升不上去。 主持人：你認為原因是什麼？ 秘　書：大概是我長得不錯吧，所以他們怕我搶走了他們的機會。
工程師	工程師：我從事科技業，是一個工程師，工作是很累沒錯，但是薪水也是不錯啦，日子可以過得很舒服，房子的貸款也繳得差不多了。現在的問題就是家人要我趕快結婚啊。 主持人：不想結婚嗎？ 工程師：想啊，總是要有一個家，人生才完整嘛，只是找不到對象。 主持人：為什麼？你的條件不錯，有車有房，工作穩定。 工程師：你也覺得不錯對吧！可是女孩子就不喜歡啊，有幾個本來在網路上還聊得來，可是一交換照片或見面就沒有下文了。 主持人：所以是外表的問題？ 工程師：大概吧，可能她們覺得我胖了一點。

經理	經　理：大家都說我長得很漂亮，身材又好，個性獨立，工作能力也不錯… 主持人：沒有對象嗎？ 經　理：…有，但是老實說並不是太穩定。 主持人：怎麼說？ 經　理：他覺得我不夠漂亮。 主持人：不夠漂亮？怎麼可能！ 經　理：真的，他覺得我皮膚不夠白，也不懂得打扮，應該去學最流行的化妝技術，染髮，換膚什麼的。 主持人：他有病嗎？ 經　理：我知道，我自己也很矛盾。一方面我自己想過，我是不是應該改變我的想法，畢竟碰到問題就應該解決，而且改變以後可能我們的關係也會改變；可是另一方面我也覺得為什麼要改變成那樣？那就不是原來的我了啊！而且他的標準聽起來就是媒體洗腦的那些可愛明星的樣子啊！內在更重要吧！ 主持人：換一個男朋友啦！ 經　理：可是我已經35歲了，要是分手了，很難再找到下一個吧！
研究員	研究員：我是一個比較內向的人，很害怕跟一大群人在一起，而且我很怕吵。我不太主動跟別人交談，他們的對話都很無聊，為什麼要浪費時間聊八卦？談那些沒有營養的事？而且他們表面對你好好，但其實各有目的，都不是真心的，那樣的關係太假了。 主持人：那朋友呢？ 研究員：不太多，只有幾個學生時期認識的朋友還一直有聯絡。因為我的興趣都比較冷門，所以大部分的時候我都是獨來獨往。 主持人：不覺得孤單嗎？ 研究員：有時候。

二、選擇合適的詞語完成文章

> 評估　器材　儘管　潛力　謹慎　看待　冒險　執行　優勢

　　大家好，以下由我來報告一下我對這個新計畫的看法。經過仔細地<u>評估</u>，我認為雖然這個計畫很有<u>潛力</u>，應該能帶來不錯的收入，但是有一些風險，因此可能需要<u>冒險</u>。然而由於在人數上我們佔有<u>優勢</u>，而且又有最新的<u>器材</u>，因此<u>儘管</u>有些風險，但是我相信只要以<u>謹慎</u>的態度，小心地<u>執行</u>，我們仍然可以開心地<u>看待</u>最後的結果。

評估　開放　理解　違反　藥品　動機　處罰

　　雖然現在的社會越來越<u>開放</u>，但是像大麻（dàmá, cannabis）或是嗎啡（mǎfēi, morphine）這樣的<u>藥品</u>並不是誰都可以拿到的，必須先經過醫生<u>評估</u>。要是<u>違反</u>了規定，當然得受到<u>處罰</u>。然而，法院判決時仍會考量使用者的<u>動機</u>，是為了減輕身體的疼痛，還是為了快樂。

三、用下面的句子，完成文章

1.

> A. 把時間和精神投資在自己身上
> B. 他們真的都不想結婚嗎？<u>並不盡然</u>
> C. 被貼上「自私（zìsī, selfish）」的標籤
> D. 把對方的個性、興趣、外表等各種條件列入考量
> E. 若能找到合適的對象，又怎麼會不想結婚呢
> F. 無疑是一種浪費生命的事

（ B E D F A C ）

　　現代忙碌的社會中，越來越多人的感情狀態是「單身中」。<u>他們真的都不想結婚嗎？並不盡然</u>。有些人他們並非願意單身，<u>若能找到合適的對象，又怎麼會不想結婚呢</u>？但是一說起結婚，他們總是非常謹慎，他們會<u>把對方的個性、興趣、外表等各種條件列入考量</u>，非得要找到最合適的另一半，才願意走進婚姻。當然，還有一群人，他們認為，不計一切地花時間去追求對方，並且改變自己、配合對方的興趣或需要，<u>無疑是一種浪費生命的事</u>。他們寧可<u>把時間和精神投資在自己身上</u>，也因此，他們往往<u>被貼上「自私」的標籤</u>。

2.

> A. 有日漸增加的趨勢
> B. 如今不再需要飽受歧視之苦
> C. 獲得許多單身者的青睞
> D. 吹起了「一個人也要好好生活」的風潮（fēngcháo, trend）
> E. 極具潛力

（ A E D C B ）

　　隨著單身人口<u>有日漸增加的趨勢</u>，許多人發現「單身經濟」<u>極具潛力</u>，因此最近市區裡<u>吹起了「一個人也要好好生活」的風潮</u>，街頭出現了「單身餐廳」。顧名思義，這樣的餐廳主要的服務對象是單身者，餐廳裡從桌椅到餐點都是一人份。這種新型的用餐環境<u>獲得許多單身者的青睞</u>，每當到了用餐時間，餐廳總是坐滿了人。到過

單身餐廳的顧客都說，原來一個人到餐廳的時候都會覺得不自在，甚至被拒絕，<u>如今不再需要飽受歧視之苦</u>，即使是一個人，也可以自在的享受一個人的時光。

肆、教學流程建議

時間及流程請參照第一、二課建議。

伍、教學補充資源

1. 與主題相關議題參考。
2. 生詞單。

有關本冊的教學補充資源，請進入國立臺灣師範大學國語中心網站參考：

國立臺灣師範大學國語中心網址：

http://mtc.ntnu.edu.tw/chinese-resource.htm

國語中心—資源專區—當代中文課程相關資源—當代中文課程－第 5 冊補充資源

第四課

傳統與現代

、**教學目標**

- 讓學生能介紹某個傳統文化活動的形成與歷史背景。
- 讓學生能說明傳統文化活動對國家經濟與文化的影響。
- 讓學生能與他人討論傳統文化活動需繼續保存或廢止的原因。
- 讓學生能表達你對傳統活動贊成或是反對保存的論點及看法。

、**教學重點及步驟**

課前預習

1. 為使教學順利進行，學生能開口交流討論，上課前一天請學生上網查詢「傳統活動」，查詢範圍至少能回答 3 題的暖身提問，避免學生因完全不了解議題而無法參與討論，耽誤上課進度。

2. 有關本文鬥牛議題，老師可參考教學補充資源（見本課伍教學補充資源）。

3. 引言

詞語說明：

(1)「上」萬民眾＝達到一定程度或數量。「近」萬＝接近一萬，還不到一萬。

「上萬」＋量詞＋名詞　如：上萬名兒童、上千個郵件。

不加量詞較書面語──上萬兒童、上千郵件。$－上萬元，上千元。

練習造句：上萬、上千、上百，但「十」為「數十」。教師先給學生一個主語如下：

師：語言中心⋯

生：語言中心有上千名外籍學生／上百名美國學生。

師：這些學生正為了通過考試而努力，可以怎麼說？

生：語言中心（有）上千名外籍學生正為了通過考試而努力。

(2) 說明「舉著」須過肩，和「拿著」的不同。

(3) 「示威」「遊行」和「抗議」的區別。

「示威」：顯示威力、力量或結合群眾表達抗議的集體行動。

「抗議」：可以是個人或群體表達反對的方式。如：孩子跟父母抗議每天可以上網的時間過短。

「遊行」：則是中性的。群眾為了特殊目的或表達意願，以行走或不同方式集結上街的行為。如「花車遊行」、「示威遊行」。

(4) 提問：西班牙民眾為何走上街頭？

◇ 民眾與動保團體各有何主張？

◇ 引發正反兩方激烈討論的議題為何？

課前活動

1. 問題 1，看圖片討論 a.放天燈 b.神豬比賽 c.中秋節烤肉 d.鹽水蜂炮，學生回答個人參加活動的經驗。

2. 問題 2，學生討論並發表台灣這四個傳統活動的爭議和個人看法（答案參考如下表）。

3. 問題 3，學生自由發表自己國家的傳統與爭議。

4. 若學生想進一步了解四項傳統活動，教師可適時補充簡述其時間、地點及由來。

5. 其他可討論的參考問題如下：

◇ 就你所知在哪些國家有哪些傳統活動與（傷害）動物有關？

◇ 你曾經走上街頭參加示威遊行的抗議活動嗎？為了什麼而參加？

◇ 貴國有哪些動保團體抗議的例子？他們的主張是什麼？

a. 放天燈	時間	元宵節		地點	新北市平溪
	簡述由來	三國時代諸葛亮所發明，所以又叫孔明燈，當時用於傳遞軍情。臺灣平溪放天燈最早為清朝時期，因為平溪、十分地區，位於山區且交通不便，時常有土匪會殺害村民，而天燈的作用就是告訴村民土匪已經遠離村莊，可以回家了。因避難的那天剛好是元宵節，所以後來每年元宵節附近居民都會用放天燈來互報平安，之後就變成一種傳統了。 2008/05/28 被列為民俗節慶類「台灣文化資產」。 問：是否知道還有哪些國家也有放天燈活動？ （中國南方城市、泰國、波蘭）			
	爭議	1. 產生大量垃圾。 2. 造成火災。 3. 破壞自然環境。 4. 現在天天可放天燈已成為商業活動而非傳統活動。			
b. 神豬比賽	時間	農曆大年初六		地點	三峽清水祖師廟
	簡述由來	賽神豬從日治時期開始，當時為了使一些貧窮的村民也能夠分食豬肉，因此鼓勵村民將豬隻養得越胖越好。客家人保存中原祭典的舊俗。豬養的越重，獲得越多的福氣，祭拜越重的豬隻越能表達他們最大的誠意，也能使神明保佑家人的平安。			
	爭議	**對動物殘忍不人道的行為。**（師板書：殘忍，不人道）			
c. 中秋節烤肉	時間	每年的農曆八月十五日 這一天月亮滿月，象徵團圓		地點	自家或各處
	簡述由來	在臺灣，中秋節是個重要節日，全台灣放假一天。台灣一般民眾至今仍有賞月吃月餅、柚子的習慣。1980 年代中期，台灣開始有中秋烤肉的習慣。烤肉由來一說是受到廣告影響，二說是因晚上賞月時為免飢餓，到郊外烤肉就成為流行。 近年來因引發爭議，有部份縣市政府禁止民眾在公園等公共場所烤肉。			
	爭議	1. 不環保－製造空氣汙染和大量垃圾。 2. 不健康－炭烤恐致癌。			

	時間	元宵節		地點	台南鹽水地區
d. 鹽水蜂炮	簡述由來	起源於<u>清朝</u>（1885 年），當時鹽水發生大流行病（瘟疫），於是居民向當地的「關聖帝君」（關公）求平安，並依占卜結果，在元宵節晚上，請出廟中神明，一路燃放炮竹，繞鎮一晚後，後來變成傳統。 2008/6/27 被列為民俗節慶類「台灣文化資產」。 澳媒列「全球 10 個最危險祭典」台南鹽水蜂炮和鬥牛皆入榜。			
	爭議	1. 危險-遊客常受傷。 2. 不環保-製造空氣汙染和大量垃圾。			

課文一教學步驟、補充及參考解答

步驟一：泛讀（參考第一、二課說明）

請學生看第二、三、四段，說出主旨—如課文理解最後一題論點題。泛讀全課課文後回答課文理解 1-4 題。

課文理解參考解答：可能為複選

1. (✔) 鬥牛的傳統已超過千年。
2. (✔) 必須激怒公牛。
3. (✔) 西班牙傳統文化最重要的活動。
4. (✔) 能提供 20 萬人就業機會。
   (✔) 為西班牙政府帶來 2.8 億歐元的財政收入。
   (✔) 鬥牛不但代表西班牙的傳統精神，更是重要的歷史文化。
5. (4) 鬥牛是藝術靈感的來源，許多藝術作品因此而產生。
   (3) 鬥牛增加就業機會，也是國家重要的財政收入來源。
   (2) 鬥牛是西班牙的傳統精神與歷史文化，是年輕人學習的對象。

步驟二：精讀（參考第一、二課說明）

建議教學進行方式

1. 第一段提問：
   ◇ 鬥牛活動從前與現在發展有何不同？（最早是…成為…）
2. 第二段提問
   ◇ 西班牙第一座鬥牛場何時開始？西班牙全國目前有幾座鬥牛場？
   ◇ 如何形容鬥牛士在鬥牛場中的表演？（穿著…／一面 A 一面 B／可說是…）
   ◇ 鬥牛士必須具備哪些條件？（過人…的精神）
   ◇ 鬥牛對西班牙的重要性為何？（…不但代表…更是重要的…）

◇ 練習語法點 1、2

3. 第三段提問

◇ 為什麼對西班牙來說，廢止鬥牛將會是一場經濟災難？

◇ 鬥牛能吸引世界各地遊客前往觀賞最主要的原因是什麼？

　練習：練習語法點 3

4. 第四段提問

◇ 西班牙鬥牛傳統能保留到現在的原因為何？

◇ 為何奔牛節能成為舉世聞名的節日？

◇ 西班牙政府對鬥牛傳統是否該廢止的態度與做法為何？

◇ 練習語法點 5

5. 最後統整：

⑴ 這一篇文章提到三個論點（閱讀理解第 5 題）—作者怎麼說明他的論點？他怎麼安排他的想法？把每一段中的表達方式，填入「論點呈現」表格中。

⑵ 依照論點及填好的表達方式，參考生詞單，不看課文，請學生兩人一組試著將每一段內容再完整地表達一次。

語法點補充及練習解答

1. 自…至今

⑴ 根據調查報告指出，美國某新手機遊戲自去年夏天推出時，全球使用人數高達 2,850 萬，<u>但自推出後半年至今</u>，玩家已減少 80%至 500 萬左右。

⑵ 這個樂團<u>自 2008 年至今</u>已舉辦超過十場世界演唱會，深受大家的喜愛。

⑶ 在旅遊業競爭激烈的環境下，這家知名的公司<u>自去年至今</u>已裁員 500 人，是這兩年來最多的一次。

⑷ 如何能長生不老<u>自古至今</u>仍然是大家所喜歡討論的話題。

2. 一面 A 一面 B

⑴ 她們準備上台表演前，除了好奇地看著舞台前的觀眾，也互相(hùxiāng, reciprocally)整理服裝，興奮得不得了。

　<u>她們準備上台表演前，一面好奇地看著舞台前的觀眾，一面互相整理服裝，興奮得不得了。</u>

⑵ 家明的母親在餐廳，氣兒子只顧著跟女朋友說話，還想著這頓又貴又難吃的晚餐，心裡很不高興。

　<u>家明的母親在餐廳，一面氣兒子只顧著跟女朋友說話，一面想著這頓又貴又難吃的晚餐，心裡很不高興。</u>

⑶ 美真在整型醫院，聽著醫生說明整型後的效果，但也擔心手術可能發生的風險與後遺症，讓她既緊張又期待。

　<u>美真在整型醫院，一面聽著醫生說明整型後的效果，一面擔心手術可能發生的風險與後遺症，讓她既緊張又期待。</u>

3. 有…的必要

(1) 為了使民眾了解這項新政策,政府有必要進一步說明。

→為了使民眾了解這項新政策,政府有進一步說明的必要。

(2) 我們有必要保護言論自由,因為這是讓有價值的想法,在這個混亂的時代裡,發出聲音的唯一方式。

→我們有保護言論自由的必要,因為這是讓有價值的想法,在這個混亂的時代裡,發出聲音的唯一方式。

(3) 我們應該把時間和金錢投資在內在能力上,實在沒有必要整型。

→我們應該把時間和金錢投資在內在能力上,實在沒有整型的必要。

(4) 無論醫療科技多麼進步,整型手術對生理和心理都會帶來巨大衝擊,沒有必要拿自己的健康來冒險。

→無論醫療科技多麼進步,整型手術對生理和心理都會帶來巨大衝擊,沒有拿自己的健康來冒險的必要。

4. 不但不(沒)A 反而 B

(1) 今天是假日,可是老闆不但不讓我們放假,反而要我們加班。

(2) 研究報告指出,基改食品不但不能減少農藥使用,反而增加了農藥的使用量。

(3) A:你看了醫生吃了藥以後,是不是覺得好一點了?

B:不但沒好,反而更嚴重了。

(4) A:家明被網友誤解、惡意批評、諷刺與攻擊,一定很生氣吧!要是我,早就得了憂鬱症了。

B:他不但不生氣,反而哈哈大笑,心情完全不受影響。

5. 將 A 列為 B

(1) 請你選出正確的搭配,然後用「將 A 列為 B」完成下面的句子。

將 A		列為 B
五月天	(c)	a. 最值得去參觀的景點
今天的小考	(d)	b. 重要工作
故宮博物院	(a)	c. 最受歡迎的團體
華語教學推廣	(b)	d. 正式的成績

例:報紙媒體將五月天列為最受歡迎的團體。

a. 老師說會將今天的小考列為正式的成績。

b. 遊客將故宮博物院列為最值得去參觀的景點。

c. 教育部將華語教學推廣列為重要工作。

(2) 請以被動形式:「A 被(S)列為 B」完成上面的句子。

例:五月天被報紙媒體列為最受歡迎的團體。

a. 今天的小考被老師列為正式的成績。

b. 故宮博物院被遊客列為最值得去參觀的景點。

c. 華語教學推廣被教育部列為重要工作。

論點呈現教學補充與練習解答

1. 請再讀一遍文章，找出各段中贊成鬥牛的論點：

論點	一	二	三
	鬥牛是西班牙的傳統精神與歷史文化，是年輕人學習的對象。	鬥牛能創造就業機會，並為國家帶來龐大的觀光收入。	鬥牛傳統為戲劇、音樂、繪畫提供了無數靈感。

2. 作者提出的論點，你都同意嗎？請表達你的意見，並提出新論點。

課文一「不同意」及「新論點」的討論可能出現在課文二，可當作課文一過渡到課文二的暖身。

口語表達教學補充與練習解答

1. 根據論點找出文章中重要的表達方式。

論點	一	二	三
表達方式	• 最早是… • 自…至今… • 一面 A 一面 B • 可說是… • 不但…更是重要的…	• 每年… • 其中… • 為…帶來… • 提供…機會 • 一旦… • 將會是… • 因此，… • 絕對有…的必要	• …之所以 A 正是因為 B • 也為…提供… • 例如… • 不但不…反而… • 將…列為…

2. 平溪天燈節是新北市平溪區在每年元宵節所舉辦的活動，許多知名媒體，包括 Discovery、CNN 新聞網等，都把平溪天燈節列為全球前幾名必遊景點。不過天燈到底該不該放，在傳統、商機與環保問題的互相矛盾中，也引發了激烈的討論。請用上面的句式談談你對「放天燈」的看法。（至少使用 3 個）

參考範例：

> 天燈在中國古代**最早是**戰爭時期為了傳送訊息時而用，現在不少人放天燈是希望能實現願望。**每年**元宵節，政府都舉辦很多的相關活動，**其中**放天燈總是能吸引來自世界各地的觀光客，**為**平溪**帶來**了極大商機，**也提供**了更多的就業**機會**。平溪**之所以**能被知名媒體列為台灣必遊的熱門景點，**正是因為**天燈是台灣最重要的傳統文化。透過媒體的報導，天燈早已成為外國人認識台灣的第一個印象。因此，放天燈活動，**不但不**能廢止**反而**應該繼續推廣才對。

建議進行方式

1. 有關天燈已在課前活動時討論過學生參加經驗及天燈由來簡介。
2. 教師示範選取（至少）一個句式造句。例如：平溪天燈是台灣古老的傳統，有上百年歷史。
3. 學生分組／輪流造句。
4. 將相關的意見組合成段。

重點詞彙說明與練習解答

一、詞語活用

1. 參考課文或詞典，將右欄填入左欄中：

◇ 刪減 G _____	A. 遊客
◇ 走上 C _____	B. 公牛
◇ 保護 A，B，I _____	C. 街頭
◇ 激怒 B _____	D. 勇氣
◇ 避開 A，B，J _____	E. …的刺激
◇ 享受 E _____	F. …的機會
◇ 提供 F，G _____	G. …補助
◇ 吸引 A，B _____	H. 姿勢
◇ 吸引人的 A，B，H，I，K	I. 文化傳統
◇ 具備 D _____	J. 攻擊
◇ 優雅的 A，B，H _____	K. 重頭戲

(1) 跟同學討論，並利用搭配的詞組寫出問句。

例如：吸引遊客：你認為故宮博物院之所以能吸引遊客的原因是什麼？

> a. 吸引人的重頭戲：你認為運動比賽中哪一項是最吸引人的重頭戲？
> b. 優雅的姿勢：哪些運動比賽必須有優雅的姿勢？
> c. 走上街頭：西班牙民眾為何要走上街頭？
> d. 激怒公牛：鬥牛士如何在鬥牛場上激怒公牛？
> e. 刪減…補助：西班牙政府為何要刪減鬥牛補助？
> f. 除了鬥牛，你認為做什麼事情也需要具備過人的勇氣？

(2) 跟同學一起討論並回答上面你所寫出的問題。（依學生造出的問句自由討論回答）

2. 兩人一組，根據下面的詞語搭配討論及完成下面句子：

(1) 請跟同學討論，把下面的詞填入表格中：

生產	專業的	經營方式	責任	銷售	過人的	畢業
旅遊	現代的	特質與能力	危險／風險	競爭優勢	結婚	災難
完美的	熱門景點	熟練的	旺季	消費		

N＋旺季	Vs＋技術	避開＋N	獨特的＋N
・生產 ・旅遊 ・銷售 ・消費 ・結婚／畢業	・熟練的 ・過人的 ・專業的 ・現代的 ・完美的	・旺季 ・危險／風險 ・災難 ・熱門景點 ・責任	・競爭優勢 ・特質與能力 ・經營方式

⑵利用上面的詞，完成下面的句子並回答問題：

　　a. 這家公司之所以能長久經營，正是因為他們有<u>獨特的經營方式</u>和<u>競爭優勢</u>，每年在<u>銷售旺季</u>期間，總能突破銷售紀錄。

　　b. 又到了六月的<u>畢業旺季</u>，社會新鮮人在求職時，除了良好的外語能力以外，具有<u>獨特的特質與能力／專業的技術</u>的人，才有可能獲得老闆的青睞和工作機會。

　　c. 過年是<u>旅遊旺季</u>，如果出門怕塞車，最好<u>避開熱門景點</u>，到風景優美的大學參觀也是不錯的選擇。

二、四字格：

1. 舉世聞名

　　定語用法：…舉世聞名的 N

　　謂語用法：S 舉世聞名

　　可練習下面例子做定語和謂語代換練習：

　　如例句 1：這座寺廟舉世聞名，每年…

　　　　　　　→這座舉世聞名的寺廟每年…

　　教師可以給幾個主語，請學生練習。如：⑴哈利波特這部電影…⑵畢卡索的畫…⑶貝多芬的音樂…。

2. 由來已久：教師給一個定、謂語各一例句，再給幾個主語，請學生分別以定語和謂語形式完成句子。

　　如：（定）元宵節放天燈是台灣由來已久的傳統，每年…

　　　　（謂）元宵節放天燈的傳統由來已久，每年…

課文二教學步驟、補充及參考解答

步驟一：泛讀（同課文一）

> **課文理解參考解答：可能為複選**

1. (✔) 新聞報導。
2. (✔) 鬥牛是傷害生命的過時傳統。
3. (✔) 使自己快樂卻使別人痛苦。
4. (✔) 難以想像。
5. (✔) 調查結果。
6. （3）動物也享有生命權和不受傷害的權利，應該受到重視。
   （2）任何傳統習俗都不應傷害生命。
   （4）鬥牛非藝術而是殘忍暴力的娛樂活動，應該廢止。
   （5）保護動物比保存不人道傳統更重要，我們應該拒絕參觀鬥牛活動。

步驟二：精讀（同課文一）

建議教學進行方式

1. 第一段提問：
   ◇ 全球觀眾是如何看到這幕血淋淋的畫面的？（透過…）

2. 第二段參考提問：
   ◇ 西班牙每年至少 (4-07) 有多少頭公牛在表演中死亡？（6000）
   ◇ 這一段如何形容鬥牛士在表演過程中對公牛的殘忍對待 (3-06)？（公牛不斷受到…）
   ◇ 若是公牛刺死了鬥牛士，會有何後果 (5-02)？（刺死鬥牛士的這頭公牛的母親…）
   ◇ 這一段作者對鬥牛這種殘忍活動的看法為何？
   ◇ 練習語法點 2

3. 第三段提問：
   ◇ 這一段用什麼方式作為段落的開始？（引用俗話）
   ◇ 你的母語有沒有類似的俗話？請用「俗話說得好」作為句子的開始，給我們介紹一個俗語，並說明這個俗語的意思？（例如：俗話說得好 'An apple a day keeps the doctor away'. 這句話的意思是，每天吃一個蘋果，就可以不必看醫生。）
   ◇ 為什麼作者說「簡直是不可思議」？
   ◇ 這一段作者用什麼方法來支持自己的看法？研究結果、專家說法還是新聞報導？（報導）
   ◇ 這一段作者用什麼方法來反對鬥牛活動？（反問）
   ◇ 老師可說明此段結構— 1.引用俗語 2.媒體報導 3.反問 4.小節

4. 第四段提問
   ◇ 近年來，有些西班牙人對鬥牛的看法有何改變？為什麼會有這樣的改變？
   ◇ 作者用哪兩個例子來支持自己反對鬥牛活動？（社群網站…／世界動保組織…）
   ◇ 這一段用什麼方法說明西班牙人也認為鬥牛活動無須保存？（民意調查）

✧ 目前西班牙哪個城市禁止鬥牛活動？何時宣布的？有多少城市反對鬥牛？目的為何？

✧ 練習語法點 3

5. 第五段提問

✧ 這一段如何說明保護動物的重要性？

✧ 作者認為反對鬥牛最好的方法是什麼？

✧ 你認為反對鬥牛最好的方法是什麼？

✧ 練習語法點 4

語法點補充及練習解答

1. 不利（於）／有利（於）A

(1) 政府推出悠遊卡消費百元送二十元的活動，有利於鼓勵民眾以卡消費。

(2) 種植基改作物將對自然環境造成威脅且不利於農業發展。

(3) 在全球化的趨勢與競爭中，網路科技較有利於跨國性企業，反而不利於中小型公司的發展。

2. 在…過程中

(1) 在比賽的過程中，他只專心處理每個球，不理會輸贏和觀眾的反應，終於得到冠軍。

(2) 許多學生在上課／聽演講的過程中紛紛離開座位，引發了是否尊重教授的激烈討論。

(3) 一個人離鄉背井，到了新的環境，在適應的過程中，難免會因碰到問題而恐懼不安。

3. 是…的時候了

(1) 我的任務還沒有完成，不能下台。

　　我的任務已經完成了，是下台的時候了。

　　我的任務還沒有完成，還不是下台的時候。

(2) 兒子啊！你大學畢業這麼久了，又有穩定的工作應該交個女朋友吧！

　　兒子啊！你大學畢業這麼久了，又有穩定的工作，是交女朋友的時候了。

　　兒子啊！你才 12 歲，還沒上高中呢！還不是交女朋友的時候。

(3) 西班牙的鬥牛活動可不是每天都有的，你現在去看不到鬥牛。

　　西班牙的鬥牛活動可不是每天都有的，你現在去不是看鬥牛的時候。

　　現在是西班牙鬥牛的旺季，你現在去正是看鬥牛的時候。

4. A 遠遠超過 B

(1) 這家公司今年手機的銷售量，遠遠超過其他任何一家公司／遠遠超過過去幾年的。

(2) 我支持的候選人當選了！這次舉競爭激烈，本來以為只是小贏沒想到遠遠超過其他候選人。

(3) 這次颱風災情慘重，遠遠超過上一次的颱風。

論點呈現教學補充與練習解答

1. 請再讀一遍文章，找出這作者反對鬥牛的三個論點：

論點	一	二	三
	任何傳統習俗都不應傷害生命。	鬥牛非藝術而是殘忍暴力的娛樂活動，風險極高，應該廢止。	鬥牛活動常有死傷發生，我們應重視動物權益，拒絕鬥牛。

2. 作者提出的論點，你都同意嗎？請表達你的意見，並提出新論點。

   課文一「不同意」及「新論點」的討論可能出現在課文二，可當作課文一過渡到課文二的暖身。

口語表達教學補充與練習解答

1. 根據論點找出文章中重要的表達方式。

論點	一	二	三
表達方式	• 每年…約有… • 平均有… • 在…過程中 • 最後… • 不管… • 無論如何…	• 俗話說得好… • 目前…未來… • 簡直… • 有報導指出… • 難道…嗎？ • …應隨著… • 任何以…之名… • 都應該…	• 近年來… • 越來越… • 是…的時候了 • 民意調查顯示… • 事實上… • 目的就是… • 遠遠超過… • 最好的方法… • 這樣一來…

2. 每年一到中秋節，政府相關部門與不少媒體都建議「中秋不烤肉」，還有許多相關新聞如環保、健康、肉類供需問題等，引起不少人的討論。到底中秋節烤肉引發哪些問題，請你上網查查，並用上面的句式談談你對中秋節烤肉活動的看法。（至少使用 3 個）

參考範例：

> 有人問中秋節不烤肉那要幹嘛？不烤肉的話，這個節日**簡直**無聊死了！
> 中秋節烤肉既不是台灣的傳統文化也沒有任何特別的意義，**事實上**是因為許多年前一支烤肉醬的廣告而開始流行起來的。**俗話說得好**：「無心插柳柳成陰。」中秋烤肉就因為這個美麗的錯誤而成為全民運動。
> 但**有報導指出**，**在**烤肉**過程中**會產生致癌物，危害人類健康，且破壞環境。**難道**我們要當人類與環境的殺手**嗎**？**無論如何**，過節真正**目的就是**和家人團聚、聯絡感情。烤肉只是商人行銷的手段，沒有健康的身體，又如何能夠快快樂樂地團圓呢。

重點詞彙說明與練習解答

一、詞語活用

1. 請找出合適的搭配並和同學討論這些詞組的意思：

V		N
賠上 （ b ） 虐待（ a ）		a. 動物
傷害 （abce） 改變（ cd ）		b. 生命
提升 （ e ） 保存（ c ）		c. 傳統
		d. 觀念
Vs		e. 活動
過時的 （ c d ） 激烈的（ e ）		
寶貴的 （ b ） 無辜的（ ab ）		
由來已久的（ cde ）		

2. 請使用以上的詞組完成句子。

(1) 俗話說得好「時間就是金錢」所以我們不該浪費<u>寶貴的生命</u>。

(2) 這種<u>傷害動物</u>的<u>過時傳統</u>，值得繼續<u>保存</u>下去嗎？

(3) 「男大當婚，女大當嫁」已經是個<u>過時的觀念</u>了。

(4) 什麼！你打算整型？整型存在很大的風險，甚至會<u>賠上生命</u>，你應該<u>改變觀念</u>，一個人的內在與能力遠遠超過外表。

(5) 端午節划龍舟是台灣<u>由來已久的傳統</u>，此項<u>激烈的活動</u>非常受外國學生歡迎。

3. 兩個學生一組，把下面的詞填入表格中，並完成對話的句子。

生命	改革	語言能力	居住環境	時間	金錢
失敗	工作效率	專業技術	放棄	了解	事業

賠上＋N	澈底＋V	提升＋N
• 生命	• 失敗	• 工作效率
• 時間	• 放棄	• 專業技術
• 金錢	• 了解	• 語言能力
• 事業	• 改革	• 居住環境

(1) A：家明和如玉昨天還一起吃飯有說有笑，怎麼今天就分手了呢？

B：因為如玉為了幫家明創業，賠上了<u>大筆金錢和自己的事業</u>，但家明不但不想好好工作，還天天喝酒，和如玉大吵大鬧，如玉想了很久，如果再這樣繼續下去，甚至會<u>賠上生命</u>，最後她只好決定<u>澈底放棄</u>這段感情。

(2) A：為了將來求職順利，你認為在學期間應該做好什麼準備？

B：為了將來求職順利，我認為要先<u>澈底了解</u>自己的興趣，在學期間應該提升<u>自己的語言能力</u>，除此之外也要提升自己的<u>專業技術</u>。

⑶A：住在夜市附近的居民總是抗議太吵太髒，你有什麼建議？

B：我認為政府應該提升<u>工作效率</u>，<u>徹底改革</u>夜市管理的政策以提升<u>居民的居住環境</u>。

二、易混淆語詞

1. 具有／具備

解答：家明對申請這份工作相當<u>具有</u>信心，認為自己一定會被公司錄取，因為他<u>具備</u>了這份工作所需要的條件。

2. 推廣／推行／執行

解答：通常要改造大企業很困難，建議可以挑幾個小組訓練，先把他們改造的經驗分享<u>推廣</u>到整個組織，等這些方法可以了，再把新的制度<u>推行</u>到全公司，另外領導人還得確實<u>執行</u>這些新的規定，才容易成功。

3. 權利／權力

解答：參加全民健康保險是每一個國民受到法律上保障的<u>權利</u>，沒有人有改變的<u>權力</u>。

4. 風險／危險／冒險

解答：

A：我打算去整型，想整出像明星一樣的高鼻子和大眼睛，可是又怕有<u>風險</u>。

B：你有這種想法是很<u>危險</u>的，一個人的內在與能力遠遠超過美麗的外表，實在不值得拿自己的健康來<u>冒險</u>，把金錢投資在內在能力上，才是更重要的。

延伸活動：時間與特點敘述

1. 課文一，第一、二段如何描述鬥牛代表著西班牙傳統精神與歷史文化？
2. 課文二，如何形容鬥牛士傷害生命的過時傳統？
3. 以課文為範例，請學生選擇敘述時間和特點的常用句式，各自介紹一個傳統文化活動或物品。

語言實踐

一、辯論練習

1. 我同意「電腦必將完全取代書本」。

	一	二	三
論點	iPad 就像個人圖書館，可看的書遠遠超過家裡的。	iPad 可以走到哪看到哪，是未來趨勢。	iPad 不僅可以隨時改內容、方便找資料更重要的是長期下來能節省成本。
支持例子	隨著社會進步發展，人們使用工具時當然是選擇功能最好的。 又好比說，坐飛機 12 個小時，你打算看 10 本書，難道你願意帶 10 本書上飛機嗎？只要有 iPad，完全沒有這個必要！	未來的教室，不僅是在學校教室裡。回到家，只要打開就可以和同學聊天、遊戲，可以考試、可以在網路圖書館看書。	政府為了環保，早已以電子郵件取代紙本通知，商店購物發票也是。 生活中一切事物都需要電腦，閱讀與學習當然也不例外。
總結	在這個網路爆炸的時代，未來教室是全球化趨勢，因此電腦必將取代書本，這絕對是早晚的事。		

2. 我認為「電腦不能取代書本」。

	一	二	三
論點	書本比電腦有更好的學習效果。	電腦容易傷害眼睛嚴重影響視力。	書本具有保存價值。電腦需要電且容易發生電腦病毒的問題。
支持例子	根據美國華盛頓大學所做的研究結果：在紙張上閱讀比在螢幕上閱讀的效率更好。研究者指出，閱讀書本能讓你在不知不覺中運用定位與認知幫助你記得書中的內容。	根據報導，電子產品對身體健康有害，特別是眼睛，低頭族滑手機已成為安全問題，所以父母親對孩子上網也常有時間限制，若將來上課使用 iPad 學習，這不是相互矛盾嗎？	一本書能保存好幾十年甚至一輩子。電子書則需依賴設備，而且萬一中毒或壞掉，就沒法閱讀。
總結	我們能在書本上隨意畫線和記重點，且經研究指出，這些動作有助於認知和記憶。此外，閱讀書本對視力的負擔比電腦少得多。毫無疑問，電腦是無法取代書本的。		

建議進行方式

1. 說明主題及方式後，將全班分組。
2. 給學生 15 分鐘時間討論並練習，先找出正反兩方三個論點。
3. 每組至少有一個必須以引用新聞報導、專家說法、研究或調查結果來支持論點。
4. 最後由教師給予回饋與糾正。

二、調查與報告

建議進行方式

1. 說明主題及方式後，將全班分組討論出五個採訪提問，各組分享提問後再請學生進行調查與訪問，然後再向全班報告採訪結果。
2. 提問：
   ◇ 你贊成現代的生活還需狩獵活動嗎？
   ◇ 你覺得原住民狩獵會讓動物減少嗎？
   ◇ 商業利益與狩獵有關嗎？
   ◇ 原住民狩獵如何與動物保護保持平衡？

、綜合練習答案

一、根據所聽到的內容回答問題並討論

建議進行方式

1. 請學生念情境說明。
2. 第一次先聽出立場（贊成或反對）。
3. 第二次聽每段錄音，並寫下原因。可視學生情況增加播放次數。
4. 請學生說明六位聽眾想表達的意思。若有錯誤，再聽一次。
5. 完成後討論聽力 2 個問題。（自由回答）

1. 聽立場			2. 聽原因
民眾	贊成	反對	原因
1	✔		同樣也吃牛肉的人不應該批評鬥牛殘忍。
2		✔	我們不該買票看鬥牛，因為這就像正吃著血淋淋的一塊肉一樣噁心、殘忍。
3	✔		人們對吃的牛隻更殘忍，為什麼要批評鬥牛呢？
4	✔		鬥牛士文化藝術，更是重要的經濟來源。
5		✔	動物和人類一樣，我們也應該尊重動物的生命。
6	✔		對待公牛不算殘忍，就像天然災害也會傷害人類一樣。

L4	聽力文本
情境說明	你認為鬥牛是殘忍的活動還是文化藝術？你是否支持動保團體的主張？請聽這幾位聽眾關於鬥牛的立場是贊成還是反對？
民眾 1	如果你認為鬥牛殘忍，那麼你想過餐桌上你吃的那塊肉嗎？只會批評與反對，自己卻做著同樣的事。
民眾 2	如果參觀鬥牛的一張票，變成血淋淋的一塊肉，你還願意去吃它嗎？
民眾 3	和餐桌上的牛肉相比，公牛至少還有幾年享受最好的對待，還可以在鬥牛場上狂奔，比關在小小空間的食用牛要快樂多了。總而言之，我們買票觀賞的牛比你吃的牛幸福太多了。
民眾 4	如果你來一趟西班牙，深刻了解鬥牛的文化藝術，你一定會改變想法，一旦鬥牛消失，毫無疑問，將會給西班牙的經濟帶來嚴重的傷害。
民眾 5	動物和人類一樣有血有肉，如果我們懂得尊重生命，那麼，我們就沒有權力來決定鬥牛場上公牛的命運。
民眾 6	這不過是自然界的現象，就像天然災害決定我們的命運一樣，對待公牛怎麼能算是殘忍呢？

二、選擇合適的詞語完成短文

說明：討論本題作業後建議可提問：

◇ 住在台灣你覺得幸福嗎？從 1-10，你的幸福感有幾分？為什麼？

由來已久	俗話說得好	無須	舉世聞名	提升
顯示	被列為	刊登	高達	僅

　　這是最近在報上刊登的新聞：「當你認為做對的事情時，幸福感就會自然提升」。55 歲的烏拉是舉世聞名的幸福問題專家之一，20 多年來他為不丹國民做幸福研究，花了許多時間調查當地居民關於幸福的幾個條件，包括和鄰居關係、健康體力、文化活動、教育及生活水準等。2015 年他的研究結果指出，高達 91.2% 的不丹人表示很幸福和非常幸福，男人比女人更有幸福感。從這個結果看來，不丹人無須經濟繁榮一樣感到幸福。

　　丹麥施行高社會福利政策已經由來已久。人民從小到大不用付學費、工作機會多，貧富差距小，重視「人的教育」，做自己想做的事，享受生活。根據 2015 年全球最新調查顯示，145 個國家中，丹麥在世界幸福報告上被列為第一，台灣僅列為 59，但優於日本、韓國等國家。俗話說得好——「當局者迷，旁觀者清」。有時別人覺得你很幸福，但自己卻不知道。你的幸福感有幾分呢？

三、根據主題用所給的句式完成對話

阿明：年底我可能要失業了。

小平：什麼？你們公司生意不是很好嗎？

阿明：因為自動化技術取代人類，影響最大的行業就是我們，看來<u>有換工作的必要</u>了。
（有…的必要）

小平：怎麼可能？機器缺乏思考，根本無法取代人類，你<u>將機器人列為競爭的對象</u>也太誇張了吧！
（將 A 列為 B）

阿明：根據經濟學家最新報告，每一千名工人使用一台機器，最多會使 6 名工人失業，薪資也會下降 0.75%，我原本不太在意，但這個報告似乎<u>遠遠超過我所想的</u>，讓我緊張了起來，可說是機器人帶給人類極大的影響啊！
（遠遠超過）

小平：自動化只會帶來更好的就業機會；就像機器取代工人，同時也為相關產業的工程師等帶來就業機會是一樣的。

阿明：但專家們指出，<u>自動化不但不會增加就業機會，反而會使更多人失業</u>。
（不但不 A 反而 B）

小平：現在<u>實在沒有擔心的必要</u>！人工智慧即使取代人類工作，那也是 50 或 100 年後的事了。
（沒有…的必要）

阿明：可是<u>在 1990-2007 年機器人發展過程中</u>，已使製造業減少 67 萬個就業機會，而且工業機器人將來會增加四倍呢！
（在…的過程中）

小平：你說的沒錯，人類面對機器人的競爭，<u>是我們應該思考解決方法的時候了</u>。但也別太煩惱，畢竟機器人只取代我們的勞力而不是想法。走！我請你喝杯咖啡！
（是…的時候了）

肆、教學流程建議

時間及流程請參照第一、二課建議。

伍、教學補充資源

1. 與主題相關議題參考。
2. 生詞單。

有關本冊的教學補充資源，請進入國立臺灣師範大學國語中心網站參考：

國立臺灣師範大學國語中心網址：

http://mtc.ntnu.edu.tw/chinese-resource.htm

國語中心—資源專區—當代中文課程相關資源—當代中文課程－第 5 冊補充資源

第五課

代理孕母，帶來幸福？

、**教學目標**

- 讓學生能介紹代理孕母的實際案例。
- 讓學生能說明代孕合法化對家庭社會所帶來正面或是負面的影響。
- 讓學生能透過討論說明東西方男性與女性在家庭中角色的不同。
- 讓學生能說明及表達自己對「幸福」的定義與表達對「代孕合法化」的看法。

、**教學重點及步驟**

課前預習

　　為使教學順利進行，學生能開口交流討論，建議上課前告知學生預習：
1. 課前活動的三個案例、目前有哪些國家已將代理孕母已合法化、需要代孕及代孕有爭議的原因。
2. 預習課文一的生詞。
3. 教師請參考網路資源的視頻參考。

引言與案例

　　教師帶領學生看圖片，讓學生簡單回答圖片要傳達的意思。
　　引導提問如：他們三人的關係？他們各有什麼需求？
1. 教師視需要補充說明：
　　代孕的兩個種類：（按維基百科）下面黑體字是生詞。
　a. 與孕母有**血緣**關係：將需求方的精子送入代孕母親的體內使
　　　代孕母親懷孕的方式叫「**人工授精代孕**」。

b. 與孕母無血緣關係：將不孕夫妻的精子和**卵子**經過**試管**嬰兒技術使代孕母親懷孕的方式叫「試管嬰兒代孕」。

2. 引言提問與討論：（三個案例）

(1) 板書展示或看生詞單：討論中若使用或帶出生詞時，教師可以手勢指一下。

> 可帶出的生詞：
>
> 代理孕母　案例　名　同志　心願　自願　對　委託　龍鳳胎　遺棄　缺陷
> 任　丈夫　懷孕　毛遂自薦　日新月異　倫理　整合　合法化　需求
> 一線希望　惡夢

提問：

◇ 這名英國男子的母親為何自願當兒子的代理孕母？（為了完成兒子的心願）

◇ 這對澳洲夫婦是怎麼生下龍鳳胎的？（透過…）

◇ 生下了龍鳳胎之後發生了什麼問題？（只…遺棄了…）

◇ 這位美國婦女已有四名子女，為何想透過代理孕母生孩子？

◇ 她選擇誰擔任她的代理孕母？為什麼？（女兒毛遂自薦）

◇ 心理醫生表示這會有什麼影響？（將對所有家人造成…）

◇ 你對這三個案例的看法如何？

◇ 你同意自己的母親或女兒能為家人擔任代理孕母嗎？為什麼？

(2) 針對板書上的生詞糾正發音，並進入課前活動討論。

課前活動

課前請學生查詢：1. 目前哪些國家的代孕合法？2. 除了問題 2 的 5 個原因以外，還有哪些？

課文一教學步驟、補充及參考解答

步驟一：泛讀（參考第一、二課說明）

課文理解參考答案

1. （✔）說明人類對生兒育女的需求。
2. （✔）合法代孕是不孕者的唯一希望。
   （✔）東方社會婦女通常有傳宗接代的壓力。
3. （✔）代孕需求者與代孕者
4. （✔）全面禁止代孕。
   （✔）忽視有代孕需求的夫妻。
5. （✔）不但能提供生育的選擇，也能提供一個代理生育的機會。
6. （5）代孕合法使代孕需求及代孕者有選擇的權利。
   （4）代孕能提高生育率，政府應重視不孕夫妻的需要。
   （2）代孕合法化能避免因無法傳宗接代而產生的家庭悲劇。
   （3）透過代孕合法機構，需求者能擁有自己的孩子，代孕者也能改善家庭生活，正是利人利己的雙贏政策。

步驟二：精讀（參考第一、二課說明）

建議教學進行方式

1. 第一段提問：
   ◇ 你有什麼夢想？擁有自己的孩子是你的夢想嗎？
   ◇ 為什麼這個看似簡單的夢想卻讓許多人費盡千辛萬苦仍無法實現？（帶出「不孕」＝不能生育）

2. 第二段提問：
   ◇ 現代人不能生育可能有哪些原因？
   ◇ 在你的國家，不孕的情形多嗎？（…不孕的情形越來越普遍）
   ◇ 歐美各國不孕者如何實現生育下一代的願望？（請代理孕母…）
   ◇ 是什麼時候開始的？從 70 年代到現在可以怎麼說？（自 70 年代以來）
   ◇ 不能為家庭傳宗接代的東方社會婦女，通常會面臨什麼壓力？
   ◇ 代孕可能造成什麼悲劇？

3. 第三段提問：
   ◇ 作者怎麼支持他的論點？引用什麼例子？
   ◇ 作者如何說明代孕合法化是利人利己，雙贏的政策？

4. 第四段提問：
   ◇ 作者在第三段引用國外的例子，這一段要比較台灣的情況，可以用什麼詞語作為這一段開始？（反觀台灣…）
   ◇ 作者給政府提出什麼建議來提高生育率？

5. 第五段提問：
   ◇ 作者認為代理孕母應該合法化的理由是什麼？
   ◇ 作者認為代理孕母應該合法化的優點是什麼？
   ◇ 作者建議政府應怎麼做？

6. 最後統整：
   這一篇文章提到四個論點（閱讀理解第 6 題），作者怎麼說明他的論點？他怎麼安排他的想法？把論點和每一段中的表達方式，填入「論點呈現」和「口語表達」的表格中。

語法點補充及練習解答

1. 不得已
   (1) 這家公司的福利和待遇都很好，但因離家實在太遠，每天早出晚歸，<u>不得已只好放棄這個工作</u>。
   (2) 由於父親失業，家明付不出這學期學費，<u>不得已只好休學去工作</u>。
   (3) 這家公司因為不賺錢，已經兩個月付不出員工的薪水，<u>不得已只好結束營業／結束營業是不得已的事</u>。

2. 反觀
　(1)一項在網路「為美麗去整形嗎？」調查顯示，75%的網友表示不會，他們認為自然最好。反觀 8%的網友認為想變得更美麗當然要付出代價，有 17%的網友表示正在考慮中。
　(2)贊成基改的人認為，基改食物不但有豐富的營養價值，還能達到預防疾病的效果。反觀反對基改的人則認為，基改食物不但容易過敏，造成不孕，甚至罹患癌症。
　(3)西班牙第二大城市巴塞隆納在 2004 年就宣布禁止鬥牛活動，反觀西班牙政府卻認為不但不應該廢止，國家反而有責任繼續保存並推廣。

3. 始終
　(1)我雖然已經認識他 20 年了，但我始終不知道他住在哪裡。
　(2)即便有許多研究指出基改食品並不會對健康有害，但還是有不少人始終不接受基改食品。
　(3)政府提出多項措施，希望能鼓勵生育，解決少子化的問題，但許多年輕夫妻始終不想生孩子。

4. 既 A 也 B
　(1)基因改造的食物既有豐富的營養價值，也能達到預防疾病的效果。
　(2)代理孕母合法化，需求者既能擁有自己的孩子，代孕者也能改善家庭經濟，正是雙贏的政策。
　(3)制定嚴格的法律來約束言論自由既能減少網路霸凌現象，也能使社會更和諧。

論點呈現教學補充與練習解答

1. 請再讀一遍文章，找出各段中贊成代理孕母合法化的論點：

論點	一	二	三
	生兒育女是人類最基本的需求，代孕是不孕夫妻的唯一希望。	透過合法機構代孕，是利人利己的雙贏政策。	代孕合法使代孕需求及代孕者有選擇的權利。

2. 作者提出的論點，你都同意嗎？請表達你的意見，並提出新論點。
　課文一「不同意」及「新論點」的討論可能出現在課文二，可當作課文一過渡到課文二的暖身。

口語表達教學補充與練習解答

1. 根據論點找出文章中重要的表達方式。

論點	一	二	三
表達方式	• 因為…等因素，… • 自…以來 • …尤其是…，如果不能…通常 • …甚至…，不得已只好… • 沒想到…結果… • 為了…，…成了…	• 目前… • 透過…雙方… • 滿足了…的渴望 • …也有機會… • 這是…的問題 • 正是…的政策	• 在…的期待下… • 許多…為了… • …對…極為重要 • 既…也可以避免… • …實在應該…

2. 根據日本媒體報導，一位 53 歲的婦女順利地為女兒生下一名男嬰，因此「代理孕母」的合法性也再度在日本引發激烈的討論。請用上面的句式介紹一個代孕的案例並說明支持的看法。（至少使用 3 個）

參考範例：

　　有一位張姓女律師，**因為**工作壓力、身體狀況**等因素**無法懷孕，有機會到國外尋求代孕後生下了孩子，**滿足了**擁有了自己的孩子**的渴望**。

　　目前我國每七對夫妻就有一對不孕，合法代孕對這些家庭來說**極為重要**，尤其在華人社會，如果不能生孩子，通常會面臨家庭危機。**許多**這樣的家庭**為了**生孩子，冒險到國外尋求代孕，**這是**個案**的問題**嗎？當然不是！在高達 86％民意支持代孕的情形來看，現在**正是**政府應開放代孕政策**的時候了**。

重點詞彙說明與練習解答

一、詞語活用：

1. 請找出正確的搭配並和同學討論這些詞的意思：

V				N	
實現	(ad)	承受	(bi)	a. …夢想	
忍受	(i)	完成	(ad)	b. …壓力	
委託	(e)	擔任	(e)	c. 家庭	
造成	(bgi)	遺棄	(fc)	d. 心願	
避免	(bgik)	提供	(jkl)	e. 代理孕母	
提高	(jm)	發生	(g)	f. 男嬰	

Vs				
不得已的	（ k ）		g. …悲劇	
破碎的	（ ac ）		h. 現代科技	
有缺陷的	（ cf ）		i. 痛苦	
彈性的	（ kl ）		j. 補助	
			k. 選擇	
			l. 生育率	

2. 請使用上面合適的詞語完成句子。

(1) 我選擇到代孕機構擔任代理孕母，一方面是想改善家庭經濟，一方面是想幫助不孕夫妻實現擁有孩子的夢想。

(2) 小林換新工作實在是不得已的選擇，因為工作負擔太重，工作時間太長，使他無法承受巨大的工作壓力，只好另謀發展。

(3) 為了提高生育率，政府除了提供補助以外，更重要的是讓勞工在工作時間上有彈性的選擇，才能讓父母在不放棄工作的條件下願意生孩子，照顧孩子。

3. 跟同學討論，並利用搭配的詞組寫出問句並回答這些問題。

> a. 承受壓力：貴國婦女若不孕，也和東方婦女一樣，承受很大的壓力嗎？
> b. 遺棄男嬰：澳洲夫婦為什麼委託代理孕母生下龍鳳胎後，遺棄了男嬰？
> c. 提高生育率：你認為提高生育率最好的政策是提高補助嗎？
> d. 發生悲劇：你認為代理孕母合法化就不會發生家庭破碎的悲劇嗎？
> e. 實現夢想：你有什麼夢想？你的夢想都實現了嗎？

二、口語和書面語的表達轉換

1. 請把下面句子中的劃線詞語填上相同意思的書面詞語。

(1) 擁有自己的孩子是很多（b. 許多）人的夢想。可是（e. 然而），這看起來好像（m. 看似）簡單的夢想讓很多（b. 許多）人用了各種困難困苦的辦法（p. 費盡千辛萬苦）還是（i. 仍）沒有辦法（s. 無法）實現。

(2) 從七〇年代到現在（k. 自…以來），歐洲美洲等每一個國家（r. 歐美各國）一直不停地（c. 不斷）有人請代理孕母代替自己懷孕生孩子（o. 生子），來（g. 以）實現生育下一代的願望。

(3) 如果不能為家庭傳宗接代，通常身體和心理（j. 身心）都（f. 皆）承受外界難以想像的壓力。

(4) 現在（d. 目前）全球已經（q. 已）有荷蘭等十個以上的國家把（l. 將）代理孕母合法化。透過合法的代孕機構，雙方都能得到應該（n. 應）有的保障

(5) 政府應該立法幫助（h. 協助），而不是（a. 非）全面禁止。

2. 聽說轉換：A、B兩人一組，請A念出上面口語的句子，B將聽到的句子轉換成書面語的表達方式。

建議教學進行方式

⑴ 教師指定學生將五小段分別唸出口語和書面語。

⑵ 學生兩人一組，輪流將上面五小段的口語形式一句一句轉換成書面語形式。

如　生A：擁有自己的孩子是<u>很多人</u>的夢想。

　　生B：擁有自己的孩子是<u>許多人</u>的夢想。

　　生A：可是，這<u>看起來好像</u>很簡單的夢想。

　　生B：然而，這<u>看似</u>簡單的夢想。

　　生A：讓很多人<u>用了各種困難困苦</u>的辦法。

　　生B：讓許多人<u>費盡千辛萬苦</u>。

三、四字格

建議教學進行方式

以「毛遂自薦」為例

聽說練習：課堂中，教師可以「自我推薦」替代，請學生聽老師的句子，用「毛遂自薦」複述一遍

如：師：小明向老師<u>自我推薦</u>當班長，為同學們服務。

　　生：小明向老師<u>毛遂自薦</u>當班長，為同學們服務。

◇ 他<u>毛遂自薦</u>，當上了班長。

◇ 我是<u>毛遂自薦</u>來這家公司的工作的。

◇ 老闆就是欣賞李剛<u>毛遂自薦</u>的勇氣，他才會當上經理。

◇ 現在的社會講究自我推銷，掌握機會，<u>毛遂自薦</u>是很重要的。

四、易混淆詞語

1. 缺陷／缺點

解答：雖然家明出生時手和腳就有<u>缺陷</u>，但他不論在做人做事，工作學習方面對自己始終要求完美，希望自己沒有任何<u>缺點</u>。

2. 滿足／滿意：

解答：根據市場調查，有四分之三的新人完全不<u>滿意</u>職前訓練，其實學習得靠自己，即使是大公司也很難<u>滿足</u>個人需求。

3. 渴望／希望／願望／心願：

解答：我父親一直努力賺錢，因<u>渴望</u>致富而忽視了家庭生活，但自從母親得了癌症以後，他現在唯一的<u>希望／願望／心願</u>就是成立癌症研究中心，培養醫學研究人員，<u>希望</u>能幫助所有罹患癌症病人，滿足大家擁有健康的<u>心願</u>。

4. 承受／忍受

解答：小玲既無法<u>承受</u>工作上的壓力，又難以<u>忍受</u>獨自一人在家的寂寞，因此常和網友聊天，希望能得到網友的安慰與支持。

課文二教學步驟、補充及參考解答

步驟一：泛讀（參考第一、二課說明）

> **課文理解參考答案：可能為複選**
>
> 1. (✓) 代孕合法化對家庭、社會、國家都有嚴重影響。
> 2. (✓) 需求者與代孕者可能有的風險。
> 3. (✓) 代孕能完成單身男人擁有孩子的夢想。
> 4. (✓) 男人不想結婚卻想當爸。
>   (✓) 女人只是為了保持身材而找代孕生子。
> 5. (✓) 代孕造成各種社會亂象。
>   (✓) 需求者與代孕者都面臨極大的風險。
>   (✓) 法律不易規範代孕契約與代孕機構。
>   (✓) 代孕造成社會階級不平等、男女比例差異過大。

步驟二：精讀（參考第一、二課說明）

建議教學進行方式

1. 第一段提問：
   - ✧ 作者是否同意文章一所說的「生兒育女是人類最基本的需求」？作者如何表達同意的看法？（…這句話固然沒錯）
   - ✧ 「從倫理方面來看」可以怎麼說？（就倫理上而言）
   - ✧ 「從學生的立場來看」可以怎麼說？（就學生的立場而言）
   - ✧ 作者先同意對方看法，接著反駁對方，他如何反駁？
   - ✧ 你認為是否應該讓孩子知道，他是代孕所生？為什麼？
   - ✧ 為什麼代理孕母合法化會造成社會階級不平等？
   - ✧ 如果能選擇小孩的性別，你會如何選擇？
   - ✧ 你認為父母親有選擇小孩性別的權利嗎？如果可以自由選擇小孩的性別，你認為會造成什麼結果？
   - ✧ 你同意「金錢可以買到任何服務」、「有錢人更容易傳宗接代」嗎？
   - ✧ 這樣的價值觀應該受到鼓勵嗎？
   - ✧ 練習語法點 1、2

2. 第二段提問：
   - ✧ 需求者擔心的問題有哪些？如果你是需求者，你還擔心哪些問題？
   - ✧ 代孕者擔心的問題有哪些？如果你是代孕者，你還擔心哪些問題？
   - ✧ 作者認為需求者與代孕者所擔心的問題是一張代孕契約能解決的嗎？（這些問題絕對不是…）
   - ✧ 除了代孕契約不能解決代孕問題以外，代孕如果合法化，還有什麼更嚴重的問題？（板書：A，更何況 B）用反問的語氣表達更進一層的意思。

✧ 在這段中，作者從誰的角度來看代孕合法化的問題？（需求者與代孕者）
✧ 練習語法點 3
3. 第三段提問：
✧ 作者認為一旦代理孕母合法化，會有哪些社會亂象？
✧ 作者如何形容這些社會亂象？
✧ 在這段中，作者從誰的角度來看代孕合法化的問題？（孩子）
✧ 你同意代孕是個人自由與權利嗎？作者如何反駁？
4. 第四段提問：
✧ 在這段中，作者用哪個詞語作為結論的開始？（總之）
✧ 你同意作者所作的結論嗎？

語法點補充及練習解答

1. …固然 A 但 B
   (1) B：文化遺產固然值得保存，但鬥牛這種傷害生命的過時傳統就不應該存在。
   (2) B：整形固然能給人帶來自信，但手術還是有一定的風險，對生理心理都會帶來巨大的衝擊。
   (3) B：言論自由固然是每個人的權利，但也不能因為立場不同就以攻擊、諷刺的言論傷害別人。

2. 就…而言：
   (1) 就面試而言，第一個印象非常重要，許多職業都把外貌列入考量，整型能使人更有自信，使求職更順利，有何不可？
   (2) 就風水而言，房子外面的環境以及房子裡面的布置、裝飾等對一個人的個性、健康、命運都是有影響的。
   (3) 請從下面幾個方面，使用「就…而言」來談談你現在居住的地方。
      ① 交通的便利性：就交通的便利性而言，我住的地方有公車、捷運，要去哪兒都很方便。
      ② 周邊的環境：就住的環境而言，我住的地方附近有夜市，吃東西很方便，但晚上很吵。
      ③ 租金的價格：就房屋租金而言，我因為住在郊區，租金不貴，所以還可以存錢。

3. 絕對不是…的
   (1) 不孕夫妻傳宗接代的壓力絕對不是一般人所能了解的。
   (2) 一個人的自信絕對不是單靠美麗的外表能夠建立的，內在與實力才能。
   (3) 這麼複雜的問題，絕對不是孩子能夠解決的。
   (4) 老師給我的任務絕對不是兩、三天能夠完成的。
   (5) 網路上攻擊、諷刺的言論絕對不是每個人都能夠輕鬆面對的，有人因此而得了憂鬱症，甚至自殺。
      提示詞語中的（許多人都無法…）回答時應改為「絕對不是**每個人**…」。

論點呈現教學補充與練習解答

請再讀一遍文章，找出各段中反對代理孕母合法化的論點：

論點	一	二	三
	代孕對家庭關係、人口結構與價值觀都造成嚴重影響。	代孕契約無法使雙方都能得到完整的保障。	代孕造成社會亂象給孩子帶來巨大傷害。

口語表達教學補充與練習解答

1. 根據論點找出文章中重要的表達方式。

論點	一	二	三
表達方式	· 就…而言 · …固然…，但… · …指出，…造成… · 另外，A大多… · B多屬… · 一旦…不僅…也… · 對…有…影響 · 把…商品化，將…	· 即使…也都… · …不良習慣 · …絕對不是…能夠… · 更何況…在法律上…不易	· 一旦…，紛紛… · …就行，…就搞定 · 只要…然而… · …受到… · 總之，…不該…

2. 你是一位衛生福利部的政府官員，你認為代理孕母和需求者的條件必須受到限制，於是準備向上司報告代理孕母合法化需制定的法律規範以及你制定這些規範的原因。請用上面的句式和下面提供的資料來說明。（至少使用4個）

請參考下面幾個方面：
1. 關於代孕者：外表、年齡、學歷、行為、居住環境。
2. 關於需求者：年齡、單身、同志、不孕夫妻、選擇性別、需要多少財產證明、無限制。

參考範例：

> 　　全球已有多國代孕合法化，國內也有超過八成民意支持開放。<u>就政府而言</u>，只要是跟社會大眾關係密切的事，政府都應該考慮開放並立法。
>
> 　　<u>就需求者而言</u>，政府<u>固然</u>考慮開放合法代孕，<u>但</u>也必須有條件上的限制。<u>即使</u>代理孕母健康，但是<u>否有不良習慣</u>和孕母的外表、年齡、學歷，都是需求者非常在意的，因此政府應規定代孕者必須是 25～40 歲本國籍，而需求者也應有權利要求孕母通過生理心理的評估測試後才能代孕。需求者還必須具備不孕證明，<u>並以試管嬰兒方式尋求代孕則可避免關係複雜化。總之</u>政府有責任完成立法，使雙方都<u>受到</u>應該有的保障。
>
> 　　代孕合法化，<u>固然</u>可以提升生育率，<u>但</u>可能發生的問題也必須防範，才能保障需求者、代孕者和子女三方。

建議教學進行方式

　　說明兩個主題與進行方式後分組：將全班分為四組，教師指定或學生自由選擇主題—政府官員（2 組）或是角色扮演（2 組）。

　　給學生 15 分鐘時間討論並練習，角色扮演在演出前，角色 A（需求者）先寫下想問孕母的問題，可以考慮下面幾個方面：代孕者的年齡、學歷、行為習慣、居住環境以及代孕期間的要求，角色 B 也要預想可能問到的問題及自己想問的問題：如：需求者提供的報酬，代孕期間食衣住行等費用等…

1. 扮演政府官員的組別演出後，全班討論是否贊成政府所要推行的新政策。
2. 角色扮演的組別演出後，全班討論課本面談後的 2 個提問。
3. 最後由教師給予回饋與糾正。

重點詞彙說明與練習解答

一、詞語活用

1. 參考課文或字典，將右欄可搭配詞語填入左欄：

　　詞語補充說明：

　　「否定別人」有不尊重別人的意思並非不贊成別人的看法。

　　例句：否定別人的人，很難有良好的人際關係，因為世界上沒有人喜歡不被尊重。

■ 缺乏 F	A. 自己／別人
■ 承擔 G	B. 自然／法律
■ 保持 E、H	C. 代價
■ 否定 A	D. …的角色
■ 失去 E、F	E. 生命／健康
■ 擔任 D	F. 自信
■ 違反 B	G. 風險
■ 付出 C、E	H. 身材

2. 跟同學討論，利用搭配的詞組，寫出五個問句，並請學生相互提問回答，然後由教師給予回饋與糾正。

可參考的問題如下：

> (1) 缺乏自信：你認為極具自信和缺乏自信的人，學習中文會有什麼不同的結果？
> (2) 保持身材：你認為保持身材最好的方式是什麼？
> (3) 否定自己：透過代孕所生的孩子，為何容易否定自己？
> (4) 失去健康：我們應該怎麼選擇食物，才能避免失去健康不生病？
> (5) 擔任仲介的角色：請評估一下，一旦代理孕母合法化，擔任仲介角色的代孕機構是否可能涉及人口販賣，在法律上卻無法規範？
> (6) 違反法律：在貴國，18歲喝酒違反法律嗎？
> (7) 付出代價：要是你毫無限制地吃喝，會使你付出什麼代價？（健康）

3. 請跟同學討論，把下面的詞填入表格中：

| 差異 | 適應 | 推廣 | 壓力 | 通過 | 整合 | 年紀 | 風雨 |
| 地震 | 轉換 | 經營 | 溝通 | 設計 | 損失 | 營養 | 申請 |

N＋過大	V＋不易	V/N＋不良
• 年紀	• 推廣	• 營養
• 差異	• 整合	• 設計
• 年齡	• 申請	• 適應
• 壓力	• 通過	• 溝通
• 損失	• 轉換	
• 風雨	• 經營	

(1) 這家公司因投資損失過大，經營管理不易，使得員工紛紛離職，公司是否宣布倒閉，業務經理表示，因涉及員工權益，公司將開會討論再做處理。

(2) 今天白天因風雨過大，造成許多樓房倒塌，有關這些建築是否涉及設計不良，必須再進一步調查。

(3) 因為經濟不景氣，造成許多公司紛紛裁員。有些企業和員工的溝通不良，雙方無法達到共識，員工只好走上街頭抗議。然而部分員工表示，雖然每天長時間加班，工作壓力過大，但工作轉換不易，他們寧願降低薪資也不願意被裁。

(4) 跨國企業的經營往往因兩國的文化差異過大，員工到國外工作往往有適應不良的現象，而國外分公司各有獨立的資訊系統，因此整合不易。

二、四字格

若時間許可，建議可搭配綜合練習「根據上下文選擇合適的成語完成下面文章」。

三、易混淆詞語

1. 此外／另外

解答：安同平日除了在電腦公司，還有<u>另外</u>一份週末上班的工作，<u>此外（另外）</u>，他還要利用晚上的時間到師大學中文，日子過得相當忙碌。

2. 規則／規定

解答：小自交通<u>規則</u>大至國家法律<u>規定</u>都必須有清楚的<u>規範</u>，民眾才能知道如何遵守。

延伸練習：以假設（jiǎshè, hypotheses）與反問（fǎnwèn, rheforical questions）強調觀點

學生選擇 1-4 任一項，按三個步驟和句式練習。

語言實踐

可將此課及第三課中的延伸練習「反駁」運用在此辯論練習中。引導學生利用「提出對方論點—提出自己看法—引用或進一步說明—小結」的內容順序，靈活運用相應的語言形式，完成反駁的練習。

	贊成「男主外女主內」	解答：反駁贊成者的論點
1.	男人比女人更適合在外工作，比女人有更好的領導力，更能承受工作壓力與責任。	隨著社會進步開放與多元化，現代婦女在各行各業都有很好的表現，小至家庭，大至國家，只要是男人能做到的，女人絕對能做得更好。比方說，德國總理梅克爾（Angela Merkel）自 2005 年起就領導國家至今，她承擔的工作壓力與責任與男性領導人一樣，這不就是最好的證明嗎？ 如果女人在外工作能展現自己的能力，有何不可？
2.	男女天生特質不同，女人一但結婚生子，就適合在家工作，這是女人的天性。	女人一旦結婚生子，就適合在家工作，這無疑是歧視女性，女人可以照顧好家庭的大小事，為什麼男人就不能呢？…
3.	「男主外女主內」是由來已久的傳統，符合大眾看法與社會共識。	「男主外女主內」的想法已經落伍了，現在男男與女女都能結婚組織家庭並領養小孩…

二 角色扮演（見口語表達）

、綜合練習答案

一、根據所聽到的內容回答問題並討論

完成後討論聽力兩個問題。

1. 聽立場			2. 聽論點
	贊成	反對	論點
護士	✔		這是一個多元的社會，母親的角色也可以更多元。代理孕母當然也可以是幫助別人傳宗接代的孕母。
志工		✔	像嬰兒工廠，代孕者成了生產工具，這根本就是有錢人在消費窮人的身體。
企業老闆	✔		代孕者和所有工作者一樣，按照合約要求完成任務，得到應有的薪資。
醫生	✔		全民應該享有同樣的生育權，我們都應該支持。

討論 2.3： 自由討論。

L5	聽力文本
情境說明	一家醫院的手術房內，一名代孕婦女剛生下了在她身體裡陪伴她九個多月的男嬰，接著男嬰馬上就被交給他的「親生」母親。而這對不孕夫婦得到了期待已久的新生命，達成了傳宗接代的願望。 許多人一方面為代孕者必須與男嬰分離而感到難過，另一方面也為不孕夫婦終於實現了擁有孩子的夢想而感動。記者現在來到醫院訪問民眾對代孕的看法。請聽聽這幾位的立場是贊成還是反對？
護士	這是一個多元的社會，母親的角色也可以更多元─母親可以是提供卵子的媽媽，可以是自己生育孩子的母親，也可以是領養孩子的養母或是照顧別人的孩子和提供母奶的奶媽，所以當然也可以是幫助別人傳宗接代的孕母。
志工	這樣的醫院簡直就像嬰兒工廠，代孕者成了生產工具，這根本就是有錢人在消費窮人的身體。
企業老闆	現代社會的每一個人，本來就是不斷地被商品化，代孕者和所有工作者一樣，按照合約要求完成任務，得到應有的薪資，有何不可？
醫生	全民應該享有同樣的生育權，無法生育的夫婦，透過醫學科技和代孕婦女的協助，來完成擁有自己孩子的心願，難道我們不該支持嗎？

二、根據上下文選擇合適的成語完成下面的文章

千辛萬苦	獨一無二	利人利己
日新月異	毛遂自薦	一線希望

　　每年暑假或新年過後便進入求職旺季，在這日新月異的時代，即便各行各業對求職者的要求不同，但是一份完美的履歷表，絕對是取得面試的一張門票。

　　剛自學校畢業的社會新鮮人，為了推銷自己，無不費盡千辛萬苦，有人積極到各大公司，先毛遂自薦留下自己的資料；也有人幸運地通過第一關，等待面試通知。以國內 1000 家大企業開放的職位來說，平均 111 人只能搶到一個工作，競爭可說是非常激烈。

　　根據報導，公司面試官看一份履歷的時間大約只有 34 秒，這 34 秒決定了你的命運。也許你正為寄出了 100 份履歷，卻沒有任何機會而感到失望，但千萬不要放棄，先冷靜下來，想想自己的個性、興趣和專業能力，適合什麼樣的工作，確定目標。履歷表是面談以前的唯一基本資料，人資公司建議應屆畢業生可準備一份屬於自己獨一無二的履歷表，在此表中強調你在學校的社團、社會服務或實習經驗，把自己的優勢和特質很清楚地表現出來。通常個人資料越完整越容易獲得企業的青睞，增加面談機會。

　　俗話說得好：「成功者永不放棄，放棄者永不成功」。一旦找到符合自己理想的公司，只要有一線希望就去爭取，一份好的履歷表能讓面試官留下好印象，也是成功行銷自己的第一步。

三、根據主題用所給的句式完成對話

既…也		始終	就…而言	不得已	排名
絕對不是…能夠…		固然…但	反觀	雙贏	

（古安亞在公園碰見李老師）

古安亞：李老師，您好！好久不見！

李老師：安亞！沒想到在這兒碰到你，這是我母親，92 歲了。

古安亞：伯母看起來很健康呢！都是您在照顧嗎？您一面教書，還要一面照顧家人，一定很辛苦。

李老師：不辛苦。不過我也快到要別人照顧的年紀了。

古安亞：怎麼可能！您看起來還很年輕啊！

李老師：我兩年後 65 歲，那時就是退休老人照顧年紀更大的老人了。哈！哈！

古安亞：沒想到台灣也進入高齡化社會了。

李老師：是啊！現在年輕的夫妻不願意生孩子，更加速社會的老化。

古安亞：的確，就台灣的小家庭而言，養孩子的成本相當高；年輕人不是不想生，而是養不起。這也是為什麼台灣生育率始終無法提升的原因。

李老師：1950 年代台灣生育率曾經是世界最高的國家之一，但這幾年卻排名倒數第一，生育率從最高降到最低也算是台灣奇蹟（qíjī, miracle）吧。

古安亞：反觀歐洲和日本，他們固然也有老化和少子化的問題，但因積極改善社會

福利制度，鼓勵生育和老人就業，生育率因此提高了不少。

李老師：台灣的人口老化速度比其他國家快很多，這使得台灣的生產力在短時間就減少許多。就像我<u>既</u>要照顧媽媽，<u>也</u>要照顧孫子，<u>不得已</u>可能要提早退休了。

古安亞：那有什麼辦法可以減少老化對社會的衝擊呢？

李老師：除了鼓勵生育、政府還要提出<u>雙贏</u>的政策，如開放移民、提高退休年齡以增加生產力、改善退休金制度等，讓人民覺得基本生活有保障，才能解決高齡化及少子化的問題。但社會的變化永遠比政策的改革還快，這些政策的推行也<u>絕對</u>不是短時間<u>能夠</u>達到效果的。

古安亞：對了！下個月我就要結婚了，希望能邀請 (yāoqǐng, invite) 老師您來參加婚禮。

李老師：我一定到！結了婚就要早點努力「做人」，增加「生產」，先祝你早生貴子。

古安亞：謝謝老師！再見！

肆、教學流程建議

時間及流程請參照第一、二課建議。

伍、教學補充資源

1. 與主題相關議題參考。
2. 生詞單。

有關本冊的教學補充資源，請進入國立臺灣師範大學國語中心網站參考：

國立臺灣師範大學國語中心網址：

http://mtc.ntnu.edu.tw/chinese-resource.htm

國語中心—資源專區—當代中文課程相關資源—當代中文課程－第5冊補充資源

死刑的存廢

、**教學目標**

- 讓學生能說明介紹自己國家的刑罰制度與人民的接受度。
- 讓學生能清楚說明自己對「人權」的定義與表達對「死刑」的看法。
- 讓學生能從不同人物的角度和立場來解釋「死刑」存廢的必要。
- 讓學生能說明廢除死刑後對家庭、社會所帶來正面或負面的影響。

貳、**教學重點及步驟**

課前預習

建議在上課前一天請學生先預習課前活動和課文一的生詞。

課前活動

1. 教師帶領學生，請給課本右圖一個適合的標題。這部分可自由帶領、發揮。參考答案：死刑的存廢。
2. 為什麼要有死刑？
3. 教師提問：「當你遇到法律、制度不合理時，你會怎麼辦？」，再歸納總結學生們的答案。
4. 你同意「不管任何理由，都不能殺人！」這句話嗎？並讓學生簡單回答個人看法。
5. 教師問學生，在他的國家，最嚴重的刑罰是什麼？

課文一教學步驟、補充及參考解答

步驟一：泛讀

1. 以理解主旨為主。

2. 建議先限定時間，分段讀課文，各段讀完請學生找出主旨後，再帶領精讀文章，學習詞彙、句式。

3. 泛讀時，提醒學生不懂的詞彙做記號即可，先往下讀，找出主旨，分段回答閱讀理解的問題。

4. 找主旨的時候，教師可引導：「這段的重點是什麼？你覺得這段中哪個句子最重要？」

5. 每部分的「找出論點」題，建議可運用到「論點呈現」單元，進而可引導學生理解段落中如何安排論點出現，以及如何支持論點。

課文理解參考解答：可能為複選

1. （✔）人們會因為懲罰而不敢做壞事。
2. （✔）指得到不好的結果。
3. （✔）覺得重要。
4. （✔）死者的家人也會因此受害。
5. （✔）提問。
6. （✔）參考答案：以判死來撫慰死者與家屬只是「剛剛好」而已。

步驟二：精讀

1. 精讀時，並不一定需要詳細說明每個出現在生詞表上的生詞，念過一次，若學生無疑問即可跳過。承接泛讀，由學生提出不懂意思的詞，再進行解釋。

2. 請學生輪流念，以提問或請學生以中文解釋的方式來確定其能了解生詞意思。若學生無法解釋，再由教師說明。（以下僅舉例，教師可藉由學生不熟悉的詞彙來提問。）

3. 針對課文標題，教師可先問學生，「死刑」一詞可以聯想到哪些詞彙？再將學生所想的寫在黑板上。

 建議教學進行方式

1. 第一段提問

 ✧ 教師可根據課文的問題來提問即「隨機殺人」、「為了領保險金殺害親人」、「商人大賣黑心食品」…面對這類社會案件，如果你是法官會怎麼判呢？有期徒刑、無期徒刑，還是死刑？

 ✧ 學生除了回答，也可以試著看著生詞表，試著說原因。

 ✧ 教師在這一段裡，可特別練習生詞「彌補」。試舉些情境，幫助學生了解，如：「父親沒多點時間陪孩子，為了彌補孩子而買了很多玩具。」也請同學試想還有什麼情境。

◇ 本段教師也可針對「符合⋯的期待」提問，如：「什麼樣的學生符合老師的期待？」、「你曾為了符合誰的期待做什麼事？」

2. 第二段提問：

◇ 你曾有過報復人的想法嗎？

◇ 在這一段裡，「家屬不用害怕遭到報復」的意思是什麼？

◇ 你同意這段中所說的「若以判無期徒刑取代死刑，政府須付出的金錢數目非常大」嗎？為什麼？

3. 第三段提問：

◇ 在這一段裡，「嚇阻」的意思是什麼？例如動物有哪些嚇阻行為？（教師可演示如虎豹等貓科動物會撕裂嘴哈氣來嚇阻敵人不要前進。）

◇ 關於「懲罰可以有效嚇阻犯罪」，除了課文的「以交通罰單為例，知道闖紅燈會被開罰單，大部分的人會因此遵守規則。」之外，還有哪些例子？（小偷、未戴安全帽、非法打工等等⋯）

◇ 你會擔心嚴重的後果而不敢犯罪嗎？

4. 第四段提問：

◇ 請學生用所學過的生詞，回答「認為應該給死者一個交代」的意思指的是什麼？

◇ 請學生說說，為什麼作者在這一段裡說「殺了一個人也等於毀了一個家庭」？

◇ 在這一段裡，作者提到「幸虧還有政府能為我們報仇」，請問學生，若自己是被害人家屬，會想報仇嗎？想使用怎樣的報仇方式呢？

◇ 請學生假想自己是被害人，會有怎樣的情緒？請將學生回答的生詞（或輔助學生回答）寫在黑板上。

5. 第五段提問：

◇ 在這一段裡，作者提到家屬希望廢死團體不要用「置身事外」的態度的意思是什麼？

◇ 另外文中要家屬「放下」的意思是什麼？

◇ 還有什麼情況可以使用「放下」？（學生若想不出，教師可舉例：比賽輸了、考不好、分手⋯）

◇ 是否能感同身受地想像一下死者生前的恐懼與家屬一輩子的心痛？

◇ 是否同意「以判死來撫慰死者與家屬只是剛剛好而已」這句話？

語法點補充及練習解答

1. 站在⋯的立場

(1) 小張賣保險的業績是全公司第一名，這是因為他總是可以站在客戶的立場，符合客戶的需求。

(2) 關於同志結婚這件事，站在宗教的立場是不贊成的。

(3) 那個候選人因可以站在弱勢族群的立場，為他們說話，所以贏得許多弱勢族群的選票。

2. 以…為例
   (1) 學歷高並不代表成功，以知名的<u>比爾蓋茲（Bill Gates）、馬克祖克柏（Mark Zuckerberg）為例</u>，他們連大學都沒畢業。
   (2) 臺灣有很多為行動不方便的人設計的無障礙空間，以<u>捷運站為例</u>，各站都為他們設計的電梯。
   (3) 有很多受人喜愛的漫畫或小說會被拍成電影，以<u>超人為例</u>，就是我最喜歡的。

3. 換句話說
   (1) 醫生說他不能吃太刺激的食物，換句話說，<u>咖啡、酒、辣的食物等都不行</u>。
   (2) 對於用過的東西，他總是<u>留著、捨不得丟</u>，換句話說，他是一個節儉的人。
   (3) 那個國家的氣溫再冷也不會到零下，換句話說，<u>那個國家從來沒下過雪</u>。
   (4) 他吃豬肉、牛肉時一定要配紅酒，吃雞肉、魚時就配白酒，換句話說，他是一個<u>對喝酒很講究</u>的人。

4. 相較於 A，B 則是…
   (1) 相較於去年，<u>今年的新生則</u>是明顯地減少。
   (2) 相較於台灣的教育方式，<u>歐美國家的教育方式則是開放、自由</u>多了。
   (3) 相較於把錢存在銀行，<u>拿來投資或是做生意賺的錢</u>多多了。

5. 除非 A 不然 B
   (1) 這個仿冒名牌的皮包做得跟正牌的一模一樣，除非<u>專業的人來看</u>，不然<u>不可能看得出來</u>。
   (2) 王太太被檢查出不孕症，這下子，除非<u>領養</u>，不然<u>不可能有孩子</u>。
   (3) 北部的房價一直居高不下，<u>除非搬到鄉下，不然根本買不起房子</u>。

論點呈現教學補充與練習解答

1. 請再讀一遍文章，找出作者支持死刑的三個論點：

論點	一	二	三
	死刑有效隔離罪犯，不讓他再度犯罪。	對社會來說，死刑具有嚇阻性。	算是給死者一個交代、以彌補家屬失去親人的痛苦。

2. 作者提出的論點，你都同意嗎？請表達你的意見，<u>並提出新論點</u>。
   課文一「不同意」及「新論點」的討論可能出現在課文二，可當作課文一過渡到課文二的暖身。

口語表達教學補充與練習解答

1.根據論點找出文章中重要的表達方式。

論點	一	二	三
表達方式	站在…的立場 …有…必要。 在現行制度下… 即使…也… 只有…才可以… 若以 A 取代 B… …等於（是）…	…可以有效嚇阻… 以…為例，… 同理，… 如果…，多少會… 換句話說， …具有…的價值。	相較於…，…則是… …給…一個交代 除非…，不然… 難怪…也… 雖說…也還是…

2.根據以下的報導，請利用上面的句式談談你對「監獄設備」的看法。（至少使用 3 個）

參考範例：

> 　　大部分的人們都是守法的，**站在**這些沒犯罪的納稅人**的立場**，對於犯人實在**沒有**給他們高級享受**的必要**，否則就**等於**是拿人們的錢養這些罪犯，是不合理的。

重點詞彙說明與練習解答

一、詞語活用

1.關於死刑存廢的想法和意見，你會怎麼形容？找一找原文、查詞典，或是跟同學討論：

(1) 有存在的／<u>廢除的</u>／討論的　　必要

(2) 嚴重的／<u>不良的</u>／<u>可怕的</u>　　後果

(3) 人道的／<u>保存的</u>／<u>管理的</u>　　方式

(4) 置身事外的／<u>積極的</u>／<u>認真的</u>　　態度

2.

・隨機	A. 出獄
・黑心	B. 大眾
・符合	C. 殺人
・假釋	D. 徒刑
・社會	E. …的期待
・無期	F. 食品

(1) 請利用以上左右兩欄組合出五個詞組：

例如：隨機殺人

黑心食品／符合期待／假釋出獄／社會大眾／無期徒刑（F、E、A、B、D）

⑵ 將上面組合好的詞填入下面短篇：

李先生曾是一個工廠的老闆，因賣<u>黑心食品</u>，而被判了十五年的有期徒刑。當他坐牢坐到第五年時，因在獄中的表現良好而<u>假釋出獄</u>。沒想到他出獄後，無法忍受<u>社會大眾</u>對他的批評，在公園隨機殺人。結果假釋不但沒讓他<u>符合社會大眾的期待</u>，好好重新做人，反而又被抓去關，判了<u>無期徒刑</u>。

⑶ 請用上面的詞組提出問題，並互相回答問題：

例如：在你的國家發生過什麼的隨機殺人的案件嗎？

> a. 你覺得殺人犯假釋出獄對大眾安全嗎？
> b. 你曾經為了符合誰的期待做什麼事？
> c. 你的國家是否曾為了符合社會大眾的要求而改變原來的政策？
> d. 你吃過黑心食品嗎？在你的國家販賣黑心食品的人會受什麼樣的懲罰？
> e. 你認為犯什麼樣罪的人需要被判無期徒刑？

3. 兩個學生一組，根據以下的詞彙搭配討論及完成句子：

⑴ 請跟同學討論，把下面的詞填入表格中。

傳統	僵局	陪伴	限制	隔離	傷害	百億
消失	解決	技術	保存	服務	紀錄	保留

突破＋N	永久＋V
• 僵局	• 隔離
• 百億	• 傷害
• 限制	• 消失
• 傳統	• 服務
• 技術	• 保存/保留
• 紀錄	• 解決
	• 陪伴

⑵ 利用上面的詞組寫五個句子：

例如：今天日本跟韓國的球賽分數一直是 0：0，到最後一分鐘，韓國才突破僵局，以 0：1 拿下冠軍。

參考答案：

> a. 那間企業的營業額已突破百億了。
> b. 他突破身高的限制，進入了籃球隊。
> c. 那間餐廳突破傳統地發明出很多創意菜。
> d. 他的比賽成績已突破歷史紀錄。

e. 這麼危險的人應該永久隔離，不要讓他接觸人群比較好。

f. 這次的失敗在他心中造成永久傷害。

g. 每天有許多種動物已在這世上永久消失了。

h. 那間公司說他們提供的是永久的服務。

i. 這些是公司很重要的資料，應該永久保存。

j. 這個方式只能暫時幫助，不能永久解決問題。

k. 有些父母希望兒女能永久陪伴在身邊。

二、詞義聯想

1. 請試著解釋這些詞的意思是什麼？

獄中：被關，在監獄裡。

犯錯：做錯事。

犯法：做了法律規定不可以做的事。

罰站：因犯錯而得接受「站著」不可以坐下的懲罰。

坐牢：被關在獄中。

2. 利用上面的詞，完成句子：

(1) 王先生因犯法，被法官判了十年，也就是說他得坐牢了。一想到未來在獄中的日子，他忍不住哭了起來。

(2) 那個孩子因犯錯被媽媽要求罰站。

課文二教學步驟、補充及參考解答

步驟一：泛讀（同課文一）

課文理解參考答案：可能為複選

1. (✓) 就算凶手死了也換不回被害人的生命，對家屬沒幫助。

2. (✓) 被人誤解，其實是無辜的。

3. (✓) 希望受害人與家屬能原諒壞人，再給他一個機會。

4. (✓) 廢除死刑是一種世界的趨勢。

5. (✓) 前後互相對應。

6. (✓) 參考答案：唯有從教育做起。

步驟二：精讀（同課文一）

建議教學進行方式

1. 第一段提問：

◇ 在這一段裡，「廢死仍是條漫漫長路」的意思是什麼？

◇ 什麼事對你來說算是條漫漫長路？

◇ 「這個刑罰的存在顯得很矛盾」的地方在哪裡？

2. 第二段提問：

◇ 被「冤枉」的感覺是什麼？同學有過什麼經驗嗎？

◇ 在你的國家，常發生誤判嗎？若發生誤判，政府會怎麼處理？付賠償金？

◇ 「無價」一詞，除了像課文中的生命無價，還有什麼可以使用「無價」？（學生若想不出，教師可舉例：親人、朋友、自由…）

3. 第三段提問：

◇ 在這一段裡，你同意「壞人的人權也需要受到保護」嗎？

◇ 「和解」一詞，除了像課文中的例子，還有什麼情況可以「和解」？（學生若想不出，教師可舉例：車禍、打人、傷人、罵人…）

◇ 「認錯」一詞，你若和人有糾紛，突然發現是自己的錯，你會低下頭來認錯嗎？

◇ 在這一段裡「重新做人」的意思是什麼？你是否聽過「重新做人」的例子？

4. 第四段提問：

◇ 在這一段裡，「忽視」的意思是什麼？除了像課文中的例子，還有什麼情況會被「忽視」？（學生若想不出，教師可舉例：健康、家人的感覺、…）

◇ 若自己是被害人家屬，怎麼樣可以讓心裡「好受一點」？

5. 第五段提問：

◇ 除了像課文中的「廢除死刑」，還有什麼可以「已逐漸形成一股世界潮流」？

◇ 在這一段裡，「意識」的意思是什麼？還有什麼情況可以使用？（學生若想不出，教師可舉例：健康、你常沒辦法意識到朋友生氣了嗎？、有人跟在你後面，你意識得到嗎？…）

語法點補充及練習解答

1. 顯得＋VP／S

(1) 情人節時，街上雙雙對對，王先生剛跟女朋友分手，一個人去餐廳用餐，顯得特別孤單。

(2) 小歐常常過度專心工作，對旁邊發生的事情顯得漠不關心，所以讓大家誤解他是一個冷漠的人。

(3) 他一進教室就熱情地跟大家打招呼，心情顯得特別開心。

2. 有…的一面

(1) 你別看那偶像看起來很完美，事實上她也有壞心的一面。

(2) 雖然他對人總是很嚴，又常大聲罵人，但他也有溫柔的一面。

(3) 開心一點，別擔心那麼多，事情總有好的一面。

3. 也就是說

(1) 這個國家近十年來乳癌的發生率已達到 50%,也就是說每兩個人就有一個人罹患乳癌。

⑵有人開玩笑，說全球最有錢的人－比爾蓋茲如果看到地上有一百元鈔票，他不會花時間彎腰去撿，<u>也就是說他不會為了撿一張一百元的鈔票，失去賺更多錢的時間</u>。

⑶一般人對工作的看法，總是以薪資或職位高低來比較，其實工作合不合適才是最重要的，<u>也就是說，找一份適合的工作比薪水高低更重要</u>。

4. 唯有 A，才 B
  ⑴女人唯有<u>經濟獨立地靠自己</u>，才能脫離傳統的束縛。
  ⑵<u>人往往在需要人幫助時</u>，才知道誰是自己真正的朋友。
  ⑶唯有豐富的獎金，才能<u>吸引大家參加比賽</u>。

論點呈現教學補充與練習解答

經由前面幾課的練習，相信學生已不難抓出整段論述中論點、支持點和各段結論，並填入表格內。盡量讓學生自己思考、自己找，教師補充一些學生尚未提到的即可。

1. 請再讀一遍文章，找出作者反對死刑的三個論點：

論點	一	二	三
	避免法官誤判，冤枉了人。	生命無價，應讓罪犯有個重新做人的機會。	不應存在報復的心態。

2. 作者提出的論點，你都同意嗎？請表達你的意見，並提出新論點。

課文一「不同意」及「新論點」的討論可能出現在課文二，可當作課文一過渡到課文二的暖身。

口語表達教學補充與練習解答

1. 根據論點找出文章中重要的表達方式。

論點	一	二	三
表達方式	・…同樣是… ・…顯得矛盾 ・除了…也… ・在…的努力下 ・…，可見… ・無論…多麼…都… ・對…來說 ・然而… ・一旦…再 Vs 的 N 也…	・再 Vs 的人都有…的一面 ・無論 V…，N 都是…的 ・雖然…，…也換不回… ・A 比 B 更加有意義	・並非忽視…的感受 ・用…的方法來…，不但…，也… ・也就是說

2. 目前在法律上，犯了兩次罪，則處罰兩次，例如某人今天偷了兩次錢，又打傷兩個人還用髒話罵人，若偷錢一次罰兩年加上打人一次罰一年再加上用髒話罵人罰五萬，則一共要坐六年牢且罰錢。請用這些詞語和句式談談你對「一罪一罰」的看法。（至少使用 3 個）

參考範例：

> 也許很多人同意一罪一罰，**然而**這樣一來，**無論**犯下**多麼**小的罪**都**會變得很嚴重。例如有則新聞提到，有個人黑心商人販賣的黑心商品害許多人失去寶貴的健康，最後被判 11 年。但另外有個人搶了 20 多次的錢，因為一罪一罰的關係，**同樣**是被判十多年。從這兩個例子來看，**可見**這一罪一罰是不太公平的。

建議教學進行方式

1. 為避免練習過於枯燥，建議教師將學生「分成 A、B 兩組」且「限時」進行，時間結束後各組上台說出自己所負責的那一段句型。

2. 當 A 組說出句型，B 組同學利用這些句型當提示說出完整的句子並成段表達。教師鼓勵學生多利用生詞表的生詞，以增進由生詞到句子，再擴展成段的表達能力。

3. 除了該課的句型以外，初期可由教師先引導學生就該主題搭配每個表達方式作出句子，再將有關聯的組成段落。鼓勵學生多使用課文中出現過的詞組或前四冊出現過的句型。

重點詞彙說明與練習解答

一、詞語活用

1. 連連看，請將左右欄的詞進行配對。

■（花）費	A. 廢死
■ 漫漫	B.（S 的）遭遇
■ 同情	C.（S 的）感受
■ 推動	D. 心力
■ 忽視	E. 長路

（花）費心力／漫漫長路／同情（S 的）遭遇／推動廢死／忽視（S 的）感受
（D、E、B、A、C）

2. 將上面的詞組填入下面短篇：

我的好友敏華才剛結婚不到半年，就時常和先生吵架，昨天她又來找我抱怨，她說先生只重視工作，總是<u>忽視</u>她的<u>感受</u>，想到未來<u>漫漫長路</u>，實在不想多<u>費心力</u>繼續走下去，因此打算離婚了。我非常<u>同情</u>她的<u>遭遇</u>。

二、詞義聯想

1. 猜一猜這些詞語的意思是什麼？

賠錢：(1) <u>因自己的錯而使別人受到損失，所以給錢彌補。</u>

　　　(2) <u>做生意沒賺錢，反而損失了錢。</u>

賠本：<u>做生意的資本損失了。</u>

證人：<u>可以為別人做證的人。</u>

證物：<u>可以用來當證據的東西。</u>

顯瘦：<u>看起來很瘦。例如這條褲子有顯瘦的效果。</u>

2. 用以上的詞語完成句子：

(1) 王老闆這個商品的成本是五十元，現卻因急需現金而以四十元<u>賠本</u>賣出，真是賣一個賠一個。

(2) 不但有<u>證物</u>，還有<u>證人</u>到法院證明自己是親眼看到的，證據這麼充足，法官不會冤枉他的。

(3) 他對股票一點都沒研究，不懂卻買了許多，難怪最後<u>賠錢</u>。

(4) 有人以為穿黑色的衣服就可以<u>顯瘦</u>，其實並不盡然，得看整體的搭配。

延伸練習：譬喻（piyù, similes）說明

> 建議教學進行方式

1. 在本課中，延伸練習主要練習「譬喻說明」。教師先跟著課本的步驟，先介紹經常使用的一些連接詞或句型：（就）好像、就像是、好比、有如、似乎、就等於、像…一樣。

2. 請學生將例句逐句念完後，舉一些課室事物，例如食物的味道。

3. 另外進行不用連接詞的部分，即臨場想像。同樣請學生將例句逐句念完後，將學生進行分組，完成課本上的練習。

練習解答參考：

(1) 請形容今天的心情：<u>今天的心情有如一隻快樂飛舞的小鳥，好得不得了。</u>

(2) 請描述一位名人：<u>孔子就像是大家生活上的老師一樣，教了我們許多人生的道理。</u>

(3) 請推薦自己喜歡的食物：<u>沒加牛奶、沒加糖的咖啡像藥一樣苦，真不知道怎麼會有人喜歡喝黑咖啡。</u>

(4) 臺灣在你心中像是<u>一個大餐廳</u>，請試著介紹它：<u>到處都吃得到好吃的食物。</u>

(5) 請形容自己的外型特色：<u>我的手腳都很細，但是肚子很大，看起來就像是一個馬鈴薯插著四根牙籤。</u>

(6) 請想像並說明死刑犯的情緒：<u>他感到很無助，好像掉進了一個很深的洞裡，全世界的事物都跟他沒關係一樣。</u>

語言實踐

一、公聽會─參加陪審團（péishěntuán, jury）

建議教學進行方式

1. 本課的語言實踐為由老師帶領學生進行「陪審團」角色扮演及製作問卷。
2. 教師給學生 15 分鐘時間看一下各個故事，同時幫助學生解決理解上的問題。
3. 活動進行時，要求學生儘量以本課句型或生詞回答。
4. 另外問卷部分，請學生回家製作以後在課堂發表，由教師給予回饋與糾正。

參、綜合練習解答

一、根據所聽到的內容回答問題並討論

聽力部分可當作回家作業，亦可在課室中進行。要求學生在聽完一次後抓出大意即可，聽第二次時再筆記主要論點。

1. 請聽這些人的意見，他們的立場是贊成還是反對「廢死」？
2. 再聽一次，寫下民眾的論點是什麼？你認為哪個民眾的論點最有說服力？

自由回答

民眾	贊成	反對	論點
1.		✔	支持廢死的團體無法感同身受被害人的痛苦，故沒資格要求廢死。
2.	✔		國家的刑罰制度算是公共議題，每個人有權利發表自己的意見。國家沒有殺人的權利。
3.		✔	每個國家情況不同，不應跟隨潮流廢死。
4.	✔		一命還一命的想法已經過時了。現在社會應該重視的是人權。
5.		✔	什麼事都跟人權有關係，那其他懲罰也不應該存在。
6.	✔		死刑和一般刑罰不同，一旦誤判，人死了無法彌補。

3. 討論：由同學自由回答

L6	聽力文本
情境說明	各位觀眾大家好，我是主持人張立德，歡迎收看「法律人」節目。 最近幾個隨機殺人的社會案件再次引發死刑存廢的議題，兩方支持者在想法上有極大的落差，我們訪問了兩方的支持者，請聽聽他們各自的說法，他們的立場是贊成還是反對「廢死」？

民眾1	這事不是發生在他們身上，對被害者家屬的心情，當然他們不能真正地感同身受，因此沒有權利要求政府廢死。
民眾2	國家的刑罰制度算是公共議題，死刑存廢跟你我都有關，當然每個人有權利討論跟發表自己的意見。我不認為國家有殺人的權利。
民眾3	就算大多數的國家推動廢死，但每個國家的法律都不一樣，為何要跟著世界潮流而要求廢死？
民眾4	雖說我們絕對不是為了潮流才要求廢死，但以一命還一命這樣的想法也太過時了。人權才是現在社會應該重視的。
民眾5	因為死刑違反人權，所以應廢除，那無期徒刑、有期徒刑也限制人的自由權，是否也應廢除，甚至罰金其實也關係到財產權，是不是也要廢除？
民眾6	人權並不是廢除死刑的唯一理由。再說死刑和一般刑罰不同，一旦誤判，人死了無法彌補。

二、選擇合適的詞語完成下面的句子

> 孤兒　　推動　　致力　　誤判　　同情
> 和解　　傷害　　認錯　　彌補　　無濟於事

1. 因為裁判（cáipàn, umpire）的誤判使我們輸了這場比賽。儘管我們事後發現也提出抗議，卻已無濟於事，只能怪我們運氣不好了。
2. 他這輩子致力於和平，不停地推動和平，就是希望能不再有戰爭。
3. 因一場車禍父母都死了，那孩子一夜之間成了孤兒，民眾都很同情他的遭遇，所以非常關心此案件的發展。經過調查，意外是因對方酒醉駕車造成的，雖然對方認錯，孩子的家人也願意和解，但對孩子造成的傷害卻是難以彌補的。

三、選擇合適的四字格並回答以下問題

> 無濟於事　　置身事外　　感同身受

1. 如果你見到你的同學或同事被欺負，你會置身事外嗎？為什麼？
   （自由回答）
2. 朋友曾經發生過什麼事，雖然你沒親身經歷，卻能感同身受？
   （自由回答）
3. 如果醫生說你的寵物已經病得很嚴重了，再治療也無濟於事，你會怎麼做？
   （自由回答）
4. 許多事情並不是我們能控制的，有什麼經驗是你盡力了卻無濟於事的？
   （自由回答）

四、根據所給的句式完成句子

1. 莎士比亞說：「再好的東西，都有失去的一天。再深的記憶，也有忘了／記不得的一天。再愛的人，也有離開／不愛的一天。再美的夢，也有結束／放棄的一天。」你同意此句話嗎？請說明。　　　　　　　　　　　　　　　　　（以⋯為例）
   我同意，以我第一段感情為例，分手時曾經非常難過，但現在已經沒有感覺了。

2. 請分別站在企業和人民的立場，說明颱風天應該放假嗎？　　　　（站在⋯的立場）
   站在企業的立場，颱風天放假就少賺錢了。但是站在人民的立場，能放假在家休息當然是件好事。

3. 除了中文，你還學過哪個語言？請從各方面比較一下這兩種語言。
   　　　　　　　　　　　　　　　　　　　　　　　　　　（相較於 A，B 則是⋯）
   我還學過日文，相較於中文，日文字寫起來比較簡單，中文則是比較難寫。

4. 根據新聞報導，NASA 發現了七個和地球相似的星球（xīngqiú, planet），你會考慮搬去外太空（wàitàikōng, outer space）居住在別的星球上嗎？　　　　（除非 A，不然 B）
   除非外太空有便利商店，不然我不會搬去住。

5. 常有人放些美好的照片在網路上給親友看，讓大家感受到自己美好的一面；但也有人常發表一些心情文章，給大家看自己黑暗的一面。你呢？你喜歡在網上給大家看自己的哪一面呢？你有什麼不被人知的一面呢？　　　　　　　　（有⋯的一面）
   我喜歡在網上放些旅遊的照片，給大家看到我除了個性嚴肅、總是認真工作以外，也有享受生活的一面。

6. 父母常說，唯有努力念書，考上好學校，人生才算是成功，你同意嗎？（唯有⋯才⋯）
   不同意，我認為，唯有自己內心真正地感到生活幸福，人生才算是成功。

肆、教學流程建議

時間及流程請參照第一、二課建議。

伍、教學補充資源

1. 與主題相關議題參考。
2. 生詞單。

有關本冊的教學補充資源，請進入國立臺灣師範大學國語中心網站參考：
國立臺灣師範大學國語中心網址：
http://mtc.ntnu.edu.tw/chinese-resource.htm
國語中心—資源專區—當代中文課程相關資源—當代中文課程－第 5 冊補充資源

第七課

增富人稅＝
減窮人苦？

、**教學目標**

1. 讓學生能有效掌握話語的邏輯並得出結論。
2. 讓學生能以陳述故事的方式來舉例、支持或反對自己對稅制的看法。
3. 讓學生能以「比較」及「換個角度說話」的方式來說服對方。
4. 讓學生能針對「公平」與「正義」的主題，以適當的成語和句式表達個人的需求、意願和感受。

、**教學重點及步驟**

課前預習

建議在上課前一天請學生預習：
1. 上網觀看《正義：一場思辨之旅》之電車問題（雙語字幕）https://www.youtube.com/watch?v=Y4HqXP47lPQ 之影片。
2. 預習課前活動和課文一的生詞。

課前活動

老師帶領學生回答暖身故事的問題，引導學生思考何謂「公平」及如何做到「公平」。

課文一教學步驟、補充及參考解答

步驟一：泛讀（參考第一、二課說明）

課文理解參考解答：可能為複選

1. （✓）政府應該維持社會公平，加重富人稅。
2. （✓）還沒跑就輸了─指本身具備的條件不夠。
3. （✓）很費力氣、很辛苦。
4. （✓）不接受、不同意。
5. 學生自由選擇與說明。
6. 作者不再強調窮人有多需要幫助，而是反過來說明，讓富人了解若是窮人被逼急了，反而會危害到富人。

步驟二：精讀（參考第一、二課說明）

建議教學進行方式

1. 第一段提問：
   ◇ 在這一段裡，「勉強過日子」的意思是什麼？
   ◇ 在這一段裡，「懂事」的意思是什麼？
   ◇ 你覺得什麼樣的行為算是「懂事」？
2. 第二段提問：
   ◇ 在這一段裡，所謂「公平的起跑點」的意思是什麼？
   ◇ 「吃力」的意思是什麼？
   ◇ 有哪些情況可以用「吃力」來形容？（教師可舉例：車子上坡比平地更吃力。中文程度還不好時，表達起來很吃力。）
3. 第三段提問：
   ◇ 在這一段裡，為什麼說「政府拿富人的錢來補貼窮人」？
   ◇ 在你的國家，人民是常問「要求國家為你做了什麼」，還是「問自己為國家做了什麼」？
   ◇ 根據課文，為什麼北歐國家的政府對人民出手這麼大方？
4. 第四段提問：
   ◇ 在這一段裡，「不服」的意思是什麼？
   ◇ 政府如何透過稅收照顧窮人？
   ◇ 根據課文內容，為什麼說「政府不透過稅收照顧窮人」更不划算？

語法點補充及練習解答

1. 為了…傷腦筋
   (1) 小張想舉辦一場很浪漫的婚禮，但他為了<u>怎麼布置</u>而傷腦筋，最後他決定<u>花錢請專業的婚禮設計公司</u>。
   (2) 他不想<u>為了繳房貸而傷腦筋</u>，所以選擇租房子，而不買房子。
   (3) 現代許多年輕夫妻們都為了如何一邊工作一邊<u>照顧與陪伴孩子</u>而大傷腦筋。

2. 不像 A，而是 B：可參考當三 L4「不是…而是…」。
   (1) 李先生對於教養孩子有不同的想法，在和孩子相處上，他們並不像一般的父母要孩子聽他們的話，<u>而是希望孩子有自己的想法</u>。
   (2) 他的工作不像大多數人那樣可以<u>準時下班／時間一到就下班</u>，而是每天加班到半夜，累得跟狗一樣。
   (3) 這次客戶抱怨的問題，並不像以前的那麼容易解決，而是得<u>付不少賠償金才能解決</u>。

3. A 等同於 B：可參考本冊第六課學過的「等於」。
   (1) 報上說，一杯珍珠奶茶的熱量等同於<u>四碗白飯</u>，若一天喝一杯，又不運動的話，約二十天會胖一公斤。
   (2) <u>判無期徒刑</u>等同於被判了死刑，一點希望也沒有。
   (3) 現在不會使用電腦的人<u>等同於沒有手的人，什麼事都難做</u>。

4. …之所以 A，就在於 B…
   (1) 大家之所以不敢相信王小姐會得到最佳女主角的原因就在於<u>她的演技很差，怎麼可能得獎</u>。
   (2) 人民之所以對政府不滿意，就在於<u>政府花太多人們所繳的稅，卻又看不到什麼進步</u>。
   (3) 「蒙娜麗莎」（Méngnàlìshā, Mona Lisa）這幅畫之所以那麼有名，<u>就在於她的笑又美又自然</u>。

5. 從…的角度來＋V
   (1) 雖然旅客總抱怨過海關檢查行李浪費很多時間，但<u>從國家安全的角度來看，這是非常必要的</u>。
   (2) 找一份工作時應<u>從有無興趣、距離遠近和薪水高低的角度來衡量</u>，不要太在意別人的想法。
   (3) 新員工固然比較聽話，但<u>從成本的角度來考慮，新員工還得訓練，所花費的成本比留住老員工要高得多</u>。

論點呈現教學補充與練習解答

1. 請再讀一遍文章，找出作者支持增富人稅的三個論點：

論點	一	二	三
	增富人稅可以縮小貧富差距。	政府應將「收入再分配」，有效利用資源。	降低窮人犯罪率。

2. 作者提出的論點，你都同意嗎？請表達你的意見，並提出新論點。

課文一「不同意」及「新論點」的討論可能出現在課文二，可當作課文一過渡到課文二的暖身。

口語表達教學補充與練習解答

1. 根據論點找出文章中重要的表達方式。

論點	一	二	三
表達方式	• 不像 A 而是 B • 只能靠…勉強… • 同樣地… • 很明顯地… • 對…來說 • 所謂…根本不存在 • 自然比較… • 雖然…，有些人…有些人卻… • 因此，對於…現象，不能只是… • 應該以…的方式來…	• 不應只…而是應… • 舉個…的例子 • 之所以能…就在… • 建立…的制度 • 提供人們…的保障	• 倘若… • 換個角度 • 那麼…可能為了…而… • 到時… • 從…的角度來看，不是更不…嗎？

建議教學進行方式

◇ 為避免練習過於枯燥，建議教師將學生「分成 A、B 兩組」且「限時」進行，時間結束後各組上台說出自己所負責的那一段句型。

◇ 當 A 組說出句型，B 組同學利用這些句型當提示說出完整的句子並成段表達。教師鼓勵學生多利用生詞表的生詞，以增進由生詞到句子，再擴展成段的表達能力。

2. 請任選下面一題，用上面的句式談談你的看法。（至少使用 3 個）

⑴ 你認為有錢人之所以有錢的原因是什麼？除了運氣、家庭等天生條件之外，他們在後天的行為上有什麼特別的？

⑵ 你希望政府加重比爾蓋茲 (Bǐ'ěr Gàizī, Bill Gates) 的稅嗎？

參考範例：

> 　　我認為**對**有錢人**來說**，他們在運氣、家庭等天生條件<u>自然比較</u>佔優勢。但<u>很明顯地</u>，他們後天的努力也很重要，<u>不能只是</u>靠家裡的錢財而什麼事都不做。

重點詞彙說明與練習解答

一、詞語活用

1. 請將下面的動詞和名詞組合出五個詞組。

■ 改善	A. 財富
■ 提高	B. 治安
■ 累積	C. 稅收
■ 縮小	D. 差距
■ 維護	E. 經濟

   改善經濟／提高稅收／累積財富／縮小差距／維護治安（E、C、A、D、B）

2. 請用上面的詞組表達你的看法。

   (1) 常聽人為了追求愛情說：「年齡不是問題，身高不是距離，體重不是壓力。」這句話是什麼意思？你能接受哪種差距？

   　　參考答案：<u>意思是真愛是不在乎一些外在條件的。對我來說，我能接受的是體重方面的差距。</u>

   (2) 古人說「不患寡而患不均」（bú huànguǎ ér huàn bùjūn, inequality, rather than want/lack, is the cause of trouble），意思是「民生問題不是擔心不夠，而是資源沒有平均、合理的分配。」，請用上面的生詞表達你的看法？

   　　參考答案：<u>我非常同意，一定得縮小差距，讓大家都平等，不羨慕甚至嫉妒別人所擁有的，才能真正降低犯罪率、真正維護好治安。</u>

   (3) 請用上面的詞組提出問題，並與同學討論。

   　　例如：改善治安：你認為死刑可以改善治安嗎？

a. 提高稅收：如果你是總統，會提高稅收嗎？
b. 累積財富：什麼是累積財富的方法？
c. 縮小差距：你最想要縮小與別人哪方面的差距？
d. 維護治安：你的政府在維護治安的方面做得好嗎？

3. 兩個學生一組，根據以下的詞彙搭配討論及完成句子：

   (1) 請跟同學討論，把下面的詞填入表格中：

經濟	過日子	吃力	維持	生活
接受	高漲	環境	反對	留下來

改善＋N	勉強＋V	自然＋Vs
・經濟	・過日子	・吃力
・生活	・留下來	・很好
・環境	・接受	・反對
	・維持	

(2) 利用上面的詞組，完成下面的句子：

城市裡的醫療機構和工作機會多，生活也方便，大家都想住在這裡，房價和租金<u>自然高漲</u>。許多在這裡工作的年輕人，他們的薪水只能<u>勉強過日子／勉強維持生活</u>，沒有辦法忍受高房價和租金的痛苦。因此他們只好走向街頭抗議，希望政府能夠<u>改善經濟</u>。

二、詞義聯想

1. 請與同學討論以下跟「吃」、「白」和「出手」相關的詞，猜猜他們的意思。

> 吃：吃得慣、吃力、吃香、吃苦、吃虧、吃驚、吃醋、吃豆腐、吃父母
> 白：白吃、白喝、白工、白忙、白天、白日夢、白雲
> 出手：出手大方、出手打人、出手不凡、出手幫人、出手得分

2. 每組選擇兩個不同意思的詞互相提問。

> 例如：台灣的菜你吃得慣嗎？／你覺得吃苦的人一定能成功嗎？
> (1) 你認同「吃虧就是佔便宜」這句話嗎？／你覺得每天寫一百個漢字很吃力嗎？
> (2) 你曾經做過什麼白忙一場的事？／你做過什麼白日夢？
> (3) 出手大方的人一定是有錢人嗎？／警察為了抓罪犯，可以出手打人嗎？

三、相反詞

1. 連一連

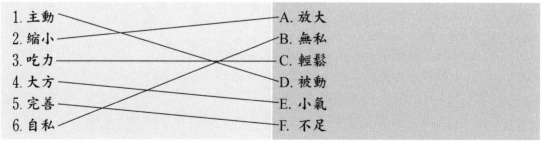

1. 主動	A. 放大
2. 縮小	B. 無私
3. 吃力	C. 輕鬆
4. 大方	D. 被動
5. 完善	E. 小氣
6. 自私	F. 不足

1. D　2. A　3. C　4. E　5. F　6. B

2. 請利用上面連出來的詞組提出問題，並與同學討論：

　例如：在打掃家裡這件事上，你是主動的，還是被動的？

> (1) 關於課本上的字，你想要縮小還是放大？
> (2) 學中文對你來說哪方面很吃力？哪方面很輕鬆？
> (3) 在朋友眼中，你是個大方的人還是小氣的人？
> (4) 你覺得學校的設備完善嗎？還有什麼不足的地方？
> (5) 你認為自己是個自私的人還是無私的人？

課文二教學步驟、補充及參考解答

步驟一：泛讀（同課文一）

課文理解參考答案：可能為複選

1. (✔) 不應為了多數人的利益而忽視個人自由權。
2. (✔) 努力付出不一定能得到公平的結果。
3. (✔) 非常地努力、盡力地去做
4. (✔) 因為賺得比較多，所以要繳比較多稅是應該的。
5. 他不偷不搶，付出了時間與成本，卻被強制收稅奪走收入，被迫「捐款」，讓眼紅者分享自己努力的成果。
6. 提供弱勢者工作機會，協助他們用自己的力量脫離貧窮。

步驟二：精讀（同課文一）

建議教學進行方式

1. 第一段提問：
   - ◇ 什麼情況需要「麻醉」？被麻醉的感覺是什麼？你有這樣的經驗嗎？
   - ◇ 根據課文內容，你會拿走他的器官來救其他五個人嗎？
   - ◇ 你同意「不應為了滿足多數人而奪取他人生命、自由或財產。」嗎？
2. 第二段提問：
   - ◇ 在這一段裡，「生活還算過得去」的意思是什麼？
   - ◇ 小張的表弟是怎樣的人？
   - ◇ 「歪理」的意思是什麼？
   - ◇ 「米蟲」的意思是什麼？什麼樣的人會被稱做是米蟲？
3. 第三段提問：
   - ◇ 在這一段裡，為什麼說「努力工作似乎成為一種懲罰」？
   - ◇ 在這一段裡，「劫富濟貧」的意思是什麼？你聽過什麼「劫富濟貧」的故事嗎？
     （若學生回答不出來，教師可以舉羅賓漢和廖添丁的故事。）
   - ◇ 「眼紅」的意思是什麼？什麼情況會讓你眼紅？

4. 第四段提問：

　　✧ 在這一段裡，作者怎麼解釋「公平正義」？

　　✧ 在這一段裡，「弱勢者」指的是哪些人？

　　✧ 在這一段裡，作者為什麼形容政府像強盜一樣？

語法點補充及練習解答

1. 為了 A 而 B…

　　⑴ 人生是自己的，不應為了滿足父母而勉強自己念沒有興趣的科系。

　　⑵ 不應為了滿足暫時的快樂而做出傷害自己身體健康的事。

　　⑶ 許多人選擇吃素的理由是人類不應為了想滿足自己吃的欲望而犧牲動物的生命。

2. 被迫＋VP

　　⑴ 地震造成電廠功能無法使用，因此電廠被迫暫時關起來。

　　⑵ 根據歷史，那個國家因為戰敗而被迫放棄一些土地。

　　⑶ 原本後天的考試因天氣不好的關係被迫延後舉行。

3. 是否 A 還有待 B

　　⑴ 關於警察所抓到的人是否真是個殺人犯，還有待證實。

　　⑵ 這類的食物和這個疾病是否有關係，還有待進行多方面研究。

　　⑶ 從現場的情況看來，地上那些東西是否可以當證據，還有待警察調查。

論點呈現教學補充與練習解答

1. 請再讀一遍文章，找出作者反對增富人稅的三個論點：

論點	一	二	三
	不應為滿足多數人而奪取他人財產。	增富人稅會打擊創富的積極性。	人們習慣不勞而獲、成為政府和社會的負擔。

口語表達教學補充與練習解答

1. 根據論點找出文章中重要的表達方式。

論點	一	二	三
表達方式	<ul><li>可以滿足…需要</li><li>…的同時，是否…</li><li>從小…長大後…</li><li>一路走來S都…</li><li>然而…不免…</li><li>還有什麼意義呢？</li></ul>	<ul><li>奮鬥多年，如今…</li><li>從小，當別人在…時，他就…</li><li>一路走來，他都比…</li><li>現在的…是他應得的。</li><li>然而…</li><li>這樣…還有什麼意義呢？</li><li>像我…多好？</li><li>…似乎成為一種懲罰，…</li><li>開始懷疑…是否值得。</li><li>…聽起來是…，但忽視了…</li></ul>	<ul><li>那些…的人長期依靠…，不但對…，也成為…的負擔。</li><li>所謂的…，不是…，應是…</li><li>再說，…，是否真能…</li><li>總而言之，政府不應…</li></ul>

2. 「想像你是名電車司機，列車正以 100 公里的速度往前開。突然發現煞車（shàchē, brakes）壞了，而前方有五個工人在修理馬路，這時右邊有另一條路，路上站著一個人。你可以右轉撞死那個人，好讓那五個工人活命，請問你會轉向嗎？」請用這些詞語和句式回答：（至少使用 3 個）

參考範例：

> 從小我就常聽一些犧牲自己來讓大家活命的偉大故事，長大後這些故事的精神多少會影響到我的想法，只要可以滿足大多數人的需要，犧牲一部分利益也是沒辦法的事。所以如果我是電車駕駛我會轉向。雖然事後大家難免會開始懷疑犧牲那個工人的性命是否值得，然而若不轉向，直接往前開，另外五個工人活不成還有什麼意義呢？

重點詞彙說明與練習解答

一、詞語活用

1. 連一連

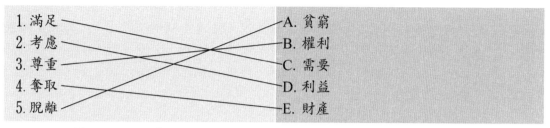

1. 滿足 —— C. 需要
2. 考慮 —— D. 利益
3. 尊重 —— B. 權利
4. 奪取 —— E. 財產
5. 脫離 —— A. 貧窮

滿足需要／考慮利益／尊重權利／奪取財產／脫離貧窮（C、D、B、E、A）

2. 請用上面的詞組提出問題，並與同學討論。

例如：有哪些方法可以脫離貧窮？

> a. 如果你是咖啡店老闆，如何滿足顧客的需要？
> b. 政府的政策需要考慮到誰的利益？
> c. 你認為父母應該尊重孩子什麼權利？
> d. 最近有什麼想奪取財產而殺人的新聞嗎？

3. 請與同學討論下面與顏色有關的詞語是什麼意思：

> ・**眼紅**、紅單、紅人、紅牌、開紅盤
> ・黑心、黑道、黑官、黑社會、黑名單
> ・綠帽、臉都綠了

> ・黃牛、黃湯、黃毛丫頭、黃泉
> ・白眼、白頭、白手起家、白領
> ・藍圖、藍領

> 建議教學進行方式

> ◇ 請學生討論顏色所代表的意思。（可參考第一冊 L10 文化點）
> ◇ 每個國家對顏色的用法是否不同？
> ◇ 請學生使用這些詞語寫句子。

二、詞義聯想

1. 猜一猜這些詞的意思是什麼？

全身：身體的全部。

抽稅：政府收稅。

日夜不停：形容沒休息，不停地做。

重分配：重新分配。

書堆：一堆書中。

稅金：納稅的金額。

2. 改寫：請利用上面生詞改寫及完成下面這段短文

小林看了一眼繳稅單，感到全身冷了起來，他不禁搖頭，抱怨政府強制抽稅。他日夜

不停地把自己埋在書堆，研究關於政府稅收的資料，最後他認為，政府收來的稅是很難按照財富比例重分配的。

延伸練習：內在情感的描述——誇飾（kuàshì, hyperbole）

a) **看圖猜故事**：事先請學生準備一張照片（或是手機中的照片）。互相交換後，請同學以對方的照片為背景（猜想照片中的人物、職業、學歷等背景），針對不同描寫對象（人物、空間、時間、物體……），運用一些誇飾寫下一個故事。

（鄭小姐）

參考範例：

> 這天在雜誌社上班的鄭小姐又加班到半夜了，由於下班回家已經很晚了，路上安靜得連一片樹葉掉下來都聽得到。她提心吊膽地獨自走在街上，突然看到身邊有個比 101 大樓還高的人，她大叫一聲，聲音大得可以震碎玻璃。後來才發現，原來只是廣告啊！

b) **說一個你想分享的故事**（書籍、電影、電視劇都可以），運用誇飾地說一個故事。
（自由回答）

語言實踐

建議教學進行方式

這個故事與本課課文的論點可說是同出一轍，皆是想點出「為了多數人的利益而犧牲少數人的權利」。教師須帶領學生念過短篇故事，然後一起試著像哲學家一樣地思考，完成習題。若時間充足，甚至可以進行一些問題思考，例如：

1. 為了救活十個快餓死的人而殺死一個路人做食物，這樣合理嗎？
2. 一個定時炸彈快要爆炸，眼看有數十人有生命危險，但炸彈客卻堅持不肯說出炸彈在哪裡，這時唯一的方法是對他無辜的五歲女兒嚴刑拷打，你會這麼做嗎？
3. 你是否知道你的手機生產的過程中，背後其實有一群被剝削的勞工？

、綜合練習解答

一、根據所聽到的內容回答問題並討論

　　選舉到了，各候選人紛紛提出改善稅收的建議。西區候選人主張政府應該增富人稅以縮小目前社會上的貧富差距。

1. 請聽聽現場觀眾對增加富人稅的意見，他們的立場是贊成還是反對？
2. 再聽一次，請寫下他們的意見是什麼？這些論點你都認同嗎？如不認同，請提出你不同的論點。由同學自由報告。

	贊成	反對	意見
小姐	✔		富人的錢大部份都來自於股票或是買賣土地的交易所得。比較偏向對富人多收稅。
中年男人		✔	如果要求高所得的人繳更多的稅，可能會讓那些人想逃稅，最後可能反而使政府稅收越來越少。
中年女人		✔	政府說是向富人加稅，但最後都會變成向中產階級加稅，因為富人都移民了，到時苦的會是我們這些人。
年輕人	✔		調高富人稅，能縮短貧富差距。
老太太		✔	政府希望減少貧富差距，那增加富人稅可以馬上看到效果。但我比較希望減稅。

3. 討論：自由回答

L7	聽力文本
情境說明	選舉到了，各候選人紛紛提出改善稅收的建議。西區候選人主張政府應該增富人稅以縮小目前社會上的貧富差距。 請聽聽現場這些觀眾對增加富人稅的意見，他們的立場是贊成還是反對？
小姐	我持中間立場，但比較偏向對富人多收稅。畢竟現在所謂的財富並不是全部來自於薪水，富人的錢大部份都來自於股票或是買賣土地的交易所得。
中年男人	不過就另一個方面來說，如果要求高所得的人繳更多的稅，可能會讓那些人想逃稅，這樣一來，最後可能反而使政府稅收越來越少。
中年女人	我比較擔心的是，政府說是向富人加稅，但最後都會變成向中產階級加稅，因為富人都移民了，到時苦的會是我們這些人。

年輕人	怎麼會，你應該對政府有信心，調高富人稅，能縮短貧富差距，光是這點我就百分百支持。
老太太	如果政府希望減少貧富差距，那增加富人稅可以馬上看到效果，但我反而比較希望政府能減稅，這樣能增加總投資、增加就業機會。

二、根據上下文選擇合適的詞語完成下面的文章

> 袖手旁觀　　腎臟　　津貼　　吃力　　捐贈　　苦笑　　值錢
> 病痛　　　　急迫　　援助　　捐款　　犧牲　　一無所有

曉玲剛動完腎臟移植的手術，忍著一身的病痛，吃力地從床上坐起來向捐贈器官給她的爸爸說：「謝謝您的犧牲。」她的父親苦笑地說：「謝什麼？誰叫我是你的爸爸呢？你急迫需要換腎，我怎麼可能袖手旁觀？」曉玲：「唉！為了我的病，家裡值錢的東西都賣了，現在我們一無所有了。」爸爸：「別擔心，我們有政府的津貼，還有一些親友的援助和社會人士的捐贈，日子雖然不富裕，但勉強過得去。」

> 提心吊膽　　米蟲　　倘若　　苦笑　　傷腦筋　　無所事事　　口袋
> 強盜　　　　貧窮　　不勞而獲　　眼紅　　短暫　　仍舊　　醒

阿彥整天無所事事，吃飽就睡，不願出去找工作，總做些不勞而獲的夢，人們口中常用米蟲來形容他這個人。這天，他睡到中午才醒，出門要點餐時才發現口袋空空的。他無意中看到旁人的皮包裡有好幾張千元大鈔，他不禁眼紅起來，心想，倘若這些錢是自己的多好。「值得冒險搶別人的錢嗎？」這個想法只有短暫幾秒，他突然苦笑起來，雖然自己為了錢傷腦筋，但還不至於當強盜，他可不想過著整天提心吊膽的日子。就這樣，他仍舊過著貧窮的生活。

三、根據主題用所給的句式完成對話

課堂上，老師與學生比較目前常使用的一些社群網站（臉書、Instagram、推特（Twitter）…）

老師：社群網站是現代人不可缺少的社交工具，你們最常使用社群網站是哪一個，用它來做什麼事呢？

小玲：我最常用臉書來放一些生活的照片給家人看，這樣一來，就不用為了怎麼讓父母安心傷腦筋了。　　　　　　　　　　　　　　　（為了…傷腦筋）

老師：的確是個不錯的功能。那你呢？你也是用臉書嗎？

玉珍：臉書我已經很少上了，現在最常用 Instagram。

老師：我也聽說臉書已經慢慢被取代了，但為什麼呢？

玉珍：Instagram 之所以能慢慢取代臉書就在於它更保護使用者。

　　　　　　　　　　　　　　　　　　　　　　　　（之所以…就在於…）

小玲：我還是比較喜歡用臉書，畢竟是社交工具，這個可以認識朋友的機會比較大，像我就有五百多個朋友。

老師：你知道什麼「酒肉朋友」是什麼意思嗎？跟「知心好友」（zhīxīn hǎoyǒu, good friend; bosom buddy）的不同在哪？

小玲：「知心好友」不像「酒肉朋友」（jiǔroù pengyǒu, fair-weather friend）只陪伴你玩樂，而是無論你傷心或是需要幫忙時，都一直在你身邊。　　　　（不像 A 而是 B）

老師：沒錯。這麼說，你的朋友是屬哪一類的呢？

小玲：我的朋友是否是酒肉朋友，還有待時間證明。　　　　（A 是否…還有待…）

老師：你們覺得社群網站的缺點有哪些呢？

小玲：我覺得有了社群網站後，常被迫對一些朋友表示關心與注意，壓力有點大。
　　　　　　　　　　　　　　　　　　　　　　　　　　（被迫＋VP）

老師：既然如此，就不要過於沉迷，也許把它關了不再使用你會比較開心。

小玲：我同意不應為了滿足社交關係而花那麼多時間在上面，不過話說回來，和網路上面的朋友聊聊天可以放鬆心情，甚至可以學到很多新知識呢。（為了 A 而 B）

肆、教學流程建議

時間及流程請參照第一、二課建議。

伍、教學補充資源

1. 與主題相關議題參考。
2. 生詞單。

有關本冊的教學補充資源，請進入國立臺灣師範大學國語中心網站參考：
國立臺灣師範大學國語中心網址：
http://mtc.ntnu.edu.tw/chinese-resource.htm
國語中心—資源專區—當代中文課程相關資源—當代中文課程—第 5 冊補充資料

第八課

左右為難的
難民問題

、**教學目標**

- 讓學生能根據統計結果來說明觀點。
- 讓學生能描述難民在收容國家所面臨的困境。
- 讓學生能表達自己對「築（zhú, build）高牆拒絕移民」的看法。
- 讓學生能與他人討論收容難民對國家的影響。

、**教學重點及步驟**

課前預習

　　為使教學順利進行，學生能開口交流討論，建議上課前告知學生預習：
1. 課前活動的提問。
2. 預習課文一的生詞。

課前活動

1. 引言

圖片背景:「被衝上海灘的人性」

艾蘭（男孩名 Aylan）的遭遇在網路上流傳，引發了全世界各國藝術家的悼念。他們用手中的畫筆表達心中悲傷和憤怒，一些以 Humanity Washed Ashore（被衝上海灘的人性）為主題的畫作。（本課圖片是畫作中之一）

資料來源: http://www.ntdtv.com/xtr/b5/2015/09/08/a1222288.html

附註：有興論提到不應刊登如次殘忍的照片，若學生也提出此看法，老師可將攝影記

者刊登此照片的想法，轉述給學生。

照片的拍攝者，道安通訊社的攝影記者尼露菲兒・德米爾（Nilufer Demir），今年29歲，在過去12年裡，她一直在報導難民危機，也拍攝了不少死去的難民，但是從來沒有一張照片引發如此巨大的影響力。

正如德米爾說，「我希望我的照片能改變大家對歐洲移／難民的看法，希望再也沒有人死在逃離戰火的路上。如果這張照片能讓歐洲改變它對難民的態度，那刊登出來就是正確的做法。以往我也拍過很多難民悲慘的照片，沒有一張能引起這麼大的反響。當然，我希望再也不會有這種照片出現了。」

(1) 圖片提問

✧（上圖）這孩子怎麼了？（溺死在海邊）為什麼會溺死在海邊呢？發生了什麼事？這個孩子是哪國人？（敘利亞）為什麼會發生這樣的事？

✧（右方圖片）請說說看這兩張照片，這些孩子在哪裡？發生了什麼事？孩子需要什麼？人們可給予那些幫助？

(2) 引言補充與活動：

請舉出一個震驚全球的國際事件，想想這事件的發生值得人們討論的地方，試寫出一則引言如：2017/10/1 發生在 Las Vegas 震驚全球的槍擊事件，再度引發美國民眾支持與反對合法擁有槍支的討論…。

　　提示：你可以在引言裡引用一則真人真事（如第五課代孕），引起聽眾或讀者的注意。也可以在引言裡引用一則新聞報導（如本課），或某個具代表性的評論。

以本課正反文為例：

正方：課文一（支持）		連詞 功能：轉折	反方：課文二（反對）
引用 新聞報導	一張三歲男童在海邊溺死的照片震驚全球。	然而	在接連發生恐怖攻擊事件後，
事件所帶來的影響 或民眾反應	使大家對難民的問題更加地關心和同情。		民眾又開始對政府的開放政策表達不滿。
小結	如何解決難民危機，正考驗著各國政府的智慧。		

　　又：表示轉折。（對難民表示關心和同情 vs.表達不滿）

2. 將學生分組，用 5 分鐘時間討論 1-6 題後，逐一檢討答案。檢討答案時可帶入本課生詞。

課前活動參考答案

1. 自由回答。
2.
   (1) 移民
   (2) 難民
   (3) 伊拉克、伊朗、巴基斯坦、阿富汗、斯里蘭卡、中國、索馬里、蘇丹、緬甸和越南。目的地：澳洲
   (4) 中國／約旦（270 萬）https://dq.yam.com/post.php？id=6670
   (5) 印度、美國
   (6) 中國
       ① 子女教育
       ② 想往西方價值觀
       ③ 環境汙染
       ④ 食品安全
       ⑤ 健康醫療
       ⑥ 養老福利
       ⑦ 工作或投資
       ⑧ 移民條件容易與當地人結婚
   (7) 搶了當地人的工作和社會福利資源、產生治安問題、發生恐怖攻擊等是反對難民的原因。

課文一教學步驟、補充及參考解答

步驟一：泛讀（參考第一、二課說明）

課文理解參考答案

1. （✓）應該用友善與尊重的態度對待難民，不分國籍種族膚色。
2. （✓）提醒人民注意難民的現象。
3. （✓）也許收容難民能為收容國帶來好處。
4. （✓）難民的精神值得學習，他們需要的只是機會。
5. （✓）我們應該幫助難民重新建立幸福的家庭。
6. 每個人都是世界的一分子，應該用友善與尊重的態度，不分國籍、種族、膚色與性別，幫助難民早日成為我們的同事和鄰居，重新建立幸福的家庭。

步驟二：精讀（參考第一、二課說明）

建議教學進行方式

1. 第一段提問：
   ✧ 讓人怵目驚心指的是？你能不能舉出幾個讓人怵目驚心的事件？
   ✧ 幾百萬難民冒著生命危險離開自己的國家，其目的是什麼？
2. 第二段提問：
   ✧ 人數創下歷史新高是什麼意思？指的是？
   ✧ 為什麼人權觀察組織表示需要各國團結？
3. 第三段提問：
   ✧ 2016 年的聯合國會議在哪裡召開？是什麼樣的會議？主要討論的議題是什麼？
   ✧ 就如…所言，是什麼意思？歐巴馬是現任總統嗎？他在會議中說了什麼？
   ✧ 西方國家的重要價值指的是？
4. 第四段提問：
   ✧ 作者如何從短期和長期來看難民問題？
   ✧ 作者如何引用來支持難民的觀點？
5. 第五段提問：
   ✧ 作者引用哪兩個難民的案例？
   ✧ 你認位作者為何要引用這兩個案例？
6. 第六段提問：
   ✧ 關於難民問題，作者現在的期望是什麼？
   ✧ 關於難民問題，作者未來的期望是什麼？

語法點補充及練習解答

1. 化 A 為 B
   (1) 那個畫家不過在小明的畫上畫了幾筆，原本難看的樹木居然變成一幅美麗的風景畫，真是化腐朽為神奇啊！
   (2) 那場災難造成房屋倒塌，各地居民紛紛化愛心為實際行動，有錢捐錢，有力出力。
   (3) 政府把回收的廢紙做成再生紙，把罐子壓碎做成汽車的材料，像這樣化垃圾為資源的方式，非常環保。

2. 根據…的統計／根據…的資料顯示
   (1) 根據語言專家的統計，我們常用的漢字約有四千八百多個。
   (2) 根據這次民意調查的結果顯示，高達 58% 的西班牙人反對鬥牛。
   (3) 根據觀光局的調查結果顯示，有 64% 的民眾，會利用一半以上的年假安排國外旅遊。

3.向來

　　⑴別擔心客人抱怨的事，<u>和廠商談合約與價錢向來</u>是他最擅長的，他一定能處理這
　　　個危機的。

　　⑵我<u>向來</u>給人<u>脾氣很好</u>的印象，但真實的我其實是個<u>容易生氣</u>的人。

　　⑶這場球賽實在太精彩了，<u>連向來安靜的他</u>變得非常活潑，談起這場比賽，話都停
　　　不下來。

論點呈現教學補充與練習解答

1.請再讀一遍文章，找出三個贊成收容難民的論點：

論點	一	二	三
	難民是受害者，應從人道的立場協助他們。	幫助難民加入勞動市場，可提升經濟。	提供難民機會，帶來新的希望，化危機為轉機。

2.作者提出的論點，你都同意嗎？請表達你的意見，並提出新論點。課文一「不同意」
　及「新論點」的討論可能出現在課文二，可當作課文一過渡到課文二的暖身。

口語表達教學補充與練習解答

1.根據論點找出文章中重要的表達方式。

論點	一	二	三
表達方式	· 就如…所言 · …本身 · 不是…而是… · …向來 · …並非… · 只有A才能…，B只會…	· 短時間…但從長期來看… · 只要…就… · 越…越… · S為了…而… · 為…帶來好處	· …首度出現… · 為…帶來… · 以…身分 · 靠著…成為…

2.「牆」有許多不同的功能。萬里長城是中國為了不讓北方的民族進攻而建造的牆。最
　近美國也針對移民問題提出了在邊界上「築高牆」的政策。另外在祕魯（Mìlǔ, Peru）也
　有一道知名的牆，表面上是為了保護人民隔離罪犯，事實上卻是將窮人和富人分為兩
　區。
　請利用上面的詞語談談你對「築高牆」來隔離人的看法。（至少使用3個）

參考範例：

> 　　我認為使用「築高牆」的方式來隔離人，從短時間來看可能有效，但<u>從長期</u>
> <u>來看</u>，效果有限。畢竟<u>越</u>限制人不可做，人<u>越</u>想做。如果<u>只有</u>部分人士<u>才能</u>進
> 出，被限制的人<u>只會</u>更強烈地反抗。

重點詞彙說明與練習解答

一、相近詞

1. 找出意思相近的詞。

接連　　或許　　共同　　首度　　之後　　早日

A. 第一次　 首度
B. 早一點，快一點　 早日
C. 以後　 之後
D. 一起　 共同
E. 一個接著一個　 接連
F. 可能　 或許

2. 利用上面的詞完成文章：

　　最近在許多國家 接連 發生難民事件，一些非政府組織 首度 進入這些國家的邊界地帶拍了許多影片。他們選在 6 月 20 日這個世界難民日播放，就是為了讓大家能親眼看見難民們所面臨的困境，希望能集合全世界的力量 共同 協助這些難民。這些照片刊登 之後 ，立刻引起全球的關注。他們要求各國領袖不能再袖手旁觀，應該討論對策， 早日 解決各國難民的問題，同時，他們也希望能透過影片讓大家感同身受， 或許 就能阻止未來悲劇的發生。

二、詞語活用

會議　　分擔　　冒　　　戰火　　難民　　融入
弱勢團體　壓力　　消除　　社會　　收容　　逃離
扶持　　風險　　責任　　仇恨　　危險　　召開

1. 先把上面的詞組按動詞和名詞分類。
   V：召開、分擔、冒、融入、消除、收容、逃離、扶持
   N：會議、戰火、難民、弱勢團體、壓力、社會、風險、責任、仇恨、危險

2. 這些動詞和名詞怎麼相互搭配？請至少寫出六個搭配的詞組。
   搭配詞：召開會議、分擔／消除壓力、冒／分擔風險、融入社會、收容／扶持難民、逃離戰火／危險／責任

3. 將上面完成搭配的詞組擴展成更大的詞組。
   例如：召開國家安全會議（以下提供參考）
   (1) 分擔經濟壓力
   (2) 冒著失去生命的風險
   (3) 融入多元化的社會
   (4) 逃離家鄉的戰火
   (5) 收容無家可歸的難民

4. 許多難民選擇德國，主要是因為德國針對難民提供這些協助：

  ⑴ 你認為德國政府為什麼要這麼做？請用 2.的詞組來回答。

  （以下提供參考）

   ● 德國政府之所以提供免費住宿，主要是希望能發揮人道精神，<u>收容</u>這些無家可歸的<u>難民</u>。

   ● 政府提供各種語言文化課程，以協助難民盡快<u>融入社會</u>。

   ● 為了幫助這些難民盡快能有一技之長，<u>分擔</u>家庭中的經濟<u>壓力</u>，政府提供各種職業訓練。

  ⑵ 請選擇一個身分，並以這個身分，提出你對難民問題的看法：

  （以下提供參考）

   　　針對是否開放邊界問題，我以<u>人權團體代表</u>的身分來表達我的意見。我個人認為，難民被迫遠離家鄉，不計一切來到這裡，就是希望能過著安全、平靜的生活。他們一無所有！如果我們關起邊界，那他們該往哪裡去？難道我們要把他們推回戰火中嗎？他們也是人，就像是我們的兄弟姊妹一樣，我們不能逃離這個責任。

   　　針對就業的問題，我以<u>難民</u>的身分來表達我的意見。我個人認為，許多難民跟我一樣，我們在我們的家鄉早有一技之長。現在我們也希望能盡快融入社會，一方面分擔家庭的經濟壓力，一方面也希望能為這個收容我們的國家貢獻一些力量。要是你們能把我們當做自己人，互相幫助，我們彼此都能受益，這個社會就會有更好的發展。

三、四字格：可以補充其他四字格，如「數以萬計」、「不計其數」和「成千上萬」。

四、易混淆詞

1. 逃離／脫離

  解答：雖然許多難民<u>逃離</u>了戰火，但卻仍無法<u>脫離</u>貧窮。

2. 承諾／答應

  解答：母親一直捨不得我離家，為了能讓母親<u>答應</u>我出國留學，我<u>承諾</u>母親在國外拿到學位後，一定回國陪伴她。

3. 扶持／支持

  解答：為了<u>扶持</u>產業發展，政府提供許多補助經費以<u>支持</u>、鼓勵年輕人創業。

課文二教學步驟、補充及參考解答

步驟一：泛讀（同課文一）

課文理解參考答案：可能為複選

1. （✔）和人道比起來，國家安全是更重要的。
2. （✔）現在歐洲各國經濟情況已經很不好了，無法再收容難民。
3. （✔）寧可當難民，也不願意在自己的國家工作的人。
4. （✔）沒有辦法一個一個地檢查難民的背景。
5. （✔）開放邊界會讓人口販運的問題更嚴重。
6. 參考答案
   - 由於無法一一過濾難民身分，讓恐怖分子有機可乘，歐洲各國接二連三發生恐怖攻擊。
   - 開放政策使得宗教和文化差異的問題更加嚴重，種族衝突、社會矛盾、犯罪率升高，在在都使人們對政府失去信心。
   - 鼓勵更多難民把生命和大把金錢交託給那些人口販子，助長了人口販運的問題。

步驟二：精讀（同課文一）

建議教學進行方式

1. 第一段提問：
   ◇ 許多國家無力收容難民的原因是？
   ◇ 許多人反對收容難民原因是？
   ◇ 長時間繼續下去，可以怎麼說？（長期下來）
   ◇ 收容難民長期下來的影響是？
2. 第二段提問：
   ◇ 難民中約有 60% 是經濟難民，是引用哪裡的資料？（根據歐盟…）
   ◇ 何謂「經濟難民」？
   ◇ 為什麼會有經濟難民？他們移民的目的是什麼？（只不過…罷了）
   ◇ 難民**會讓**國家經濟越來越差可以怎麼說？（難民**將使**國家經濟每況愈下）
      長時間滑手機**會讓**視力越來越差可以怎麼說？（長時間滑手機**將使**視力每況愈下）※口語：會讓…／書面語：將使…
      根據報導，「常吃甜食會讓身體越來越差」可以怎麼說？（根據報導，常吃甜食將使健康每況愈下）※會讓身體越來越差（口語）／將使健康每況愈下（書面語）
   ◇ 有不少德國經濟學家對收容難民的看法是什麼？（不少德國經濟學家認為…）
      練習「拖垮」，提問如：
      ⑴不實際的社會福利政策可能拖垮什麼？（國家經濟）
      ⑵我因為期中考考壞了拖垮了我的_____。（學期成績）

(3) 她因為過度整型而拖垮了＿＿＿＿＿。（健康）

(4) 德國總理梅克爾因為開放難民政策使得支持率大大降低，用「拖垮」怎麼說？

（德國總理梅克爾因為開放難民政策拖垮了支持率。）

3. 第三段提問：

◇ 沒有任何國家能夠在短時間內收容大量外來人口指的是什麼？（2015 年…）

◇ 作者認為德國開放難民政策是錯誤，理由是什麼？（現實社會往往…帶來的問題）

◇ 作者認為德國忽略了什麼問題？

◇ 開放政策會產生哪些影響進而使得人民對政府失去信心？

◇ 居民們不接受難民的行為有哪些？

◇ 作者認為關閉邊界是唯一的選擇，理由是什麼？

4. 第四段提問：

◇ 作者認為是什麼助長了人口販運？

◇ 關於助長人口販運，作者如何引用數據？

5. 第五段提問：

◇ 德國總理梅克爾自己如何看 2015 年的開放難民政策？

◇ 關於助長人口販運，作者如何引用數據？

◇ 作者認為解決難民問題最有效的方法為何？

語法點補充及練習解答

1. A 優先於 B

(1) 公共利益應該優先於個人利益。

(2) 當車子想右轉卻看到行人要過馬路時，行人優先於車輛。

(3) 王老先生死後留下一棟房子，根據法律規定，配偶優先於子女得到這棟房子。

2. 只不過…罷了

(1) 「白皮膚、細腰、豐胸、長腿、高挺的鼻子、水汪汪的大眼」才能算是美嗎？其實這些只不過是外表的美麗罷了，我認為內心的美才能算是真正的美。

(2) 我們不需要把基改科技當成怪物，自己嚇自己。基因改造，簡單的說，只不過是利用科技把更新更好的基因加在原來的種子裡罷了。根據研究結果，基改作物跟傳統作物一樣安全。

(3) 有些婦女不是自己不能懷孕，只不過是想保持身材罷了。一旦代理孕母合法化，這樣的社會亂象將紛紛出現。難道我們應該鼓勵「金錢可以買到任何服務」這樣錯誤的價值觀嗎？

(4) 張經理離開電子業到餐飲業工作，很快就適應新的環境。對他而言，做生意的基本概念都一樣，只不過換了不同行業罷了。

3. A 與 B 息息相關

(1)食品安全與身體健康息息相關，難怪「如何辨別黑心商品」的演講才剛開放報名，人數就滿了。

(2)要知道海洋與我們的生活息息相關，所以你往海裡丟垃圾，最後傷害的是自己。

(3)地球環境與我們的生活息息相關，大家都應該保護，為了讓下一代有更好的生活環境，沒有人可以置身事外。

論點呈現教學補充與練習解答

1. 請再讀一遍文章，找出各段中反對收容難民的論點：

論點	一	二	三
	經濟難民佔多數，增加當地政府財政負擔，拖垮歐洲整體競爭力。	不讓恐怖份子有機可乘，國家安全應優先於人道考量。	開放邊界助長人口販運問題，與人道精神互相矛盾。

2. 作者提出的論點，你都同意嗎？請表達你的意見，並提出新論點。

課文一「不同意」及「新論點」的討論可能出現在課文二，可當作課文一過渡到課文二的暖身。

口語表達教學補充與練習解答

1. 根據論點找出文章中重要的表達方式。

論點	一	二	三
表達方式	• 無論…都… • 對…造成… • 長期下來，將使…更為… • 根據…顯示 • …也就是說… • 只不過…罷了 • …使…每況愈下	• 沒有任何…能… • 不能只從…角度來考慮，忽略… • 由於…，讓…有機可乘 • 原本…如今… • …，在在都… • 不但…甚至還… • 當…時，…是唯一選擇 • …優先於…	• 再說，… • 助長…問題 • 根據統計… • 自…至… • 無疑是… • …與…互相矛盾

2. 一些難民逃離了戰爭，離開家鄉來到一個新的國家，學習說著新的語言，基本的食衣住行都成了問題。請試著想像你一無所有地在一個新的國家，該如何生存？請用上面的句式談談。（至少使用4個）

參考範例：

> 　　**當**發生戰爭**時**，離開自己國家似乎**是唯一的選擇**。不過**無論**是大人或是小孩**都**很難馬上適應新的國家。畢竟政府的人道幫助有限，也許能有地方可以住，但肯定不能正常生活。在語言不通的情況下，不管**原本**是做什麼高級的工作，**如今**就算是在餐廳洗盤子也得做。**也就是說**，所做的**只不過**是想辦法吃飽**罷了**。

建議教學進行方式

◇ 教師可先給五分鐘的時間，請學生想像自己是個倉促逃離、身無分文的難民，來到一個新的國家，該如何生存的情況。

◇ 最後分組，請學生利用書上的詞語談談對「難民求生」的看法。（至少使用4個）

重點詞彙說明與練習解答

一、相反詞

1. 找出下列詞語的相反詞：

收入　　否認　　注意　　高估

- 忽略：**注意**
- 承認：**否認**
- 低估：**高估**
- 支出：**收入**

二、詞語活用

(1) 跟同學討論或查字典，找出下列的詞語：（以下提供參考）

- <u>開放／通過／關閉</u> 邊界
- <u>引起／發生／避免</u> 衝突
- <u>討論／提出／修改</u> 對策

- 安置 <u>病人／兒童／家屬／難民</u>
- 設置 <u>停車位／安養院（中心）／大門／XX機構／XX標準</u>
- 拖垮 <u>經濟／計畫／國家</u>
- 過濾 <u>訊息／XX物質／來源／身分／資料／可疑對象</u>
- 承認 <u>錯誤／事實／學位</u>
- 低估 <u>能力／力量／貢獻／影響力／價值／風險</u>
- 忽略 <u>事實／意見／需要</u>
- 導致 <u>錯誤／不孕／…後果</u>
- 助長 <u>…風氣／…趨勢／…壓力／對…的不滿</u>

(2) 問題討論：

（以下提供參考）

> 　　不久前，由於颱風帶來大雨，沖毀了許多村子，害許多人無家可歸，當時政府<u>設置了臨時收容所</u>，<u>安置這些災民</u>。我覺得這樣的辦法只能暫時解決問題，災民們希望早日回到家園，但山上土地開發過度，導致經常發生土石流。因此政府在解決災民日常生活問題的同時，也應該<u>修改目前的山地開發政策</u>，以避免將來悲劇再次發生。

三、四字格

每況愈下／每下愈況的差別：

每況愈下：表示情況越來越糟糕。

每下愈況：每更進一步地往下做檢查，就更加地清楚實際的情況。

四、易混淆詞語

1. 安置／設置

　　解答：為了因應老人化社會，政府將推行完善的老人<u>安置</u>政策，在老人中心內<u>設置</u>餐廳、圖書館，並有專業的醫療人員，使老人得到最好的照顧。

2. 庇護／保護

　　解答：受到<u>庇護</u>的難民一般都被安置在難民營，跟所有居民一樣，他們的安全也將受到政府的<u>保護</u>。

3. 現實／實際

　　解答：逃避<u>現實</u>無法解決問題，只有<u>實際</u>付出行動，問題才能一一解決。

4. 相關／有關

　　解答：最近這幾年在德國所發生的殺人事件都與恐怖主義和開放難民<u>有關</u>，而這議題也與德國總理是否能繼續連任息息<u>相關</u>。

　　（本冊主要練習「息息相關」和複習「相關科系」(4-10) 的相關）

延伸練習：以報導數據支持觀點

建議教學進行方式

1. 在本課中，延伸練習主要練習「引用報導數據來支持論點」。表格內所提供的均為引用報導時常見的表達方式。建議教師可以課本 185 頁中「英國人是否支持脫歐」的圓餅圖當作示範，逐一說明 184 頁中的表達方式，最後再閱讀統整成 185 頁中的材料。

2. 練習方式可利用課本 185 頁中所提供的三個關於難民的統計圖表，並做討論。

3. 亦可搭配語言實踐二，由學生選擇一則自己感興趣的主題，上網搜尋相關調查結果（不限語言），最後以新聞主播方式在課堂上報導（報告）。報告時即為其他學生的聽力練習，由其他學生根據報告畫出統計圖表，再與報告者的資料比對，確認訊息正確。之後可再視情況決定是否深入討論。

語言實踐

　　將第三課中的延伸練習「反駁」運用在此辯論練習中。引導學生利用「提出對方論點—提出自己看法—引用或進一步說明—小結」的內容順序，靈活運用相應的語言形式，完成反駁的練習。

一、辯論練習：「用和平的方法可以阻止恐怖攻擊」

1. 我認為「用和平的方法可以阻止恐怖攻擊」

	一	二	三
論點	暴力無法根本解決問題。	暴力只會傷害更多無辜民眾。	各國應努力消除種族歧視，尊重彼此的宗教、文化差異，才能有效阻止恐怖攻擊。
支持例子	1. 911之後，美國雖發動反恐戰爭與伊拉克戰爭，但恐怖份子的活動沒有因而減少。 2. 以戰爭之名反而讓恐怖組織內部更團結。	1. 復仇不等於正義。 2. 反恐措施嚴重傷害基本人權。 3. 報復性的虐囚事件製造進一步對立。 4. 應從解決社會的問題開始，幫助不滿社會對待的年輕人，不再投入恐怖組織。	聯合國一向致力於和平解決種族和宗教問題。在反恐上也希望建立一個包容的國際社會。
總結	論點一：暴力只是互相不停地報復，不但沒辦法阻止恐怖攻擊，還會讓對方更生氣。舉例來說，美國在「九一一事件」後，就使用了戰爭的方式，多年下來，恐怖攻擊也沒有少過，因此許多人站出來反戰，要求以和平的方式，用愛來化解仇恨，而非武力攻擊。		

2. 我不認為「用和平的方法可以阻止恐怖攻擊」。

	一	二	三
論點	「和平」只是一個理想，不實際。沒有一套真正有效的和平解決方法。	恐怖組織不像是一個國家組織，很難透過和平談判達成共識。	國家有權透過武力來保護自己的人民。

支持例子	1. 理想和現實往往有差距。 2. 面對他人的攻擊，軍事報復是合理的保護自己的行為。 例如：美國的反恐戰爭。	例子：1973 年印巴達成共識：巴基斯坦表示停止支持恐怖份子，但合約簽訂後，恐怖事件仍未停止。	若國家面對攻擊而無任何反應，人民的安全由誰來照顧？ 美國前總統布希曾說：「最好的防守，就是主動出擊」。 歷史上的例子顯示，使用軍事力量在過去制止了軍國主義、法西斯主義、納粹主義。

二、調查報告

請學生上網任選一感興趣主題的調查報告，在課堂上報告。報告內容需參考使用課本 184 頁的三個方面和 185 頁的範例。

參、綜合練習解答

一、根據所聽到的內容回答問題並討論

建議教學進行方式

1. 請學生念情境說明。
2. 第一次先聽出立場（贊成或反對）。
3. 第二次聽每段錄音的論點，並寫下。可視學生情況增加播放次數。
4. 聽完後對答案。若有錯誤，再聽一次。
5. 完成後討論聽力 2 個問題。

	1. 聽立場		2. 聽論點
	贊成	反對	論點
民眾 1	✔		我願意努力工作，為這個國家付出一份心力，我會讓你們知道，接受我是值得的。
民眾 2		✔	收容不能解決問題，難民將增加當地人民納稅的支出。
民眾 3	✔		自私才會帶來恐怖威脅，各國能收容所分配的難民並徹底執行安全的檢查制度，一定可以解決難民問題。
民眾 4		✔	我很擔心因文化背景不同而產生的衝突會毀了我們原本平靜的生活。
民眾 5		✔	如果我們讓每個人都進來，歐洲的經濟一定會被拖垮的。

討論 3： 自由討論。

L8	聽力文本
情境說明	在歐盟，有些國家認為各國應該共同承擔，合作收容難民，才能解決這次難民危機，但也有些國家築起高牆，不但不願意收容，甚至拒絕參與任何討論難民安置的計畫。請聽聽這些民眾的立場是贊成還是反對？
民眾 1	我是難民，我願意努力工作，為這個國家付出一份心力，我會讓你們知道，接受我是值得的。
民眾 2	只是收容不能解決問題，難以數計的難民將增加當地人民納稅的支出。
民眾 3	自私才會帶來恐怖威脅，只要各國能收容所分配的難民並徹底執行安全的檢查制度，一定可以解決難民問題。
民眾 4	我無法想像我家隔壁住著難民，我很擔心因文化背景不同而產生的衝突會毀了我們原本平靜的生活。
民眾 5	難民只會越來越多，無窮無盡。如果我們讓每個人都進來，歐洲的經濟一定會被拖垮的。

二、根據上下文選擇合適的四字格完成下面的文章

> 左右為難　　每況愈下　　有機可乘　　首要之務
> 接二連三　　怵目驚心　　難以數計

　　由於雲端科技的進步，無形中縮短了人們的距離；原本與家人朋友見面吃飯是為了聯絡感情，但在餐廳常見到人手一機卻不說話。滿街的低頭族已不稀奇，但許多人連過馬路也低頭看個不停，此畫面真是讓人看得<u>怵目驚心</u>。

　　根據報導顯示，台灣低頭族比例全球最高，各家知名手機公司<u>接二連三</u>打破銷售紀錄，我們每天只要一打開手機，就有成千上萬、<u>難以數計</u>的內容透過社群媒體分享訊息，手機已經融入我們的生活中，它正逐漸改變人類、重新塑造人類，而非只是工具。手機帶來了生活上的便利，但也有人因過度倚靠手機而上癮，無形中影響了生活和課業。這也常使父母是否應該嚴格限制孩子使用手機時感到<u>左右為難</u>，導致親子關係越來越緊張。

　　醫生已經對低頭族提出警告，長期使用手機會使健康<u>每況愈下</u>，「沒有手機會要你命，有了手機更要你命！」，建議國人平常應練習專心做一件事、面對面和人聊天溝通、接觸大自然等，別因過度使用手機而讓疾病<u>有機可乘</u>，保持身心健康才是<u>首要之務</u>。

三、根據主題用所給的句式完成對話

李剛和王玲在公司正準備開會。

李剛：欸！桌上的珍珠奶茶都被你喝了嗎？怎麼只有白開水啊？

王玲：老闆交代以後都不提供含糖飲料了！

李剛：為什麼？

王玲：你不知道嗎？<u>根據統計資料顯示</u>，吃太多糖會提高死亡風險。

（根據…顯示）

李剛：哇！那比抽菸還可怕啊！

王玲：當然，但台灣人<u>向來愛喝含糖飲料</u>，街上幾乎人手一杯。 （向來）

李剛：我兒子吃飯就一定要配飲料，不然就不好好吃飯；原本我想<u>只不過是一小杯飲料罷了</u>，沒什麼關係。 （只不過…罷了）

王玲：是該改變飲食習慣的時候了，含糖飲料不但是引發肥胖的甜蜜殺手而且罹癌率與死亡風險比不喝的人高 18%呢！

李剛：<u>面臨這樣的風險</u>，我們該怎麼辦呢？ （面臨）

王玲：父母應鼓勵孩子「每天至少吃 3 蔬 2 果，喝白開水 1500cc、拒喝含糖飲料、運動 60 分鐘」這樣才能<u>化風險為健康</u>。 （化 A 為 B）

李剛：你說的對！<u>健康與飲食息息相關</u>，想要不生病，就要從正確的飲食習慣開始做起。那今天先給我一杯奶茶，等明天我一定開始喝白開水。

（A 與 B 息息相關）

王玲：不行！我可不想失去一位好朋友呢！

肆、教學流程建議

時間及流程請參照第一、二課建議。

伍、教學補充資源（與議題相關重要參考網站）

1. 與主題相關議題參考。
2. 生詞單。

有關本冊的教學補充資源，請進入國立臺灣師範大學國語中心網站參考：

國立臺灣師範大學國語中心網址：

http://mtc.ntnu.edu.tw/chinese-resource.htm

國語中心—資源專區—當代中文課程相關資源—當代中文課程－第 5 冊補充資源

第九課

有核到底可不可？

、**教學目標**

- 讓學生能說明並比較各種發電方式的優缺點。
- 讓學生能以歷史事件或提問的方式進入主題討論。
- 讓學生能說明自己國家使用核電狀況。
- 讓學生能引用資料來支持或反對自己的論點。

、**教學重點及步驟**

課前預習

　　建議在上課前一天請學生預習：

1. 上網查詢「各種發電方式」的先備知識，查詢範圍至少能回答暖身提問，避免學生因完全不了解議題而無法參與討論。
2. 預習課前活動和課文一的生詞。

課前活動

1. 教師提問：「如果發生了停電，即使是停電半天，對你的生活將造成哪些不方便呢？」來引導學生思考「用電需求」與「缺電不便」。
2. 教師以板書展示「破壞」、「發展」、「癌症」、「其他」，再提問學生這些名詞聯想到什麼？若學生有其他的答案，請補充在黑板上。
3. 教師提問學生是否參觀過核電廠，若學生答沒有，再問是否會想去參觀？若有學生回答不想，問其原因，是否是顧慮到安全的問題。

4. 教師展示課本中的五張圖片，搭配問題四，讓學生做出配對。若有學生不知道，可請其他學生或由教師說明。

A：水力發電　　B：火力發電　　C：風力發電

D：太陽能　　　E：核能

5. 教師提問問題五，讓學生自由回答是否敢吃核災區的食品。若學生說了一些生詞，教師可補充在黑板上。

6. 最後教師帶著學生念一遍板書上的生詞，糾正發音，結束後進入課文。

課文一教學步驟、補充及參考解答

步驟一：泛讀（參考第一、二課說明）

課文理解參考解答：可能為複選

1. （✓）萬一發生意外，人們很難及時逃離。
2. （✓）核電廠的設計跟炸彈一樣。
3. （✓）住在核電廠附近的居民容易罹患癌症。
4. （✓）核廢料很難處理，讓人很傷腦筋。
5. 在最後一段中，關於成本，作者的意見為何？

<u>從經濟的角度考量，選擇最低成本的核能發電是可以理解的。然而，人們不應該為了害怕電價上漲而選擇生活在危險當中，努力發展再生能源以取代核能發電才是正確的道路。</u>

步驟二：精讀（參考第一、二課說明）

建議教學進行方式

1. 第一段提問：

◇ 第一段中「危言聳聽」的意思是什麼？（故意說些讓人吃驚、害怕的話。）教師可說如「2012 年世界末日」即是危言聳聽的例子。

◇ 在你國家有哪些議題是不退燒的？

◇ 教師可就課文裡的問題提問學生：「你能想像自己住的城市不遠處有座核電廠嗎？會不會擔心有一天輻射外洩，甚至發生爆炸，來不及逃離呢？」。若學生說了一些生詞，教師可補充在黑板上。

◇ 你知道美國三哩島、烏克蘭車諾比、日本福島核災事件嗎？教師可請知道的同學簡單介紹，同時投影照片。

2. 第二段提問：

◇ 在這一段裡，「及時」的意思是？（來得及）教師可補充比較，「準時」是在說好的時間到達。

◇ 請同學說明為何臺灣三座核電廠，且皆被列為「全球最危險等級」？（人口過度密集，加上臺灣位於地震帶上，地震頻率高，核電廠卻離海邊及城市不遠，得同時面對地震、海嘯、洪水等威脅。若發生七級以上的強震，恐怕無法讓數百萬人及時逃離。）

◇ 問學生讀完這段後有何想法？是否能安心睡覺？

3. 第三段提問：

　　◇ 在這一段裡，「罹癌」的意思是什麼？（得到癌症）教師說明這是結構為 L2 的「罹患＋疾病」，可舉例一些情況，將一些癌症的名稱，套入結構中，如提問：「常抽菸的人可能會罹患什麼癌症？」，引導學生答出：「罹患肺癌」。但也需特別說明「罹癌」一詞較為書面、正式，一般口語仍說「得到癌症」。

　　◇ 教師可問學生是否同意核能會導致罹癌？聽過哪些例子嗎？

4. 第四段提問：

　　◇ 在這一段裡，「核廢料」是什麼？（為了製造核能而產生的垃圾）

　　◇ 教師可問學生是否願意核廢料倒在自己家附近？若政府打算這麼做，你會怎麼辦？搬家、與鄰居一起抗議？

5. 第五段提問：

　　◇ 在這一段裡，「無解」的意思是？（沒有辦法可以解決）。時間允許的話，教師可繼續請學生說有哪些情況是無解的。

　　◇ 教師可利用課文中，作者的一連串問題來提問學生：「核電風險到底有多高？」、「該怎麼妥善控制核輻射？」、「廢料怎麼處理？」。若學生說了一些生詞，教師可補充在黑板上。

語法點補充及練習解答

　　填充式的練習除了將正確的選項填入外，建議亦可視學生程度讓學生挑戰用多出來的選項，結合目標句式，作出句子。

1. A，B 乃至（於）C：可參考當代三第 11 課「甚至」。

　(1) 隨著原料漲了兩倍，<u>雞蛋、麵包乃至（於）止痛藥</u>，都貴得不可思議。

　(2) 少子化的問題越來越嚴重，<u>嬰兒用品店、玩具店乃至（於）幼稚園</u>，都已倒閉。

　(3) 那個畫家的技術實在厲害，<u>無論是風景、路人乃至（於）地攤上的物品</u>，畫得都跟真的一樣。

2. A，也可以說 B：從另一個角度來說明 A：與 L6 的「換句話說」、「也就是說」皆有「另一種說法」的含意，但用法不同：

　　◇「換句話說」之後常為一整句。

　　◇「也就是說」、「也可以說」則可接句子或短語（VP）。如：此政策沒有達到預期的效果，也可說是失敗了。

　　◇「也就是說」之後通常是結論。

　(1) 校長（xiàozhǎng, principal, school president）鼓勵大家趁在校時多參加社團，因為參加社團可以學習與人合作和培養團隊精神，<u>也可以說社團是個小社會，可以為同學將來出社會後預做準備</u>。

　(2) 政府想利用增「富人稅」來解決貧富不均的問題，富人卻因此不再投資，造成經濟倒退，<u>也可以說增「富人稅」解決了貧富問題卻產生了另一個問題</u>。

　(3) 代理孕母是否合法化，贊成和反對的人都各自有他們的道理，<u>也可以說代孕是否能合法化，一直還有很大的爭議</u>。

3. 任誰都…：可參考當代三第 11 課「不管」。「不管」可替換為「不論」、「無論」。
　(1) 廣告說這個產品非常適合老年人使用，不但功能簡單易懂，字體也夠大，價錢也合理，任誰都<u>會買來送給自己年老的父母使用</u>。
　(2) 她<u>不僅漂亮、身材好，又會穿衣服</u>，走在路上任誰都會多看一眼。
　(3) 這個政府隨意亂花人民的納稅錢，<u>任誰都會氣得不想再繳稅</u>。

4. 因應
　(1) 因應高齡化的時代，許多產業紛紛掌握銀髮商機，<u>創造了許多新的商品</u>。
　(2) 為了企業的發展，政府決定<u>再蓋一個發電廠（提高電費）</u>，以因應夏天供電不足的困境。
　(3) 為因應颱風<u>可能帶來的風雨</u>，政府宣布明天停止上班上課。

論點呈現教學補充與練習解答

1. 請再讀一遍文章，找出作者反對核電廠的三個論點。

論點	一	二	三
	如果發生意外，後果無法承擔。	輻射線對生物細胞造成傷害，導致許多人罹癌。	核廢料的處理至今無解。

2. 作者提出的論點，你都同意嗎？請表達你的意見，並提出新論點。
　　課文一「不同意」及「新論點」的討論可能出現在課文二，可當作課文一過渡到課文二的暖身。

口語表達教學補充與練習解答

1. 根據論點找出文章中重要的表達方式。

論點	一	二	三
表達方式	・會不會擔心…呢 ・正因…所以… ・雖然…但從…到…都顯示… ・以…為例 ・…皆被列為… ・…是原因之一 ・得同時面對…等威脅 ・若…恐怕… ・就像是… ・…如何…能…	・就算…也… ・…數字以及研究資料 ・顯示…的比例… ・…事件發生後，…的人數… ・許多例子都證明… ・…也可以說…	・…更是一大難題。 ・無論是…還是…，長遠來看都不太可行。 ・更糟糕的是，… ・把…當做… ・任誰都…

2. 如果你知道，你所使用的眼藥水、化妝品，大都是經過動物實驗（shíyàn, lab experiment），犧牲了上百隻動物的生命才得來的，你還會繼續使用嗎？
請利用上面的句式談談你對「動物實驗」的看法。（至少使用 4 個）

參考範例：

> 　　**雖然**這麼做對動物來說很殘忍，**但從**實際情況來看，這犧牲是必要的。**以眼藥水為例**，要是不事先在動物的眼睛上測試，直接給人類使用，你**會不會擔心**寶貴的眼睛受傷**呢**？除了眼藥水，還有許多藥，都得先經過動物實驗，否則，**任誰都**不敢直接吃這些藥呀！

建議教學進行方式

◇ 教師可先請學生舉出日常生活中，哪些產品是經過動物實驗的，將答案寫在黑板上。
　　如：隱形眼鏡藥水、各種噴劑產品，甚至口罩、手套、紗布等貼身商品……。
◇ 再問學生犧牲了上百隻動物的生命才得來這些產品，是否值得？
◇ 最後分組，請學生利用書上的詞語談談對「動物實驗」的看法。

重點詞彙說明與練習解答

一、詞義聯想

1. 請試著解釋這些詞的意思是什麼？
　◇ 教師請學生就字面意思直接猜，試著解釋這些詞的意思是什麼。
　　未爆彈：原指還沒爆炸的炸彈，現可指還沒有立即危險，卻已成為隱憂的事。
　　核武器：利用核反應製成的的武器。如第二次世界大戰中，美國在日本的長崎和廣島所丟下的兩顆炸彈。
　　昂　貴：指價格很高、很貴。
　　無　解：沒有辦法可以解決。／沒有辦法理解。
　　道　路：原指人車通行的路，現可指解決問題的辦法或做事的步驟。

2. 跟同學討論，利用這些詞語寫出一句與新聞有關的句子。
　　例如：今天在大湖的工地，發現一顆未爆彈，軍方立刻趕到現場處理。

> 1. 世界各國抗議北韓發展核武器。
> 2. 受颱風影響，蔬菜產量大減，這週的菜價十分昂貴。
> 3. 死刑的存廢在台灣一直是個無解的問題。／外星人是否真實存在？這問題至今無解。
> 4. 根據統計，超過半數的殺人犯出獄後的人生道路並不順利。

二、詞語活用

1. 關於一件事情產生的結果、話題或處理的方式，你會怎麼形容？

   找一找課文、查字典，或是跟同學討論：

   ✧ 建議將學生分成三組，各負責一題，教師從旁協助學生討論所學過的生詞或查字
   典，來形容一個事情產生的結果、話題或處理的方式。

   (1) 致命的／意外的／主要的　　風險

   (2) 退燒的／有趣的／相關的　　議題

   (3) 間接地／有效地／正確地　　控制

2.

■ 承擔	A. 密集
■ 及時	B. 後果
■ 比例	C. 逃離
■ 過度	D. 偏高

   (1) 請利用以上左右兩欄組合出三個詞組。

      例如：承擔後果／及時逃離／比例偏高／過度密集（C、D、A）

   (2) 將上面組合好的詞組填入下面的短篇：

      　　林小姐嫌空間不足而把自己家中的雜物（zawù, knickknacks）放在樓梯間，鄰居們覺
      得這些物品所佔的空間比例偏高，因此一連五天不斷敲門警告要她搬進屋內，沒
      想到過度密集地抗議，反而讓她氣得連鞋櫃也拿出來放，導致火災發生時，有三
      個住戶無法及時逃離而受重傷。法官認為林小姐得為整件事承擔後果，所以判她
      坐牢兩年。

3. 兩個學生一組，根據以下的詞彙搭配討論及提出問題：

   (1) 請跟同學討論，把下面的詞填入表格中。

輻射	失敗	關心	責備	秘密	擔心	現實
使用	資料	傷心	毒氣	問題	開發	挑戰
困難	冷氣	死亡	消息	威脅	密集	保護

N＋外洩	過度＋Vs／V	面對＋N
・輻射	・密集	・威脅
・瓦斯	・關心	・死亡
・秘密	・擔心	・困難
・資料	・使用	・挑戰
・毒氣	・傷心	・問題
・冷氣	・開發	・現實
・消息		・責備
		・失敗

(2)利用上面的詞提出問題或回答問題：
- N＋外洩　　　：如果你發現家裡的瓦斯外洩，你該怎麼做？
- 過度＋Vs／V：你認為父母什麼樣的行為算是過度擔心孩子？
- 面對＋N　　　：你是個害怕面對挑戰的人嗎？

三、四字格

　　若是成語而非俗語，教師可視情況口語地說出故事或典故，好幫助學生了解成語的由來與用法。另須提醒學生注意四字格出現的位置。

1. 危言聳聽：指故意把說些誇張的話，讓人吃驚、感到害怕。教師可舉一些危言聳聽的例子，如世界末日、報紙的小道消息等。
2. 行之有年：俗語。直接就字面上的意思即可理解。表示這件事已經實行了很多年了。

課文二教學步驟、補充及參考解答

步驟一：泛讀（同課文一）

> **課文理解參考答案：可能為複選**
>
> 1. （✔）核電其實沒那麼危險，是網路新聞過度放大發生意外的機率。
> 2. （✔）不小心做錯。
> 3. （✔）蓋核電廠不需考慮地理環境。
> 4. （✔）核能的碳排放量低，另外它的安全性也最高。
> 5. 再生能源的技術還不成熟、設備成本高且供電量比不上核能發電，即便核能電廠有安全上的隱憂，但它所帶來的便利與經濟價值卻是其他綠色能源難以替代的。

步驟二：精讀（同課文一）

建議教學進行方式

1. 第一段提問：
   ◇ 在這一段裡，「過度放大」的意思是什麼？（把情況說得很嚴重），教師可補充「說話誇張／誇大」。
   ◇ 教師可利用課文中，作者的一連串問題來提問學生：「核能發電讓你聯想到什麼？爆炸？環境破壞？還是癌症？」。
   ◇ 接著續問：「歷史上發生過的核電廠事故，是否讓你對核能發電產生恐懼？」
   ◇ 最後提問學生是否同意文中這句話：「核電的負面形象多半來自媒體過度放大核災發生的可能性。」最後教師條列式整理學生的答案於黑板上。
2. 第二段提問：
   ◇ 在這一段裡，「人為疏失」的意思是什麼？（因為人做的事而發生的意外）教師可對比「天災」。另外教師也可提問：「一般像手機、照相機這樣的產品都有保固期間，意思是在保固期間內若非人為疏失或天災可送回修理。那麼哪些事屬於天災，哪些情況是人為疏失？」

◇ 問學生這一段內容裡提到核能的有利因素是什麼？（① 與風力、水力、火力、太陽能等發電方式相比之下，核能發電的研究結果比較完整，也更能控制風險。② 核電廠發生災害的機率也最低。③ 碳排放量低的核能才是最環保的發電方式之一。）

3. 第三段提問：

◇ 在這一段裡，「惹來民怨」的意思是？（引起人民抱怨）。教師可進一步提問哪些事會惹來民怨？

◇ 請學生讀完後不看課本，再根據課文內容口頭說明現今各發電方式具有哪些優缺點？（火力發電會製造空氣汙染，產生大量的二氧化碳以加速溫室效應；水力發電會嚴重破壞河流、傷害魚類；風力發電會產生噪音，影響民眾的生活品質。無論風力、水力、地熱或太陽能等發電方式，除了技術還不夠成熟，也都受天然條件影響而有所限制，若想全面取代核能發電，可能出現能源不足的情況。）

4. 第四段提問：

◇ 在這一段裡，「隱憂」的意思是什麼？（非立即會發生的，只是在心裡有點擔心。）

◇ 問學生這一段內容裡提到核能的優點是什麼？（成本低、效率高，又能穩定供電，人民不用擔心無電可用，也能提供外商優良的投資環境。它所帶來的便利與經濟價值卻是其他綠色能源難以替代的。）

語法點教學補充及練習解答

　　填充式的練習除了將正確的選項填入外，建議亦可視學生程度讓學生挑戰用多出來的選項，結合目標句式，作出句子。

1. （A）與 B 相比，…
   (1) 雖然他的個子 185cm 算是滿高的，但與籃球隊員相比，他算是矮的。（籃球隊員）
   (2) 李將軍貪汙腐敗，但與前任相比，還算是比較好的。（前任）
   (3) 一般的安卓（Ānzhuó, Android）手機與蘋果相比，安全性低了許多。（蘋果（iPhone）手機）

2. 遠 Vs 於…：教師可問學生學過哪些比較用法，例如「A 比 B 更 Vs」。
   (1) 根據民調結果顯示，這次的市長選舉，李先生的支持率有 80%，而林先生的為 20%。
   　　根據民調結果顯示，這次的市長選舉，林先生的支持率遠落後於李先生。
   (2) 該國政府說國內的失業率為 3%，但根據某一間媒體的報導，發現實際上是 6%。
   　　該國政府所說的失業率遠低於媒體報導的。
   (3) 在圖書館讀書的效率跟在家比起來高多了，難怪一早門還沒開就有許多學生在排隊等著進去。
   　　在圖書館讀書的效率遠高於在家，難怪一早門還沒開就有許多學生在排隊等著進去。

⑷隨著人們對資料存放的需求大增，現在無論是電腦或手機的內部存放空間跟十年前比起來大了很多。

<u>隨著人們對資料存放的需求大增，現在無論是電腦或手機的內部存放空間都遠大於十年前。</u>

3.受A而有所B：可參考當代三第3課所教過的「受到…的影響」。

⑴菜單上「時價」的意思是產品的價格受季節的<u>不同</u>而有所<u>改變</u>。

⑵法律規定，男女平等，工作合約不可受<u>性別</u>的差異而有所<u>不同</u>。

⑶當記者問到罪犯的情況，警方的態度受<u>政治壓力的影響</u>而有所<u>保留</u>。

論點呈現教學補充與練習解答

請再讀一遍文章，找出作者支持核電廠的三個論點。

	一	二	三
論點	核電發生危害的機率最低。	核電是最環保的。（避免空污）	核電所能提供的電力充足且穩定，具經濟效益。

口語表達教學補充與練習解答

1.根據論點找出文章中重要的表達方式。

論點	一	二	三
表達方式	• 首先…其次…此外… • …因而在…上有著極大的差異 • 原因各有不同 • 跟…沒有直接關係 • 應該視為… • 而非一概而論地… • A與B相比（之下） • …遠低於… • 不需要過度… • 長遠來看… • 可惜，…往往…	• 事實上，… • 無論…等發電方式，除了…，也都受…而有所限制 • 若想全面取代…，可能出現…的情況 • …的解決之道，就是… • 如此不但會…，還可能…	• 反觀，…不但…，又…，也… • 總之，… • 即便…，但…卻是…難以取代的。

2.請用上面的句式，談一談你對「複製人」的看法。（至少使用 4 個）

參考範例：

> 　　我認為，<u>長遠來看</u>，複製人的技術是不應繼續發展的。雖然所複製出來的人<u>與真人相比</u>看起來一模一樣，但心靈、教育、經驗是不能複製的，<u>因而在內心上有著極大的差異</u>，被複製出來的這個人，只能當是一個有錢人的「備用器官」，然而，這樣的做法是很不道德的。<u>可惜</u>，人們<u>往往</u>只追求科技進步，而無視於可能產生的問題。

重點詞彙說明與練習解答

一、詞語活用

1. 負面	A. 民怨
2. 地理	B. 環境
3. 運作	C. 形象
4. 人為	D. 方式
5. 惹來	E. 疏失

1.請寫出適合的詞組搭配。
　　a. <u>負面形象</u>　b. <u>地理環境</u>　c. <u>運作方式</u>　d. <u>人為疏失</u>　e. <u>惹來民怨</u>
　　（C、B、D、E、A）

2.請將上面的詞組填入下面的短篇：
　　由於這家公司的<u>人為疏失</u>，導致資料外洩，大家這才知道，原來這間公司超抽地下水已經嚴重破壞當地的<u>地理環境</u>，還排放污水至河川，導致魚類死亡，因此<u>惹來民怨</u>，紛紛要求工廠立即停工。雖然他們大喊冤枉，也積極地開放參觀他們工廠的<u>運作方式</u>，卻仍然在人們心中留下難以改變的<u>負面形象</u>。

二、詞義聯想

　　教師請學生先從字面上來猜下面**粗體**詞語的意思，接著試著將相關的敘述配對（選項可重複使用）。最後教師公佈正確答案。

　　教師需具有先備知識，可至「教育大市集」網站 https://market.cloud.edu.tw/content/junior/life_tech/tc_jr/life_tech03/304/304source16.htm

　　補充：風力發電的供電量不大，六部風車機組的總發電量約只夠一個社區使用。另外，風車的葉片也會殺死遷徙中的鳥類，故受保育人士抨擊。

A 水力發電：2、8、15
B 火力發電：3、9、10
C 風力發電：4、6、7、8、13、14
D 太陽能發電：1、5、8、14、15
E 核能發電：2、11、12

1. 需有充足的日照時間。
2. 建築發電廠的成本高。
3. 造成嚴重的空氣汙染，加重溫室效應。
4. 製造噪音。
5. 建廠容易、成本低。
6. 導致大量的鳥類死亡。
7. 供電不足，發電量不夠大城市的需求。
8. 材料可以重複使用，沒有能源危機。
9. 材料用完就沒有了。
10. 傷害員工肺部健康。
11. 產生的廢料具有輻射線。
12. 萬一電廠發生事故，可能造成大量傷亡。
13. 風力和風向常常改變，供電量無法穩定。
14. 佔用大片的土地。
15. 維護成本高。

生詞解釋參考：
日照：在一天內被太陽照射的時間。
建廠：蓋工廠。
發電量：所產生的電的數目、數量。
重複：事物再次出現。
肺部：呼吸器官之一。
輻射線：輻射的光線。
傷亡：受傷與死亡。
風向：風吹的方向。
佔用：強力取得及使用。

延伸練習：以比較方式支持觀點

1. 本單元旨在以「比較」的方式來進行論證。方式為將「重點」並置加以對照，使優缺點一目了然。

2. 除了課本上的練習題外，教師也可以提一些主題（例如本冊先前幾課所學過的主題，或槍枝合法化、複製人、安樂死等爭議性主題），讓學生進行優缺點比較。

	優點	缺點
核能發電	環保、經濟、低成本。	天災、人禍無法預防，一旦發生意外，後果無法承擔。
風力發電	有風就可發電、沒有能源危機。 不會汙染環境。 建廠費用較便宜。	沒風就不能發電。 噪音大。 對生態或景觀的破壞。
火力發電	建廠容易。	容易造成環境污染、造成酸雨。
水力發電	水資源可以重複使用。 不會造成空氣污染。	建廠費高。 會破壞河川的生態。
太陽能發電	太陽是乾淨的能源。 安全性高。	發電量易受氣候、日夜所影響。 需使用大片土地。

語言實踐

一、辯論練習：「大眾交通工具應該廢除博愛座」

教師將班上學生分成「贊成廢除博愛座」及「反對廢除博愛座」兩組，請學生列出三個論點和想想支持這些論點的例子，並選擇其中一個論點，完成一段短文。

1. 我贊成「廢除博愛座」。

	一	二	三
論點	有博愛座容易發生糾紛與爭議。	不是只有博愛座才需要讓位。	愛心是發自內心，不需要被「強迫」。

正方論點一

　　有的時候身體真的很不舒服，但是車廂裡只剩博愛座，我心想，我真的很不舒服，應該可以坐吧？但當我坐下來時，就聽到有人在旁邊冷言冷語，甚至有人提醒我，說：「弟弟，這是博愛座喔！不是給你坐的。」大家都在看我，我覺得很不好意思，只好忍著身體的不舒服站起來。如果我不是坐在博愛座上，我就不用站起來了。

2. 我反對「廢除博愛座」。

	一	二	三
論點	有需要的人會不好意思開口。	主要是人心的問題，不是位子的顏色。	博愛座仍然能幫助有需要的人。

反方論點一

　　至少目前有需要的人可以坐在博愛座，頂多貼張識別貼紙就能大方地坐在上面。若廢除博愛座，變成「整車都可以是博愛座」的情況後，反而會讓每個人都坐得很緊張。另一方面，不是每個需要坐博愛座的人都能一眼就看得出來他們的問題，有些人

例如肚子痛、膝蓋問題不能久站…等，他們可能會不好意思開口說自己的需求。

二、報紙新聞分析

建議教學進行方式

✧ 請教師給學生約五分鐘的時間，看一次課本上的八則「新聞剪輯」。教師也適時地回答學生不懂的生詞。

　　1.估計：計算／算計／想像　2.置：放在　3.欲鯨吞：像鯨魚一樣吞食，此句意思是想要把全球核廢料都收集起來。　4.檢驗：檢查是否符合規定

✧ 教師再給學生一點時間做接下來的練習題。

1.上面八則新聞分別表現了哪些反核的理由？請將它們分類。

a.核事故	b.核廢料處理	c.核武擴散	d.核恐怖
②、③、④、⑤、⑧	⑥	①⑦	無

2.你對這些新聞的心得是什麼？
　學生自由回答。

參、綜合練習解答

一、根據所聽到的內容回答問題並討論

建議進行方式

1.請一個學生念情境說明，再請一個學生簡單說明內容。
2.第一次先聽出這些國家的立場，是贊成或是反對。
3.第二次聽寫下這些國家的發電廠情況。
4.聽完後對答案。若有錯誤，再聽一次。
5.完成後進行下方的兩個問題討論。

國家	贊成	反對	發電廠情況
瑞典（Sweden）		✔	瑞典舉行了核電廠存廢的公民投票，根據結果，政府須在 30 年內廢核，但期限早已過去，還是因難以找到新的替代能源而繼續使用核能發電。
義大利（Italy）		✔	義大利在 1987 年透過公投廢除核電，1990 年全部停止使用核電廠。日本福島核事故後，再次舉行公投，結果有 94%的民眾拒絕重新使用核能發電。

德國		✔	德國政府宣布最晚於 2022 年全面廢核，並關閉 8 座核電廠。
瑞士（Switzerland）		✔	瑞士決定國內的 5 座核電廠只運轉至 2034 年。
英國	✔		英國在 2011 年表示核能發電十分安全，目前共有 16 座核電廠，未來計劃再建 4 座。
韓國	✔		除了現在所擁有的 23 座核電廠外，預計在 2030 年前，還會再增加 11 座。
芬蘭（Finland）	✔		芬蘭建造了全球第一座深層永久性核廢料儲存設施，預計核廢料在這裡可以存放十萬年。另一方面，新的核電廠照計劃興建中。
日本	✔		打算讓國內核電重新運作並在海外蓋核電廠。
丹麥（Denmark）		✔	丹麥希望 2050 年能使用 100%再生能源，風力發電為其電力主要來源，還曾提供了高達 55%以上的電力。目前電力不夠的部分還得依靠瑞典、挪威等國的水力發電與核電。

L9	聽力文本
情境說明	從 1954 蘇俄建立第一座核電廠，到 2013 年，世界上擁有核能發電廠的國家共有 31 個，核能發電廠有 435 座。美國擁有 104 座，是最大的核能發展國家，其次法國的 58 座，日本 50 座、俄羅斯 33 座、韓國 23 座。在擁有核電的國家中，九成以上同意維持或增加核電。以下是我們對世界各國核電使用情況的最新報導，請聽聽這些國家是贊成還是反對發展核能發電？
瑞典	美國三哩島核災事故後不久，瑞典舉行了核電廠存廢的公民投票，根據結果，政府須在 30 年內廢核，但期限早已過去，還是因難以找到新的替代能源而繼續使用核能發電。
義大利	車諾比核能事故發生後，義大利在 1987 年透過公投廢除核電，1990 年全部停止使用核電廠。日本福島核事故後，再次舉行公投，結果有 94%的民眾拒絕重新使用核能發電。
德國	日本福島核災後，德國政府宣布最晚於 2022 年全面廢核，並關閉 8 座核電廠。德國推行「能源轉型」，多年以來，不但使用高污染的燃煤發電，更花大錢補貼風力、水力發電，並向鄰國買核電，使人民的電費大幅增加。

瑞士	瑞士決定國內的 5 座核電廠只運轉至 2034 年。
英國	英國在 2011 年表示核能發電十分安全，目前共有 16 座核電廠，未來計劃再建 4 座。
韓國	2012 年韓國核電廠曾發生短暫的停電事故，同年也發生了 5 座核電廠的 5 千個零件品質證書的造假事件，民眾雖然開始懷疑核電廠的安全性，但發展核能發電是韓國的國家政策，除了現在所擁有的 23 座核電廠外，預計在 2030 年前，還會再增加 11 座。
芬蘭	為了解決核廢料的問題，芬蘭建造了全球第一座深層永久性核廢料儲存設施，預計核廢料在這裡可以存放十萬年。另一方面，新的核電廠照計劃興建中。
日本	被投過兩顆原子彈，且發生福島核災的日本打算讓國內核電重新運作並在海外蓋核電廠。
丹麥	丹麥希望 2050 年能使用 100％再生能源，風力發電為其電力主要來源，還曾提供了高達 55％以上的電力。目前電力不夠的部分還得依靠瑞典、挪威等國的水力發電與核電。

二、從句子到篇章

1. 連接左右兩邊的句子：教師先給學生五分鐘做配對練習。

正確答案

1. 關於核災事故，福島核災與車諾比核電廠事件	B. 都被列為同一等級。
2. 大賣場發生爆炸	D. 民眾緊急逃離。
3. 政府收取高額費用	F. 難怪惹來民怨。
4. 因地震引發了海嘯	G. 造成許多房屋被洪水沖走了。
5. 那間外商投資的工廠排放的廢水	C. 導致河川內大量魚類死亡。
6. 一名住在發電廠周圍的青少年罹癌	E. 政府視為人為疏失，所以不願賠償。
7. 雖然那顆炸彈不會立即爆炸	A. 仍令人擔憂。

2. 再分組認領題目，將配對好的答案編寫兩篇新聞報導。

參考答案：

報導一

> 台南市中心一間知名**大賣場今天發生爆炸**，現場**民眾緊急逃離**。警察表示這個爆炸共造成 50 人受傷，目前正在調查發生的原因。

報導二

> 　　昨晚在台東，一間建設公司的員工在工地發現了一顆 250 公斤的未爆彈，**雖然專家表示那顆炸彈不會立即爆炸，仍令人擔憂**。目前警方正在附近仔細搜尋，看是否仍有未被發現的炸彈。

三、根據主題寫一篇具有說服力的文章

◇ 教師可先請學生唸課本上的內容。

◇ 再請學生從不同的角度（經濟來源、環境保護…等）寫一篇報告，替文中的地主分析出租或不出租，給他一個建議。

◇ 若時間充裕，教師可將同學分組進行角色扮演，一個演故事中的主人翁（地主的朋友），一個演地主，一個演欲租地的處理廢料的公司。同學依課本劇情以所列的句型自由發揮。

（A 與 B 相比之下）（遠遠 Vs 於 A…）（受…而有所）

（A，B 乃至於 C）（A，也可以說…）（任誰都…）

參考範本：

> 　　我認為地主不應該把土地租給那家廢料公司。雖然他們所開的價錢**遠高於**賣菜所賺的，地主因**受**經濟壓力**而有所**心動也是難免的，但若把地租給廢料公司，讓他們用來倒垃圾和埋廢料，造成臭氣、髒亂**乃至於**土地破壞等情況，是**任誰都**無法忍受的。這樣一來，租地所得來的錢，**也可以說**是黑心錢，無論有多高，這金額**與**環境被破壞的損失**相比之下**，是百分之一也不到呀！

肆、教學流程建議

　　時間及流程請參照第一、二課建議。

伍、教學補充資源

1. 與主題相關議題參考
2. 生詞單

　　有關本冊的教學補充資源，請進入國立臺灣師範大學國語中心網站參考：

國立臺灣師範大學國語中心網址：

http://mtc.ntnu.edu.tw/chinese-resource.htm

國語中心—資源專區—當代中文課程相關資源—當代中文課程－第 5 冊補充資源

同性婚姻合法化

、**教學目標**

- 讓學生能客觀介紹一個爭議的正方雙方立場，包括引言及結論。
- 讓學生能介紹一個故事的內容並說明感想。
- 讓學生能討論同性婚姻對個人、社會制度的影響。
- 讓學生能說明及討論同性婚姻所面臨的困境及訴求（sùqiú, appeal）。

、**教學重點及步驟**

課前預習

為使教學順利進行，學生能開口交流討論，建議上課前請學生預習：
課文一的生詞。

課前活動

1. 藉由幾個問題，讓學生了解目前全世界同性婚姻議題的現況或小常識。學生作答前不必特別查資料。
2. 課前活動的問題主要希望引出本課重點主題並引起興趣，同時熟悉之後會不斷看到討論的詞彙。
3. 步驟：
   (1) 將學生分組，用 5 分鐘時間做完第一題後逐一檢討答案。檢討答案時可帶入本課生詞。

課前活動參考答案

1. 跟同學討論下面的問題是否正確。
   (1)（X）全世界第一個通過同性婚姻法律的國家是德國。（荷蘭）
   (2)（X）LGBT 是同性戀的縮寫（suōxiě, abbreviation）。（**英文女同性戀者**（Lesbians）、**男同性戀者**（Gays）、**雙性戀者**（Bisexuals）**與跨性別者**（Transgender）**的首字母縮略字。**）
   (3)（O）「出櫃」（chūguì, come out of the closet）的意思是告訴大家自己是同性戀者。
   (4)（X）彩虹旗代表支持同性戀，上面一共有 7 種顏色。（6 種）代表 LGBT
   (5)（O）世界人權宣言（ShìjièrRénquánXuānyán, Universal Declaration of Human Rights）第 16 條規定：成年的男人和女人，不受種族、國籍和宗教之限制，皆有權結婚與建立家庭。
   (6)（O）西元 1990 年以前，人們認為同性戀是精神病（jīngshénbìng, mental disorder）。

2. 通過同性婚姻合法化的國家：荷蘭（2001 年）、比利時（2003 年）、西班牙（2005 年）、加拿大（2005 年）、南非（2006 年）、以色列（2006 年）、挪威（2009 年）、瑞典（2009 年）、葡萄牙（2010 年）、冰島（2010 年）、阿根廷（2010 年）、墨西哥（2010 年，部分地區承認）、丹麥（2012 年）、巴西（2013 年）、法國（2013 年）、烏拉圭（2013 年）、紐西蘭（2013 年部分地區承認）、英國（2014 年）、盧森堡（2015 年）、愛爾蘭（2015 年）、美國（2015 年）、哥倫比亞（2016 年）、芬蘭（2017 年）、台灣（2017 年）、澳洲（2017 年）。

3. 由學生分享各國同性婚姻的情況。

4. (1) 這是一篇報導支持同性婚姻遊行活動的文章。
   (2) 這是一篇報導反對同性婚姻意見的文章。

相關資料可參閱維基百科 https://zh.wikipedia.org/wiki/%E5%90%8C%E6%80%A7%E6%88%80

(2) 第 2、3 題為討論題，可讓學生分組簡單討論後報告。

(3) 帶念板書上的生詞，糾正發音後，讓學生用 1 分鐘時間泛讀兩篇課文的第一段，判斷文章立場，完成第 4 題。

課文一教學步驟、補充及參考解答

步驟一：泛讀（參考第一、二課說明）

課文理解參考答案

1. (✔) 不管是同性戀或是異性戀，只要是人，都有選擇結婚的權利。
2. (✔) 同性伴侶無法擁有合法的伴侶權利和保障。
3. (✔) 反駁反對者的論點。
   (✔) 說明合法化的好處。
4. (✔) 合法化會使性病更流行。
   (✔) 同性戀是一種病，需要醫治。
   (✔) 合法化會破壞異性戀者的生活，縮小他們的權利。
   (✔) 同志常有好幾個性伴侶、使傳統的家庭價值無法維持。
5. (✔) 許多人對同志的偏見。
6. (4) 要是受到法律約束，就不能隨便離婚。
   (3) 可以提供法律基礎，解決法律方面的問題。
   (2) 不管同性異性，都有權利結婚和建立家庭。

步驟二：精讀（參考第一、二課說明）

建議教學進行方式

1. 第一段提問：
   ◇ 參加活動的人多不多？他們為什麼要參加這個活動？（擠滿、傳達、陣線）
   ◇ 接受訪問的人是誰？（活動發起人）他為什麼要發起這個活動？（盡快、藉由、爭取權利、平權、往…方向努力）
   ◇ 他認為同性戀和異性戀哪裡一樣？哪裡不一樣？（A 跟 B 沒有兩樣、相同）
   ◇ 他認為結婚的條件是什麼？愛還是性別？（A 跟 B 無關、核心）誰可以決定要不要結婚？（伴侶）
   ◇ 關於結婚，從以前到現在有什麼改變？（打破限制）

2. 第二段提問：
   ◇ 家人朋友接受同性伴侶，我們可以怎麼說？（得到…的認同）。在這個情形下，同性伴侶能像異性伴侶一樣嗎？（正式的合法關係）
   ◇ 「病危」是什麼意思？病危或是需要動手術時，醫院會把病危、手術通知發給誰，讓誰簽名？（簽署、文件）
   ◇ 在你的國家，結婚可以節稅、領養、簽署文件嗎？
   ◇ 同性戀者每天生活在一起，他們的關係算是什麼？（彼此、伙伴、親密）在法律上他們的關係又是如何？（陌生、擁有正式的合法關係）
   ◇ 在貴國，不同的伴侶關係有哪些不同的權益？

3. 第三段提問：

◇ 一說到同志，很多人會想到什麼？（把 A 和 B 連在一起、（不）等於）

◇ 像是性病、複雜的性關係這些負面印象，只有同性戀者才發生嗎？（發生在⋯身上）所以這種看法不公平，也可以怎麼說？（偏見）

◇ 第三位受訪者認為合法化以後，同性伴侶之間的關係會有什麼變化？（更穩定、願意承諾和負責、約束自己的行為）

◇ 你同意「合法化以後同性伴侶會更願意負責」這樣的看法嗎？

4. 第四段提問：

◇ 「有情人終成眷屬」是什麼意思？什麼時候你可以說這句話？

◇ 有人認為一旦合法化，世界會變得更混亂，沒有希望。作者用哪個詞來形容？（世界末日）

◇ 第四位受訪者認為，同性婚姻會不會影響異性婚姻？在哪些方面？若是合法化，被保障的人是越來越多還是越來越少？可以怎麼說？（擴大保障的範圍）

5. 最後統整：

這一篇文章提到三個論點（閱讀理解第 6 題）——作者怎麼說明他的論點？他怎麼安排他的想法？把論點和每一段中的表達方式，填入「論點呈現」和「口語表達」的表格中。

語法點補充及練習解答

1. A 跟 B 站在同一陣線：使用時不能只表示「同意某一方的立場」，需用在 A 跟 B 有一個共同「敵人／待解決的問題」的情況下，採取同盟合作。

(1) 因為難民問題威脅到國家安全，因此這些國家不跟聯合國站在同一陣線，選擇關閉國界。

(2) 雖然代孕法案尚未通過，但為了龐大的商機，不孕症夫妻跟仲介站在同一陣線，希望政府盡快讓代孕合法化。

(3) 學校對教師霸凌學生情形漠不關心，導致學生自殺，使得許多家長都跟學生站在同一陣線，抗議學校忽視問題，袖手旁觀。

2. A 和（跟）B 沒有兩樣：與第七課「等同於」相同，但較口語。

(1) 雖然他得到了一大筆遺產，但是每天還是開著二手車，穿著簡單的衣服，看起來跟普通人沒有兩樣。

(2) 醫生警告民眾，晚睡跟慢性自殺沒有兩樣，對健康的傷害遠遠超過想像。

(3) 為了得到選美比賽冠軍而去整形，跟欺騙沒有兩樣，早晚會被發現的。

3. A 與（跟）B 無關：

(1) 網路霸凌這麼多，就是因為言論過於自由。

→網路霸凌跟言論過於自由無關，而是跟不懂得為自己的言論負責有關。

(2) 未來要從事什麼工作，最好多聽大家的意見再決定。

→未來要從事什麼工作跟別人無關，完全是你個人的選擇，因此不需要理會別人的眼光。

⑶ 得癌症都是因為遺傳基因有問題。

→大部分的癌症跟遺傳無關，而是跟個人的生活習慣以及環境有關。

⑷ 他被罷免，主要是因為他有婚外情。

→他被罷免跟婚外情無關，主要是因為他貪汙。

4. 把 A 跟 B 連在一起：除了具體的「連接，連結」意思，亦可用在較抽象的「聯想」方面。

⑴ 由於搖滾樂團常常在音樂中批評政治，大喊大叫，因此很多人把搖滾樂跟吵、革命等負面印象連在一起。

⑵ 法官把犯罪動機和證據連在一起，很快就知道是誰殺了他。

⑶ 雖然市長跟此投資案無關，而且法院判決已經還給他清白，但是很多人還是把投資案跟市長貪汙連在一起，所以他這場選戰打得非常辛苦。

⑷ 有的人把風水和迷信連在一起，認為那簡直是歪理，然而從空間和心理學的角度來看，還是有它的道理。

論點呈現教學補充與練習解答

1. 請再讀一遍報導，找出此文章支持同性婚姻的三個論點：

	一	二	三
論點	是基本人權。	使他們有正式合法關係，解決法律上的問題（財產、醫療、領養）。	使同性伴侶間的關係更穩定，更願意承諾與承擔。

2. 報導裡的論點，你都同意嗎？請表達你的意見，並提出其他的新論點。

課文一「不同意」及「新論點」的討論可能出現在課文二，可當作課文一過渡到課文二的暖身。

口語表達教學補充與練習解答

1. 根據論點找出文章中重要的表達方式。

論點	一	二	三
表達方式	・A 跟 B 沒有兩樣 ・只是…但這並沒有錯。 ・A 跟 B 無關	・說到…面，… ・即使…也… ・儘管…卻… ・…，這是不公平的 ・S 能…，讓…	・…雖然是潮流，但是…尚未取得共識 ・把 A 跟 B 連在一起 ・對此，S 說… ・當…，就能…

・過去 A…；同樣地， 　B 也是… ・…漸漸被打破 ・往…方向努力 ・藉由…	・有了…，就能…， 　也…

2. 請你站在變性人的立場，用上面的句式，談談一般人對「變性人」（biànxìngrén, transgender）的偏見或刻板印象。（至少4個）

參考範例：

> 　　許多人一聽到變性人，就覺得這樣的人心理有問題，應該接受治療。有這樣偏見的人其實錯了，因為**即使**逼我們接受治療，**也**仍然改變不了我們想變成另一個性別的渴望。
>
> 　　其實變性人跟一般人**沒有兩樣**，**只是**改變了性別而已，**但這並沒有錯**。把變性人**跟**精神病患者**連在一起**，這樣的想法**是不公平的**。以同性戀為例，**過去**很多人以為同性戀者心理有疾病，但是現在越來越多研究都證明這是天生的，應該尊重。**同樣地**，變性人**也**是性別認同的問題。隨著時代的進步，人們對性別的界線或定義也**漸漸被打破**，因此如果改變性別能讓我們更愛自己，讓我們活得更自在，有何不可？

建議教師可於課堂播放相關影片，以刺激學生對「變性人」的想法。

重點詞彙說明與練習解答

一、**詞語活用**：以分組合作、創造問題等實際使用詞彙的方式，熟悉詞彙的語義和用法。

1. 跟同學討論，從課文或詞典中找出可以搭配的動詞。例如：傳達心聲。

答案可重複或不限範圍。

出現在課文中的動詞有：傳達、發起、打破、得到、簽署、擴大、聽見、通過、享、取得。

■ 傳達／聽見心聲	■ 得到認同
■ 傳達／表達／改變／強調立場	■ 簽署文件
■ 發起／舉辦活動	■ 擴大／縮小範圍
■ 打破／遭受／反對歧視	■ 簽署／通過法案
■ 打破／擴大／縮小限制	■ 取得／達成共識
■ 打破／放棄／消除偏見	■ 得到／享有／取得權利
■ 打破／得到印象	

2. 利用上面的搭配，填入下面問題：

(1) 你認為現在的社會對哪一類的人有<u>偏見</u>？你認為用什麼辦法可以<u>打破</u>這樣的歧視或偏見？

(2) 你最希望<u>得到</u>誰的認同？你會怎麼做來得到他的認同？要是你<u>得不到</u>他的認同，你會怎麼做來<u>傳達</u>你的心聲？

(3) 貴國人民／社會最近<u>發起</u>什麼活動？他們想<u>傳達</u>什麼？你認為政府<u>聽見</u>他們的心聲了嗎？你會參加這樣的活動嗎？

(4) 貴國總統最近<u>簽署</u>了什麼文件？這份文件對你有利嗎？

(5) 你認為外國人應該<u>享有</u>跟本國人一樣的權利和保障公平嗎？你希望政府<u>擴大</u>還是<u>縮小</u>給外國人的保障範圍？你會怎麼<u>爭取</u>你的權利？

(6) 貴國人民在哪個問題上尚未<u>取得</u>共識？

3. 跟同學討論上面的問題：自由回答。

二、相反詞

1. 將正確的相反詞填入下表的第二欄：

斷線　　異性　　疏遠　　熟悉　　邊緣　　非法　　相反　　相異

	相反詞		擴展
V	連線	<u>斷線</u>	跟…連線
VS	合法	<u>非法</u>	合法行為、合法移民、<u>非法交易</u>
	親密	<u>疏遠</u>	親密關係、親密對話、疏遠某人
	陌生	<u>熟悉</u>	陌生人、陌生關係、對…很陌生（熟悉）
	相同	<u>相反／相異</u>	相同顏色、相同價值、相反方向／立場　跟…相同
N	同性	<u>異性</u>	同性朋友、<u>異性婚姻</u>
	核心	<u>邊緣</u>	核心問題、核心原因、<u>邊緣地區</u>、核心人物

2. 請跟同學討論，將這些詞擴展成詞組。例如：合法行為、跟記者連線。
   將討論的答案填入上表第三欄。

3. 請利用這些詞組寫一兩句表達對某件事的立場。例如：
   我認為跟異性朋友出去玩，一定要先讓自己的男女朋友知道。因為…。
   ＊若太難，則由老師提供句子（範例如下），可先填空再討論。參考如下：

> (1) 我認為颱風天的時候，不應該要求記者到災區跟電視台**連線**。
> (2) 我認為大學生薪水不高的**核心原因**是全世界經濟不景氣。
> (3) 我認為交往的時候，有沒有**相同**的金錢觀念是最重要的。
> (4) 我認為手機是破壞**親密關係**的頭號殺手。
> (5) 我認為警察多加強**邊界**檢查，可以減少**非法移民**。

4. 與同學討論 3.中所提出的句子，並提出你的看法。

三、熟語

1. 有情人終成眷屬：

因為整個課文只有一個熟語，所以在範例句中了呈現較多相關的說法。如：看對眼、一見鍾情、日久生情、找到人生的另一半、白頭偕老。

課文二教學步驟、補充及參考解答

步驟一：泛讀（同課文一）

> **課文理解參考答案：可能為複選**
>
> 1. (✔) 到市中心抗議。
>   (✔) 在網路上使用彩虹旗圖案。
> 2. (✔) 因為不符合定義。
>   (✔) 因為無法生育違反自然。
> 3. (✔) 會使婚姻、家庭在人類文化上的意義改變。
> 4. (✔) 法律觀點。
> 5. (✔) 同性戀不能生育，違反自然。
>   (✔) 威脅傳統婚姻內涵及家庭功能，影響家庭倫理概念。
>   (✔) 要是以自由當立法原則，亂倫及不倫就變成合法行為。
> 6. 這三位民眾的訪問加上小標題，你會寫什麼？
>   民眾一：從生物觀點來看
>   民眾二：從社會觀點來看
>   民眾三：從法律觀點來看
> 7. 是非題：
>   (○) 生孩子是動物用來讓自己這個物種繼續存在地球上的一種方法。→繁衍
>   (✕) 在大自然中，動物會找同類發生性行為，不管同性或異性都可以。→交配
>   (○) 若是同性婚姻合法化，可能需要修改詞典裡「家庭」的意思。→定義
>   (○) 我們不能只要求大家接受同婚，可是不在乎婚姻的意義。→無視
>   (○) 支持同性婚姻合法化的人認為，法律或政府不能管人民要跟誰結婚，因為每個人有自由。→干涉
>   (○) 如果同性婚姻合法化，那就會跟鼓勵其他伴侶關係一樣。→無異
>   (○) 社會最後發展成什麼樣子，需要大家不停地討論。→依賴

步驟二：精讀（同課文一）

建議教學進行方式

1. 第一、二段提問：
   ◇ 在這一則新聞裡，美國聯邦最高法院做了什麼事？他們的判決有什麼影響？（宣布、受…保障）
   ◇ 大家的反應是什麼？（消息一出、換上彩虹旗、歡慶、擠進、時刻）

2. 第三段提問：
   ◇ 第一位民眾主要是站在什麼樣的角度？（生物、從…來看）
   ◇ 「為了活下去而行動」是動物不必教就會的能力，我們叫這種能力？（本能）你認為人還有哪些本能？
   ◇ 「生孩子」也可以怎麼說？（繁衍下一代）
   ◇ 作者怎麼看「動物尋找異性交配」這件事？（自然法則）。這是人類建立的制度嗎？還有什麼事情或現象是自然法則？（四季變換、弱肉強食）哪些是違反自然法則的事？
   ◇ 第一位民眾認為什麼是「婚姻」？同性婚姻算不算婚姻？（定義、互補、組合）你會怎麼定義？

3. 第四段提問：
   ◇ 第二位民眾主要從哪個角度說明？（社會）／他認為為什麼會有婚姻制度？（穩定社會結構）／有人說「婚姻是伴侶之間的事」，他同意嗎？（社會全體）
   ◇ 他擔心要是合法化，我們得做哪些事？（重新解釋、定義詞彙）。他給我們什麼樣的例子？
   ◇ 社會是由許多家庭建立起來的，因此家庭是社會的？（基礎）。所以想要維持社會，一定要有家庭。我們可以說？（靠家庭來維持建構社會的基礎）
   ◇ 同性婚姻支持者的口號是「包容」和「尊重多元」，我們也可以說？（以…做為口號）
   ◇ 第二位民眾認為支持者忽視了什麼？（無視）他認為這麼做對嗎？（不能以…做為口號，而無視…）

4. 第五段提問：
   ◇ 支持者認為每個人對婚姻有什麼權利？法律可以限制或約束嗎？（干涉）按照他們的想法，誰可以受到法律保障？（納入…範圍）
   ◇ 作者怎麼反駁支持者的邏輯？（按照…邏輯、第三者、為什麼 A 可以，B 卻不可以呢？）
   ◇ 第三位民眾認為，要是同婚合法化，就等於是同意哪些情況發生？（亂倫、不倫、有機可乘）。他怎麼說這兩件事的關係？（無異）

5. 第六段提問：
   ◇ 記者認為我們能不能忽視反對者的聲音？（不容）
   ◇ 這個問題要靠什麼來解決？（有賴）

語法點補充及練習解答

填充式的練習除了將正確的選項填入外，建議亦可視學生程度讓學生挑戰用多出來的選項，結合目標句式，作出句子。

1. 以…做為口號：可視學生程度擴展成：…「以…做為＋口號／根據／手段／代價／藉口…」。

   (1) 政府<u>以公平正義為口號</u>，要求富人多繳稅。然而在我看來，這無疑是劫富濟貧。

   (2) 各國領袖<u>以人道為口號</u>，希望國際社會共同分擔難民問題，化危機為轉機。

   (3) 支持鬥牛活動的團體<u>以保存文化遺產為口號</u>，要求西班牙政府繼續舉辦鬥牛活動。

   (4) 1917 年列寧（Vladimir Ilyich Lenin）<u>以和平、土地、麵包為口號</u>，吸引許多民眾支持。

   (5) 汽車公司<u>以追求完美為口號</u>，推出最新款的產品。

2. 無視…的 N：

   (1) 最近發生的難民衝突事件，要是繼續<u>無視文化差異可能帶來的衝突</u>，將來這些無家可歸的難民會成為社會安全的隱憂。

   (2) 為了滿足口腹之慾，我決定<u>無視日漸增加的體重</u>。

   (3) 俗話說「不聽老人言，吃虧在眼前」，你若是再繼續<u>無視我們的勸告</u>，後果你自己負責。

   (4) 為了國家的經濟利益，總統決定<u>無視這份合約在國際合作上的重要性</u>，拒絕參加此會議，導致其他國家決定另謀發展，這樣的結果不足為奇。

3. A，無異（於）B：與本課課文一中的「A 跟 B 沒有兩樣」、第七課的「等同於」相同，但較書面。另要注意「無異於」與第三課「無疑是」之間的轉換。「無異於」強調比較兩者之間的相似程度高，「無疑是」強調說話者對主題的主觀判斷。

   (1) 在我看來，那寫販賣黑心商品的商人，<u>無異於殺人兇手</u>，應該判他們死刑才對。

   (2) 支持網路審查，<u>無異於鼓勵建立一個警察國家</u>，怎麼能這麼做呢！

   (3) 他只是愛上相同性別的人罷了，但是他們的愛<u>無異於異性戀之間的感情。</u>

   (4) 若以判無期徒刑取代死刑，政府還須付出一大筆費用照顧他們，<u>無異於用人民繳的稅來養罪犯</u>。

   (5) 你明明知道他從來不還錢，還把錢借給他，<u>無異於肉包子打狗／把錢丟進海裡</u>，有去無回。

4. A，有賴 B：「有賴」後面的結構大致可分兩種：有賴＋某人＋V；有賴~的 N。常用於總結時。

   (1) 難民問題是否能順利解決，<u>有賴世界各國放下偏見</u>，共同努力。

   (2) 要使言論自由所導致的霸凌不再發生，<u>有賴社會大眾自我約束</u>。

   (3) 感情發展的好壞，<u>有賴兩個人不斷調整</u>。光靠一個人努力是不夠的。

⑷ 環保局表示，良好的公廁環境品質，除了<u>有賴清潔人員的打掃</u>之外，民眾也需要有公德心，保障下一位使用者的使用品質，才能使公廁環境更進步

⑸ 期末考試考的是你聽說讀寫各方面的能力，這個能力<u>有賴平日的練習</u>，不可能靠一個晚上熬夜背一背就能提升。

⑹ 局長指出，面對市民買不起房甚至租不到房的問題，<u>有賴政府從整體住宅政策及補貼來紓解困境</u>，以減輕市民的壓力。

論點呈現教學補充與練習解答

1. 請再讀一遍報導，找出此文章反對同性婚姻的三個論點：

論點呈現參考解答：			
	一	二	三
論點	違反自然。	威脅傳統婚姻內涵及家庭功能，影響家庭倫理概念。	立法會間接鼓勵開放的伴侶關係，讓亂倫、不倫等有機可乘。

口語表達教學補充與練習解答

1. 根據論點找出文章中重要的表達方式。

論點	一	二	三
表達方式	• …是…的方式之一 • 為了…而… • 唯有…才… • …，然而…，因此…	• 為了…而… • 不只是…更是… • S.如何…？ • 不能只是…而… • 以…作為口號 • 無視…的N	• A認為… • 按照這個邏輯，… • 那麼為什麼A可以，B卻不可以？ • 一旦…無異… • 讓…有機可乘

2. 用上面的表達方式，談一談「婚姻與幸福」。（至少使用4個）

參考範例：

> 　　有的人<u>認為</u>，結婚是幸福的保證，<u>因此</u>許多過了30歲還沒結婚的人被貼上「不幸」、「悲慘」的標籤。<u>然而</u>，結婚只<u>是</u>獲得幸福<u>的方式之一</u>，<u>因此不能只是為了</u>結婚<u>而</u>結婚。<u>一旦</u>你只考慮幸福的表象<u>而無視</u>婚姻中必須承擔<u>的責任</u>，<u>無異</u>把你的愛情和幸福送進墳墓中。

重點詞彙說明與練習解答

一、詞語活用：

1.看課文或字典，找出可跟以下詞彙搭配的名詞：

干涉決定／婚姻／生活	納入範圍／考慮／考量
繁衍後代／過程	尋找配偶／對象
互補／作用／效益／的個性	交還（給）對方／主播　　稱呼名字／方式

⑴將表格內的詞組填入下面句子中：
- a. 許多現代人藉由交友網站尋找另一半，足見這是一個比較有效率的方式。
- b. 情侶分手以後，對方送的東西最好交還給對方。
- c. 相較於個性互補，個性相似的伴侶更能擁有穩定長久的關係。
- d. 父母之所以干涉孩子的戀愛和婚姻，只不過是希望子女生活得更好罷了。
- e. 兩性差異、關係乃至於平權等內容，都應該納入小學的學習範圍中。
- f. 隨著生物基因科技發展，科學家說，即使沒有卵子也能繁衍後代，同性伴侶也有機會擁有自己的親生孩子。
- g. 華人的家庭制度既複雜又不實用，稱呼對方的名字就好。

⑵自由發揮。

2.看課文或字典，跟同學討論後說明下表中左欄詞彙的意思，並擴展詞彙：

⑴看課文或字典，跟同學討論左欄的詞彙可以怎麼跟右欄搭配。例如：破壞＋原則／制度；天生的本能

V	N
破壞	B.手段／C.法則／F.原則／I.制度
違反	A.本能／C.法則／F.原則／G.形式 H.邏輯／I.制度／J.定義
遵守	C.法則／F.原則／I.制度
按照	A.本能／C.法則／E.範圍／F.原則 G.形式／H.邏輯／I.制度／J.定義
擴大／縮小	E.範圍
超出	A.本能／E.範圍／F.原則
列入／納入	E.範圍
涉及	A.本能／B.手段／C.法則／D.革命 E.範圍／F.原則／G.形式／H.邏輯 I.制度／J.定義

根據	A.本能／B.手段／C.法則／D.革命 E.範圍／F.原則／G.形式／H.邏輯 I.制度／J.定義
（符）合	A.本能／B.手段／C.法則／D.革命 E.範圍／F.原則／G.形式／H.邏輯 I.制度／J.定義
發起	D.革命
毫無	B.手段／C.法則／F.原則／G.形式 H.邏輯／I.制度
天生的	A.本能
殘忍的／和平的	B.手段／C.法則／D.革命／G.形式 I.制度
基本的	B.手段／C.法則／E.範圍／F.原則 G.形式／H.邏輯／I.制度／J.定義
清楚的／模糊的	E.範圍／F.原則／H.邏輯／J.定義

⑵用（1）的詞組寫出 3 個問題，並跟同學討論：

    a. 要是老闆給你的任務超出你的能力／工作範圍，你會怎麼做？

    b. 你認為發起革命的人常具有哪些特質？

    c. 公司在應徵新員工的時候，按照經驗法則，哪些人可能會被錄取？

    d. 人類的活動中，有哪些是違反自然法則的？（如整型、基改等）你認為違反自然法則會不會帶來進步？

    e. 在工作時，你有哪些基本原則？

    f. 要是碰到一個邏輯不清楚的人跟你辯論，你會怎麼做？

    g. 你認為人有哪些天生的本能？

    h. 你認為世界有沒有可能用和平的手段解決核子武器問題？

    i. 你認為用什麼樣的考試形式最讓學生感到焦慮？

    j. 根據貴國的選舉制度，海外的公民如何投票？

    k. 貴國對「肥胖」有沒有一個清楚的定義？

3.兩個學生一組，根據以下的詞彙搭配討論及完成句子：

    ⑴請跟同學討論，除了下面的詞組，還可以填入哪些搭配的詞：

不容＋(某人) ＋V			
·忽視	·干涉	·懷疑	·推翻
·否認	·錯過	·違反	·延後
·挑戰	·替代	·抵抗	·等待
·分享	·低估	·取代	·破壞

(2) 利用上面的詞組，完成下面的句子：

    a. 氣象報告說，這個颱風是將會帶來驚人的雨量，可能帶來的威脅和破壞，<u>不容忽視</u>。

    b. 今年金馬影展以同性婚姻為主題，從家庭衝擊、領養討論到法律，都是國內電影院沒有播放過的電影，座位有限，<u>不容錯過</u>。

    c. 這個爭議與國家主權有關，<u>不容低估</u>。

    d. 領導的地位是<u>不容挑戰</u>的，說話的時候，最好管好你自己的嘴。

延伸練習：爭議事件活動報導

1. 在本課中，延伸練習主要練習「站在中立的立場報導爭議事件」。主要的架構為「說明活動背景——爭議雙方主要論點及內容——總結及未來展望」，表格內所提供的為綜合了本書中出現過的表達方式。

2. 可搭配語言實踐一的例子，利用本課「同性婚姻合法化」當示範，引導學生利用「說明活動背景——爭議雙方主要論點及內容——總結及未來展望」的內容順序，靈活運用相應的語言形式，完成報導的練習。

3. 亦可選擇本書其他主題，或當下具話題性的爭議事件來練習。

語言實踐

1. 本課的語言實踐有兩部分，第一部分可搭配延伸練習，選擇本書中任一主題，或是學生自行收集資料後，以中立的立場，報導正反雙方論點。

2. 第二部分的語言實踐，教師可參考網路資源，或是結合綜合練習二的第一段、綜合練習三，讓學生發表及討論。

、綜合練習解答

一、根據所聽到的內容回答問題並討論

    聽力部分可當作課後練習，也可在課堂中進行。提醒學生若聽到沒學過的生詞，不要停在同一個地方，先聽完全部，抓出大意即可。

建議教學進行方式

1. 介紹聽力主題。

婚姻是……
1.   在尋找的過程中，發現時間、體力快不夠了，看到還可以的對象（樹）就結婚，免得到最後一個人兩手空空。
2.   婚姻啊，就像一座圍城，外面的人想進來，裡面的人想出去。

3.	婚姻是責任，是戀愛、愛情的結果。

4.	可以很簡單的只有愛情，也可以很複雜，考量了經濟、權力、生存等條件

5.	是最幸運的事，就像最平常的白菜豆腐，簡單健康。

2. 檢討答案。聽力文本中有一些生詞，教師可根據時間或學生程度補充說明。

3. 討論：自由回答。可讓學生分享各國文化中對愛情及婚姻的比喻說法。

L10	聽力文本
情境說明	支持同性婚姻合法化的人認為婚姻是相愛的人一起生活的權利，反對的人認為婚姻跟愛情無關，是社會制度，那麼婚姻是什麼？婚姻和戀愛哪裡不一樣？婚姻是愛情的墳墓還是天堂？請聽聽以下的人的說法，他們認為婚姻是什麼？
民眾1	有一個學生問老師：「什麼是愛情？」老師說：「你到麥田裡找一棵最大最好的麥，天黑前把它帶回來。找的時候，只能往前走，不能回頭，還有，只能摘一次。」學生按照老師的話做，最後卻空手回來。老師問：「為什麼？」學生回答：「因為只能摘一次，而且不能回頭，所以每次我看到又大又黃的麥時，總是想著前面有更好的，所以沒摘。可是後來發現，後面的都沒有前面的好，最好的麥已經錯過了，所以我空手回來。」老師說：「這就是愛情。」 第二天，學生問老師：「什麼是婚姻？」老師又要學生到樹林裡，砍一棵最大的樹，可是一樣只能往前走，只能砍一次。這次，學生帶回來一棵普通，可是也不差的樹。老師問：「你的樹看起來沒有什麼特色，為什麼？」學生回答：「有了上次的經驗，這次我走到半路，發現時間、體力快不夠了，看到這棵還可以的樹，就把它砍下來，免得跟上次一樣兩手空空。」老師說：「這就是婚姻。」
民眾2	要擁有很多浪漫愛情但是一輩子單身？還是要沒有愛情的婚姻生活？這個問題…，我以過來人的身分跟你說，我絕對會選前者。婚姻啊，就像一座圍城，外面的人想進來，裡面的人想出去。很多人都害怕單身，不計一切要找到一個人生伴侶，進入婚姻，結果，每天生活中都是柴米油鹽醬醋茶，哪裡還有愛情？婚姻啊，是愛情的墳墓啊！ 現在有越來越多人不結婚只同居。有的人就算有了孩子也不願意結婚，寧可一輩子保持單身同居的關係。這樣的方式有什麼不好的，你仔細想想，如果一輩子只能跟一個人在一起，那不是很無聊嗎？你怎麼知道這個人就是對的人？婚姻裡有太多責任，有的人並不適合，而為了那張紙，用法律把兩個人綁在一起，這樣的生活會比較好嗎？

民眾3	現在很多人之所以談戀愛，只不過是為了玩玩，想找個人陪罷了，根本就不打算承擔責任，在我看來，這種戀愛無疑是浪費對方的時間，欺騙對方的感情。你如果喜歡一個人，但是又覺得他條件達不到你「結婚對象」的標準，那這樣你還有跟他談戀愛的必要嗎？為什麼要去傷另外一個人的心。雖然以結婚為前提的戀愛不保證最後會走向婚姻，但重點是你有沒有那個決心，要好好經營一段關係啊！ 結婚是一輩子的事，彼此承諾陪伴對方一生，又不是去菜市場買菜，還讓你東挑西選，試吃試用，這種行為我完全無法認同。
民眾4	人類不停地在創造新的婚姻形式。你看像傳統的中國社會，一般男人可以三妻四妾，這種一夫多妻的形式是很常見的。在非洲某些地方，一個人的叔叔伯伯都算是爸爸，所有的阿姨都是媽媽，每個人都有好幾個父親、母親，並不是只有西方認為的家庭形式才是好的。另外像在中國西南少數民族，走婚是他們的婚姻方式。一開始，一個男人如果愛上一個女人，跟女人約好以後，男人會在半夜，爬窗進到女孩子的房間，並且把帽子掛在門外，表示他們在約會，一到早上，男人就必須離開。基本上他們不會正式結婚，就算有了孩子，他們也還是不同住。維持他們關係的核心是愛情，跟經濟無關，一旦感情變淡或是個性不合，隨時可以結束這樣的關係，非常自由。 從這些情況可以看到，婚姻的形式是非常多元的，可以很簡單的只有愛情，也可以很複雜，將經濟、權力、生存列為考量的條件。
民眾5	有人說，世界上最美好的事情之一是你喜歡一個人的時候，那個人也剛好喜歡你。所以能跟一個人談戀愛、結婚，是多麼幸運的事啊！ 我覺得啊，談戀愛的時候，就像吃麻辣火鍋，刺激難忘，結了婚，就像最平常的白菜豆腐，簡單健康。我喜歡這樣像小河流一樣細長溫暖的生活。我也很感激，能夠遇見我的另一半，成為彼此的配偶、情人、知己。我見到他以前，從沒想過要結婚，結了婚以後，也從來沒後悔過，也沒想過要跟別的人結婚。

二、根據上下文選擇適當的詞完成下面的文章

1. 本段參考自電影「偽婚男女」的故事。學生練習完後，教師可播放電影預告片並討論；亦可在練習前播放，先讓學生看完後敘述內容，再做填空練習。

| 盡快 | 親密 | 認同 | 傳達 | 偏見 |
| 陌生 | 相愛 | 打破 | 擴大 | 心聲 |

　　這部電影講的是一個關於形式婚姻的故事。男主角是一個出生在傳統家庭的長子，他得負擔傳宗接代的責任，但同時他也是同性戀，有一個相愛多年的同性伴侶。為了滿足母親的期望、為了維護整個家庭的和諧，他不得已只好欺騙母親，找來自己的好朋友、同時也是拉拉（Lesbian）的女主角「假結婚」。而為了維持自己的感情生活，他還威脅妹妹跟自己的男友假結婚，四個人一起生活。他想，這樣一來，既不必跟陌生人結婚，又可以跟相愛的人一起生活。誰知道，有一天媽媽突然跑來，說要搬來一起住，而且希望他們能盡快讓他抱孫子。這個看似完美的辦法，如今卻將發生巨大的衝突與變化。他們要怎麼維持各自的感情？又要如何得到母親的認同，化危機為轉機？

　　這部電影除了想傳達愛情不分性別的立場，也希望打破我們習慣的價值觀，丟掉偏見。此外，導演更希望藉由這部電影能讓大家更溫柔，在各種對立的爭議中，大家不能只聽一種聲音，只跟同樣立場的人對話，而是必須跨出去，擴大對話的範圍，好好地聽他們的心聲，感同身受對方的困境與恐懼。

2.

| 核心 | 邏輯 | 原則 | 不容 |
| 彼此 | 稱呼 | 建構 | 干涉 |

　　內人、外子、堂嫂（tāngsǎo, sister-in-law, older brother's wife）、表舅（biǎojiù, uncle）、外孫、小叔…這些名稱代表什麼意思，你知道嗎？每到了過年，我總是為了應該怎麼稱呼親戚而傷腦筋，為什麼要這麼麻煩？叫名字不就好了嗎？更讓人生氣的，是這些稱呼變成理由。小時候，每次問長輩：「為什麼他可以，我卻不行？」，得到的回答常是：「『因為他是你的…』或是『因為你是他的…，所以你不可以…』」，這樣的情況總是讓我聽了一肚子火。

　　長大以後，我才弄懂每個詞彙。相較於西方人，華人以這套稱呼系統來了解每個成員之間的關係。同時，這套系統是有規則的，雖然複雜，但並不是毫無邏輯。這套稱呼系統的核心就是你的姓、性別、年紀：同姓的比不同姓的重要、男性的地位高於女性、年長的高於年幼的。在這個原則之下，你就知道誰是「內」，誰是「外」，誰要用「表」，誰要用「堂」；彼此該做什麼、誰有優先權、誰可以干涉誰。這是華人講究的倫理，有了倫理，才能建構出社會，因此這套倫理是不容違反的。要是違反了，那就是亂倫。

三、根據主題用所給的句型完成對話

　　此段內容可搭配「不一樣又怎樣」紀錄片-曾愷芯篇 https://www.youtube.com/watch？v=USWM5rdM7sU

　　A：嘿！你看這個人，長得好漂亮啊，水汪汪的眼睛，高挺的鼻子，妝畫得好自

　　然。要是我是男人，我會追她。

B：那你知道嗎？她以前是男人，這是動過變性手術後的樣子。

A：真的假的！她現在看起來跟女人沒有兩樣。在你的國家，「變性」（biànxing, transsexualism）是很普遍的事情嗎？　　　　　　　　　　（A跟B沒有兩樣）

B：當然不是。即使現在社會對性別的看法有越來越開放的趨勢，但是他們還得不到大家的認可。那在你的國家呢？

A：大同小異。一般來說，這樣的人在生活中仍然飽受歧視之苦，儘管他們打扮成另一個性別，甚至冒了很大的風險動手術改變外表，但是社會上很多人不但不能聽見他們的心聲，還把他們跟精神病連在一起，認為他們心理有問題。

　　　　　　　　　　　　　　　　　　　　　　　　（把A跟B連在一起）

B：那你自己怎麼看呢？

A：事實上，我是比較同情他們，我想我跟他們站在同一陣線，希望他們能按照自己喜歡的方式生活，畢竟這是他們對性別認同的問題。

　　　　　　　　　　　　　　　　　　　　　　　　（A跟B站在同一陣線）

B：可是我不同意以性別認同或身體自主權作為口號，改變自己的性別，我覺得這樣的手段違反自然，無異於把自己當作上帝。再說，我們要稱呼他先生還是小姐？他該去男廁還是女廁？會不會有人走在模糊地帶，欺騙別人？你不能無視這些可能存在的問題和懷疑。

　　　　　　　　　　　　　（以…做為口號／…，無異（於）…／無視…的N）

A：總而言之，一般人很難接受是可以理解的，但是我認為這是他們對自己身體的自主權，與他人無關。看來，他們還有很長的一段路要走。

　　　　　　　　　　　　　　　　　　　　　　　　（A與（跟）B無關）

肆、教學流程建議

時間及流程請參照第一、二課建議。

伍、教學補充資源

1. 與主題相關議題參考
2. 生詞單

有關本冊的教學補充資源，請進入國立臺灣師範大學國語中心網站參考：

國立臺灣師範大學國語中心網址：

http://mtc.ntnu.edu.tw/chinese-resource.htm

國語中心—資源專區—當代中文課程相關資源—當代中文課程—第5冊補充資源

附錄一 臺灣縣市地名地圖

基隆市
Keelung City

Taoyuan City
桃園市

Taipei City
台北市

Hsinchu City
新竹市

新北市
New Taipei City

金門縣
Kinmen County

宜蘭縣
Yilan County

Miaoli County
苗栗縣

台中市
Taichung City

Taroko
National
Park
太魯閣
國家公園

Hualien County
花蓮縣

Changhua
County
彰化縣

Taiwan

Nantou County
南投縣

澎湖縣
Penghu County

Yunlin County
雲林縣

Sun Moon
Lake
日月潭

Chiayi City
嘉義市

台南市
Tainan City

Taitung
County
台東縣

Kaohsiung City
高雄市

Pingtung
County
屏東縣

綠島鄉
Green Island

墾丁國家公園
Kenting National
Park

蘭嶼
Orchid Island

附錄二 中國省分地圖

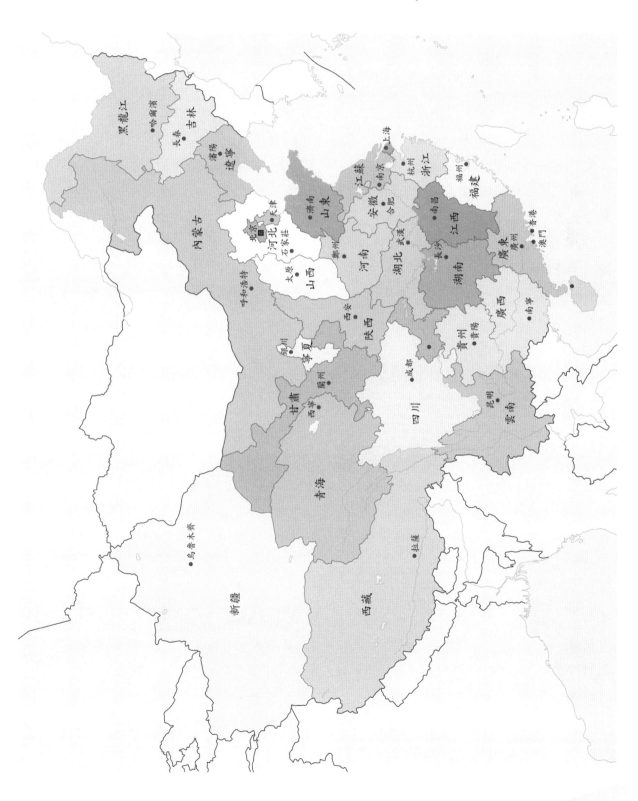

附錄三 兩岸地區常用詞彙對照表

參考資料／交通部觀光局

臺灣用語	大陸用語
交 通	
捷運	地铁、轻轨或城铁
公車	公交车、公交
遊覽車	旅游大巴、观光车
計程車	出租车、的士
輕型機車	轻骑
私家車	私家车、家轿
腳踏車、單車	自行车
公車站	公交站
轉運站	换乘站、枢纽站、中转
月臺	站台
搭乘計程車	打的（打 D、打车）
左右轉	左、右拐

住 宿	
洗手間	卫生间、洗手间
觀光旅館（大飯店）	旅馆、宾馆、酒店
櫃台	总台、前台
寬頻網路	宽带
冷氣	空调
洗面乳	洗面奶
洗髮精	洗发水、香波
刮鬍刀	剃须刀、刮胡刀
吹風機	电吹风、吹风机

餐 飲	
小吃店	小吃店
快炒店	大排档

路邊攤	地摊
餐廳	饭店
便當	快餐、盒饭
宵夜	夜宵、夜餐
菜單	菜谱、菜单
開瓶器	起瓶盖器、起子
鋁箔包	软盒装、软包装
調理包	方便菜、软罐头

購 物	
折價、打折	打折
收執聯	回帖
收據	小票、白条、发票、收据
刷卡	刷卡
保存期限	保质期
專賣店	专卖店
量販	量販、批发
降價	降价
缺貨	脱销、缺售、缺货
發票	发票

生 活	
員警	公安、员警
打簡訊	发信息
長途電話	长话、长途
國際電話預付卡	IP 卡
儲值卡	充值卡
服務生	服务员
警衛	门卫、保安

生詞單

L1-1 生詞單

1. 兩人一組，請說說下面的生詞是什麼意思。
2. 兩人一組，用下面的生詞和句式造句。（在一句中，使用的生詞越多越好。）

引言	言論	界線	臉書	則	留言
	停止	決策			
第一段	無罪	遭	慘	反應	發表
	司法	判決	無能	幸運	
第二段	顧名思義	接收	來源	處罰	包容
	A⋯，即使是B也不例外				
第三段	不論	展現	胡作非為	一旦	工具
	洗腦	權益	一旦A，（就/才）B		
第四段	盲點	立場	平衡	辯護	無理取鬧
	指正	一來一往	真理	越辯越明	共識
	為A而A				
第五段	亂象	攻擊	自殺	過於	事實上
	仇恨	不實	謠言	霸凌	負責
	誤解	意義	因此	否定	價值
	封住	嘴			
	A為B負責		封住⋯的嘴		
第六段	混亂	唯一			

L1-2 生詞單

1. 兩人一組，請說說下面的生詞是什麼意思。
2. 兩人一組，用下面的生詞和句式造句。（在一句中，使用的生詞越多越好。）

第一段	濫用	並非	不用	抓	關
	名嘴	根據	隨意	鄉民	匿名
	正義	惡意	情緒	成	護身符
	A 躲在 B 的保護傘下				
第二段	傳播	驚人	股	有心	無意
	威脅	諷刺	得	憂鬱症	**則**
	閉嘴	回應	傷害	破壞	
	尤其如此	**A 以 B 之名**			
第三段	管	聰明	標題	懷疑	模糊
	擅長	灰色	地帶	法院	確定
	B 就更不用說了				
第四段	個人	承擔	和諧	制定	嚴格
	約束	（在）A 的同時，也 B			

請你用這一課生詞寫出問題：如：你最擅長的事是什麼？最不擅長的事是什麼？

1	
2	
3	
4	
5	
6	
7	
8	

L2-1 生詞單

1. 兩人一組，請說說下面的生詞是什麼意思。
2. 兩人一組，用下面的生詞和句式造句。（在一句中，使用的生詞越多越好。）

第一段	基改	農糧	廣播節目	主持人	聽眾
	播	蟲子	隔壁	回答	死
	話題	危害	贊成		
第二段	各式各樣	只不過	種子	比如說	維他命
	蔬果	抗癌	過敏	花生	科學家
	豐富	享用	達到	預防	疾病
	效果	好幾（種）	既然A為什麼還B呢？		
第三段	警告	突破	糧食	**早晚**	不僅
	農作物	抵抗力	蟲害	產量	飢荒
	含有	大豆	玉米	密不可分	生產
	缺少	依賴	進口	危機	
	不僅A更Vs是B		**應該⋯才對**		
第四段	生物科技	機構	證據	證明	人體
	結論	生長	除草劑	物質	怪物
	原料	包裝	標示	一切	
	毫無⋯可言		其實是A而不是B		

L2-2 生詞單

1. 兩人一組，請說說下面的生詞是什麼意思。
2. 兩人一組，用下面的生詞和句式造句（在一句中，使用的生詞越多越好）。

第一段	昆蟲	不孕	罹患	癌症	蘋果
	鮭魚	不知不覺	辨別	安心	怎麼能…呢？
第二段	雜誌	編輯	後果	雜草	某
	專利	農民	收購	居高不下	絕對
	符合	非	事實	種植	總用量
	公斤	即便	兼	欺騙	從…來看
第三段	國人	立法	以	維護	神奇
	手段	付出	代價	掌握	以…

請你用這一課生詞寫出問題：如：你喜歡聽廣播嗎？你最喜歡的廣播節目主持人是誰？

1	
2	
3	
4	
5	
6	
7	
8	

L3-1 生詞單

1. 兩人一組，請說說下面的生詞是什麼意思。
2. 兩人一組，用下面的生詞和句式造句。（在一句中，使用的生詞越多越好。）

引言	風氣	開放	意外	存在	
第一段	內在	特質	勝	醜	顏值
	他人	有…的趨勢			
第二段	不盡然	要求	整出	鼻子	皮膚
	細	腰	豐胸	高挺	水汪汪
	參賽	眼光	矛盾		
第三段	外貌	美滿	職涯	以貌取人	不計一切
	英俊	獲得	青睞	對象	智力
	同樣	團隊	金錢	投資	
	獲得…（的）青睞		把A投資在B上		
第四段	行為	儘管	日漸	失敗	胸部
	大小不一	變形	失血	過	飽受
	後遺症	副作用	多麼	冒險	飽受…之苦
第五段	如今	捷徑	進而	謹慎	看待
	原來A，如今B		從A，進而B		

L3-2 生詞單

1. 兩人一組，請說說下面的生詞是什麼意思。
2. 兩人一組，用下面的生詞和句式造句。（在一句中，使用的生詞越多越好。）

第一段	吹	旅遊	極具	潛力	理由
	天性	若A，怎麼會B？			
第二段	列入	考量	公關	時尚	產業
	眼皮	精神奕奕	把A列入B		
第三段	違反	假	造假	標籤	優勢
	理解	生來差異	天生	後天	長相
	平平	醫學	縮小	差距	
	給A貼上B的標籤				
第四段	無疑	器材	藥品	大幅	事先
	評估	患者	動機	狀態	執行
	無疑是…				
第五段	身體髮膚受之父母		剪	理會	
第六段	有何不可				

請你用這一課生詞寫出問題：

1	
2	
3	
4	
5	
6	
7	
8	

L4-1 生詞單

1. 兩人一組，請說說下面的生詞是什麼意思。
2. 兩人一組，用下面的生詞和句式造句。（在一句中，使用的生詞越多越好。）

引言	刪減	鬥牛	街頭	舉	示威
	主張	保存	廢止	引發	正反
	兩方	激烈			
第一段	具有	祭品	全民		
第二段	座	鬥牛場	馬德里	至今	鬥牛士
	華麗	服飾	一面	披風	激怒
	公牛	優雅	姿勢	結合	過人
	熟練	崇拜	**自…至今**	**一面A一面B**	
第三段	旺季	遊客	前往	觀賞	奔牛節
	重頭戲	狂奔	歐元	必要	**有…的必要**
第四段	獨特	魅力	戲劇	無數	靈感
	諾貝爾	得主	作家	海明威	觀看
	小說	舉世聞名	推廣	遺產	由來已久
	不但不…反而		**將…列為**		

L4-2 生詞單

1. 兩人一組，請說說下面的生詞是什麼意思。
2. 兩人一組，用下面的生詞和句式造句。（在一句中，使用的生詞越多越好。）

第一段	過時	不利	刺	觀眾	轉播
	幕	血淋淋	畫面	**不利（於）A/有利（於）A**	
第二段	頭	死亡	折磨	賠上	**在…過程中**
第三段	俗話	道理	自私	虐待	開設
	課程	教導	享有	不人道	無辜
	寶貴				
第四段	提升	社群	殘忍	刊登	高喊
	顯示	高達	僅	無須	巴塞隆納
	宣布	**是…的時候了**			
第五段	娛樂	入場	激底	**A 遠遠超過 B**	

請你用這一課生詞寫出問題：

1	
2	
3	
4	
5	
6	
7	
8	

L5-1 生詞單

1. 兩人一組，請說說下面的生詞是什麼意思。
2. 兩人一組，用下面的生詞和句式造句。（在一句中，使用的生詞越多越好。）

引言	代理孕母	案例	名	同志	心願
	自願	對	委託	龍鳳胎	遺棄
	缺陷	任	丈夫	懷孕	毛遂自薦
	日新月異	倫理	整合	合法化	需求
	一線希望	惡夢			
第一段	看似	費盡	千辛萬苦		
第二段	因素	皆	承受	**不得已**	代孕
	婚外情	破碎	悲劇		
第三段	雙方	渴望	供需	利人利己	雙贏
第四段	**反觀**	連續	排名	倒數	**始終**
	忽視	夫妻	協助		
第五段	長輩	忍受	如願	自主權	
	既 A，也 B				

L5-1 生詞單

1. 兩人一組,請說說下面的生詞是什麼意思。
2. 兩人一組,用下面的生詞和句式造句。(在一句中,使用的生詞越多越好。)

第一段	固然	交易	屬	族群	等於
	階級	間接	錯誤	性別	
	…固然A但B		**就…而言**		
第二段	抽菸	胎兒	不良	分離	契約
	仲介	角色	涉及	規範	**絕對不是…的**
第三段	黑白不分	是非不明	紛紛	精子	搞定
	獨一無二				
第四段	總之				

請你用這一課生詞寫出問題:

1	
2	
3	
4	
5	
6	
7	
8	

L6-1 生詞單

1. 兩人一組，請說說下面的生詞是什麼意思。
2. 兩人一組，用下面的生詞和句式造句。（在一句中，使用的生詞越多越好。）

引言	死刑	存廢	爭議	僵局	各自
第一段	嚇阻	隔離	罪犯	隨機	殺害
	黑心	案件	法官	判	有期徒刑
	無期徒刑	死者	交代	彌補	家屬
	或者	犯人	出獄	把	尺
第二段	現行	假釋	永久	害怕	報復
	納稅	站在…的立場			
第三段	懲罰	犯罪	罰單	闖紅燈	開
	同理	換句話說	維持	以…為例	
第四段	相較於	人權	廢除	被害人	孤兒
	不然	毀	氣憤	恨	報仇
	便宜	相較於 A，B 則是…		除非 A，不然 B	
第五段	置身事外	放下	兇手	感同身受	生前
	恐懼	心痛	天平	衡量	坦白
	撫慰	剛剛好			

L6-2 生詞單

1. 兩人一組，請說說下面的生詞是什麼意思。
2. 兩人一組，用下面的生詞和句式造句（在一句中，使用的生詞越多越好。）

第一段	無濟於事	致力	推動	漫漫長路	刑罰
	顯得＋VP/S				
第二段	費	心力	冤枉	槍決	犯案
	充足	保證	誤判	失誤	無價
	賠償				
第三段	善良	一面	可貴	同情	換不回
	和解	認錯	重新	大愛	有…的一面
第四段	感受	只是	一命還一命	好受	也就是說
第五段	歐盟	潮流	意識到	唯有	身旁
	打造	根本	唯有A，才B		

請你用這一課生詞寫出問題：

1	
2	
3	
4	
5	
6	
7	
8	

L7-1 生詞單

1. 兩人一組，請說說下面的生詞是什麼意思。
2. 兩人一組，用下面的生詞和句式造句。（在一句中，使用的生詞越多越好。）

引言	傷腦筋	受益	財富	思考	
	為了…傷腦筋				
第一段	清晨	同齡	遇上	白工	沖走
	(一)大半	慘重	值錢	村	可憐
	相依為命	一身病痛	懂事	主動	
	不像A而是B				
第二段	援助	口袋	吃力	家產	一無所有
	對於	累積	貧戶	袖手旁觀	調整
	創造				
第三段	津貼	等同	補貼	分子	舉例
	工資	完善	出手	大方	在於
	進行	共享	A等同於B	…之所以A，就在於B	
第四段	倘若	不服	稅收	生存	提心吊膽
	警力	治安	從…的角度來+V		

L7-2 生詞單

1. 兩人一組，請說說下面的生詞是什麼意思。
2. 兩人一組，用下面的生詞和句式造句。（在一句中，使用的生詞越多越好。）

第一段	哈佛大學	課堂	心臟	肺臟	腎臟
	急迫	器官	移植	捐贈	突然
	全身	麻醉	抽	迫切	眾人
	奪取	為了A而B…			
第二段	堂	奮鬥	犧牲	埋	繳稅單
	無所事事	短暫	拼	醒	苦笑
	歪理	米蟲			
第三段	仍舊	劫富濟貧	強制	奪走	被迫
	捐款	眼紅	分享	成果	不勞而獲
	依靠	被迫＋VP			
第四段	拉	貧窮	強盜	打擊	創富
	介入	是否A還有待B			

請你用這一課生詞寫出問題：

1	
2	
3	
4	
5	
6	
7	
8	

L8-1 生詞單

1. 兩人一組，請說說下面的生詞是什麼意思。
2. 兩人一組，用下面的生詞和句式造句。（在一句中，使用的生詞越多越好。）

引言	左右為難	難民	男童	溺死	震驚
	接連	事件	不滿		
第一段	分擔	化	轉機	海面	難以數計
	屍體	怵目驚心	冒	化A為B	
第二段	聯合國	止	庇護	人數	面臨
	團結	根據…的統計/根據…的資料顯示			
第三段	召開	高峰會	領袖	消除	仇外
	前-	歐巴馬	會議	主義	受害者
	向來	單一	共同	排外	融入
	收容				
第四段	或許	勞動力	轉化		
第五段	里約	奧運	首度	代表隊	逃離
	戰火	殘障	忘掉	英雄	身分
	索馬利亞	之後	參選		
第六段	膚色	早日	扶持		

L8-2 生詞單

1. 兩人一組，請說說下面的生詞是什麼意思。
2. 兩人一組，用下面的生詞和句式造句。（在一句中，使用的生詞越多越好。）

第一段	優先	無力	安置	支出	導致
	賦稅	居民	對立	A 優先於 B	
第二段	罷了	德國	每況愈下	拖垮	
	只不過…罷了				
第三段	忽略	一一	過濾	有機可乘	接二連三
	衝突	升高	在在	設置	難民營
	關閉	邊界			
第四段	通往	交託	人口	販子	助長
	支付				
第五段	總理	梅克爾	承認	低估	和平
	對策	販運	首要之務	A 與 B 息息相關	

請你用這一課生詞寫出問題：

1	
2	
3	
4	
5	
6	
7	
8	

L9-1 生詞單

1.兩人一組，請說說下面的生詞是什麼意思。
2.兩人一組，用下面的生詞和句式造句。（在一句中，使用的生詞越多越好。）

引言	核電廠	熱烈	乃至	A，B乃至（於）C	
第一段	遠處	輻射	外洩	爆炸	危言聳聽
	致命	退燒	行之有年	三哩島	烏克蘭
	車諾比	福島	核災	核電	
第二段	列為	等級	位於	海嘯	洪水
	數百萬	及時	顆	炸彈	
第三段	立即	令	擔憂	歐洲癌症護理雜誌	
	數字	周圍	罹癌	偏	青少年
	細胞	製造	A，也可以說B		
第四段	廢料	可行	偏遠	任誰	因應
	任誰都…				
第五段	再生能源	妥善	頭痛	無解	難題
	正確				

L9-2 生詞單

1.兩人一組,請說說下面的生詞是什麼意思。
2.兩人一組,用下面的生詞和句式造句。(在一句中,使用的生詞越多越好。)

第一段	環保	聯想	事故		
第二段	運作	疏失	視為	一概而論	定時
	風力	水力	火力	太陽能	相比
	機率	雷	碳	排放量	有利
	(A)與B相比,…		遠Vs於A…		
第三段	二氧化碳	溫室	效應	河流	魚類
	噪音	地熱	成熟	解決之道	收取
	高額	惹	民怨	工業	停擺
	倒退	受A而有所B			
第四段	效率	供	外商	優良	民生
	效益	設備	隱憂	綠色	替代

請你用這一課生詞寫出問題:

1	
2	
3	
4	
5	
6	
7	
8	

L10-1 生詞單

1. 兩人一組，請說說下面的生詞是什麼意思。
2. 兩人一組，用下面的生詞和句式造句（在一句中，使用的生詞越多越好。）

第一段	同性	主播	記者	連線	
第二段	傳達	陣線	發起	盡快	同性戀
	異性戀	相同	相愛	核心	伴侶
	無關	打破	平權	藉由	
	A跟B站在同一陣線		A和（跟）B沒有兩樣		
	A與（跟）B無關				
第三段	節稅	病危	簽署	文件	彼此
	親密	伙伴	陌生		
第四段	性病	偏見	身上	異性	
	把A跟B連在一起				
第五段	有情人終成眷屬		末日	擴大	範圍
第六段	心聲	法案			

L10-2 生詞單

1. 兩人一組，請說說下面的生詞是什麼意思。
2. 兩人一組，用下面的生詞和句式造句。（在一句中，使用的生詞越多越好。）

第一段	鏡頭	聯邦	彩虹	旗	時刻
	駐外				
第二段	歡慶	擠進			
第三段	生物	本能	繁衍	尋找	交配
	法則	定義	互補	組合	
第四段	全體	詞彙	稱呼	建構	革命
	做為	無視	**以⋯做為口號**		**無視⋯的 N**
第五段	干涉	邏輯	納入	第三者	原則
	無異	形式	亂倫	不倫	
	A，無異(於) B				
第六段	白宮	巴黎鐵塔	打上	燈光	不容忽視
	有賴	各界	對話	激辯	交還
	A，有賴 B				

請你用這一課生詞寫出問題：

1	
2	
3	
4	
5	
6	
7	
8	

Linking Chinese

當代中文課程 5 教師手冊

策　　劃	國立臺灣師範大學國語教學中心	出 版 者	聯經出版事業股份有限公司
主　　編	鄧守信	發 行 人	林載爵
顧　　問	Claudia Ross、白建華、陳雅芬	社　　長	羅國俊
審　　查	葉德明、劉　珣、儲誠志	總 經 理	陳芝宇
編寫教師	何沐容、洪芸琳、鄧巧如	總 編 輯	胡金倫

執行編輯	張莉萍、張雯雯、張黛琪、蔡如珮	編輯主任	陳逸華
英文翻譯	范大龍、Katie Hayslip	叢書主編	李　芃
校　　對	伍宥蓁、陳昱蓉、張雯雯、張黛琪、蔡如珮	地　　址	新北市汐止區大同路一段 369 號 1 樓
編輯助理	伍宥蓁	聯絡電話	(02)8692-5588 轉 5317
技術支援	李昆璟	郵政劃撥	帳戶第 0100559-3 號
封面設計	桂沐設計	郵撥電話	(02)23620308
內文排版	楊佩菱	印 刷 者	文聯彩色製版印刷有限公司

2018 年 6 月初版
版權所有　•　翻印必究
Printed in Taiwan.
ISBN#####978-957-08-5131-1　(平裝)
GPN　　　1010700731
定　　價　500 元

著作財產權人　國立臺灣師範大學
地址：臺北市和平東路一段 162 號
電話：886-2-7734-5130
網址：http://mtc.ntnu.edu.tw/
E-mail：mtcbook613@gmail.com

國家圖書館出版品預行編目資料

當代中文課程 5 教師手冊/國立臺灣師範
大學國語教學中心策劃．初版．新北市．聯經．2018年
6月（民107年）．224面．21×28公分（Linking Chinese）
ISBN　978-957-08-5131-1（平裝）

1.漢語　2.讀本

802.88　　　　　　　　　　　　　　　107008044